陕西女作家小说创作论

白军芳 著

图书在版编目(CIP)数据

陕西女作家小说创作论/白军芳著. —北京：中国社会科学出版社，2020.1

ISBN 978-7-5203-5961-0

Ⅰ.①陕… Ⅱ.①白… Ⅲ.①女作家—小说创作—文学创作研究—陕西—当代 Ⅳ.①I207.42

中国版本图书馆CIP数据核字(2020)第013429号

出 版 人	赵剑英
责任编辑	王莎莎
责任校对	张爱华
责任印制	张雪娇

出　版	中国社会科学出版社
社　址	北京鼓楼西大街甲158号
邮　编	100720
网　址	http://www.csspw.cn
发行部	010-84083685
门市部	010-84029450
经　销	新华书店及其他书店
印　刷	北京君升印刷有限公司
装　订	廊坊市广阳区广增装订厂
版　次	2020年1月第1版
印　次	2020年1月第1次印刷
开　本	710×1000 1/16
印　张	15.25
插　页	2
字　数	220千字
定　价	88.00元

凡购买中国社会科学出版社图书，如有质量问题请与本社营销中心联系调换
电话：010-84083683
版权所有　侵权必究

目 录

上 编

第一章　陕西女作家小说创作发展概要 ……………………（3）
　第一节　陕西女作家小说创作分期 ……………………………（3）

第二章　陕西女作家小说题材论 ………………………………（15）

第三章　陕西女作家小说创作特征论 …………………………（22）
　第一节　陕西女作家小说创作技巧 ……………………………（22）
　第二节　陕西女作家小说创作艺术 ……………………………（27）

第四章　陕西女作家小说地域文化论 …………………………（34）
　第一节　叶广芩笔下的陕南文化 ………………………………（34）
　第二节　张虹笔下的汉中风情 …………………………………（45）

第五章　陕西女作家小说城市文化特征论 ……………………（58）
　第一节　陕西女作家小说中城市文化的主题 …………………（59）
　第二节　陕西女作家笔下的西安城市文化 ……………………（67）
　第三节　新时期陕西女作家笔下的都市女性 …………………（76）

第六章　陕西女作家小说的性别意识 ……………………………（86）
　　第一节　丁玲等陕西女作家的性别意识 …………………………（86）
　　第二节　20世纪90年代陕西女作家的性别意识 …………………（91）

下　编

第七章　贺抒玉小说创作论 ………………………………………（99）
　　第一节　贺抒玉小说的内容 ………………………………………（100）
　　第二节　贺抒玉小说的艺术成就 …………………………………（108）
　　第三节　贺抒玉的女性意识 ………………………………………（112）

第八章　叶广芩小说的创作论 ……………………………………（117）
　　第一节　叶广芩日本题材小说创作论 ……………………………（117）
　　第二节　叶广芩家族题材小说创作论 ……………………………（129）
　　第三节　叶广芩小说的动物生态意识创作论 ……………………（140）

第九章　冷梦小说创作论 …………………………………………（161）
　　第一节　战争题材小说的伦理探索 ………………………………（161）
　　第二节　《西榴城》里知识叙事的文学范式 ………………………（166）

第十章　周瑄璞小说创作论 ………………………………………（176）
　　第一节　周瑄璞作品的西安环境 …………………………………（177）
　　第二节　周瑄璞小说创作中的都市风格 …………………………（186）
　　第三节　周瑄璞小说中的人物形象 ………………………………（190）

第十一章　杜文娟小说创作论 ……………………………………（201）
　　第一节　杜文娟小说创作的内容 …………………………………（201）
　　第二节　杜文娟小说创作中的地域特征 …………………………（205）
　　第三节　杜文娟创作的艺术特点 …………………………………（217）

第十二章 唐卡小说创作论 …………………………………（224）
　　第一节　唐卡的小说创作及文学成就 ……………………（224）
　　第二节　唐卡笔下的女性形象 ……………………………（227）

参考文献 ………………………………………………………（236）

上 编

第一章 陕西女作家小说创作发展概要

陕西女作家小说的创作是随着时代发展而崛起的。在中国古代文学中，女作家的创作凤毛麟角，屈指可数，而且多是以诗歌、词、曲等抒情文学为主。陕西女作家的小说创作，随着延安文学的发展、革命主题的兴起，逐步吸引了来自祖国四面八方的知识青年，渐渐诞生并成长起来。陕西古代女作家，并不界定为小说创作，只是在文坛上起一定的推动作用。相比较而言，更重要的创作群体是现当代陕西历史阶段的创作，这个时期的发展，除了中华人民共和国成立初期延安文学的余波外，20世纪90年代的女作家创作，成就尤其显著。进入21世纪，陕西女作家呈井喷式涌现，代表人物有叶广芩、冷梦、周瑄璞、杜文娟、吴文莉等。她们有的沿袭传统文学特征，有的开拓女性文学的创作领域，有的探索知识文化的新境界，使陕西文坛表现出姹紫嫣红、欣欣向荣的景象。但是，陕西女作家的小说创作较少受到学界关注，除了对叶广芩有比较多的分析外，其他作家尚待进一步挖掘。本章着重于陕西女性作家创作的分期介绍和简单概要，并从总体上描述陕西女作家创作发展历程。

第一节 陕西女作家小说创作分期

陕西文化在中国文化格局中有突出的特点。陕北，以黄土堆积，大块结构，起伏连绵，给人以粗犷、古拙之感觉；陕南，山岭拔地而起，精致葱茏，春夏秋冬分明，给人清雅、秀丽之感；关中，一马平川，褐黄凝重的渭河横贯其中，给人壮阔、浑厚之感。历史上西周文彩，秦汉雄风、盛唐气象、宋明义理、各有风采；至现代，易俗社演戏，中条山抗日，时代不同，世俗各异。总体来说，陕西地域文化，有自身明显的特征。陕西南靠秦岭，北临黄河，地形开阔，风调雨顺，农耕文明萌生较早，在比较稳定、平和的自然条件影响下，陕西人在行为特征、价值取向和思维模式方面，形成了厚重务实、安分守己、小富即安、重土恋家等特征。陕西传统女性在这种相对封闭、务实的生存环境中，拘囿于自己生活的小天地，保守、内敛、勤劳成为她们主要的思想品格和性格特征，因此成长在这里的陕西文学，成为人类文明的一片天地。

一　陕西古代的女诗人的创作

在中国古代文学源远流长的历史长河中，《诗经》是第一部诗歌总集，一共有305篇。据考证，其中有很多诗歌都产生于陕西，有不少篇章是陕西女作家写的。比如，《召南·采薇》《召南·草虫》《召南·采蘋》《召南·竹露》等，都是以女子的口吻书写，似乎是女诗人的创作。又比如，《秦风·小戎》写一位女子思念远方丈夫，从诗的口气上看，情感真挚，似出自于女性之手；《秦风·晨风》一诗表达的是一位女子被男子冷落的怨艾，心理描写细腻，情感体验丰富，很有可能是女性作家的创作。只是这些作品一直都没有留下具体的作者姓名，无法定论。西汉时期，班婕妤（公元前48年—公元2年）是被称为"圣人"的女作家，也是中国文学史上以辞赋见长的女作家之一。《汉书·外戚传》中有她的传记。据说，她的作品很多，但大部分都已佚失。现存作品仅三篇，即《自伤赋》《捣素赋》和一首五言诗《怨歌行》（亦称《团扇歌》）。她因为遭受赵飞燕姐妹的嫉妒，所以长期在长信宫侍奉王太后，汉成帝崩逝后，班婕妤要求到成帝陵守墓以终其生。于是，王太后让班婕妤担任守护陵园的职务，从此班婕妤每天陪着石人石马，冷冷清清地度过了她孤单落寞的晚年。死后，葬于汉成帝陵中。

据说班婕妤相貌秀美，文才颇高，尤其熟悉史事，常常引经据典，出口成章，她还擅长音律，既写词又谱曲，她的词曲都是有感而发，也令汉成帝在丝竹声中受益匪浅。对汉成帝而言，班婕妤不只是他的侍妾，也是他的良师益友。班婕妤的贤德在后宫中也是有口皆碑。因她不干预朝政，谨守礼教，深受时人敬慕，有"古有樊姬，今有婕妤"之称。《团扇歌》（《汉书·外戚传》）是她的代表作，在文学史上也很有名。

> 新裂齐纨素，皎洁如霜雪。
> 裁作合欢扇，团圆似明月。
> 出入君怀袖，动摇微风发。
> 常恐秋节至，凉飙夺炎热。
> 弃捐箧笥中，恩情中道绝。
>
> ——《团扇歌》

从字面看，该诗似是一首题咏扇子的咏物诗。然而，纵深分析，它寓情于物，以物化情，情蕴怨怼，含蓄包容，是成熟的咏物诗。表面上句句不离扇，实际上字字不离人，物情兼施，委婉地写出了一位薄命女子的怨情。钟嵘《诗品》将班婕妤列入上品诗人十八位之列。西晋傅玄诗赞她："斌斌婕妤，履正修文。进辞同辇，以礼臣君。纳侍显德，谠对解忿。退身避害，云逸浮云。"

回文诗是古代妇女的首创。唐代房玄龄《晋书·列女传》记载：苏蕙是始平（今陕西咸阳市）人，名蕙字若兰，是陈留县令苏道质的三姑娘，善属文，三岁学字，五岁学诗，七岁学画，九岁学绣，十二岁学织锦。及笄之年，已是姿容美艳的书香闺秀，后嫁于秦州刺史窦滔。《扶风县志》与《扶风县风土志》上均有记载，《璇玑图》相传是她创作的回文诗。

苏蕙之夫窦滔因拒不服从军令被前秦苻坚左迁至甘肃敦煌，窦滔在这段时光中结识了善于歌舞的赵阳台，并纳赵阳台为妾，对苏蕙日渐不满。后来，窦滔迁移镇守襄阳，从甘肃动身时也将赵阳台带在身边。苏蕙为此甚为不满，拒绝一同随行。窦滔一怒之下，带小妾赴任。不久，苏蕙思念日深，渐生悔意。独守空房的苏蕙将对丈夫的漫长思念之情寄托在诗词歌赋的创作上，她将表达心情复杂的诗歌进行了绝妙的编排，这就是《璇玑图》。它以五色丝线在八寸见方的锦缎上绣下了841个字，是回文诗的创作手法。诗作匠心独运，纵、横各二十九字，纵、横、斜、交互、正、反读或退一字、迭一字读均可成诗。诗有三、四、五、六、七言不等，甚是绝妙。其内容也是表达女子的相思、忧愁之情为主，而后，广为流传，堪称是一篇前所未有的佳作。

唐代是中国诗歌的黄金时代，也是中国文学史上大家辈出佳作频仍的时代。在众多诗人中，聚集在长安境内的女性诗人为数不少。仅从彭定求等编纂的《全唐诗》来看，其所收录的2200余名作者、48900余首诗作中，女诗人约126名，诗作约615首；还有出自传奇故事中所谓女仙、女神、女鬼、女怪等诗作160多首。上自后妃宫人，下至婢妾歌姬，巾帼诗才遍及社会各阶层。辛文房《唐才子传·才女诗》称："历观唐以雅道将士类，而闺阁英秀，亦能熏染。锦心绣口，蕙情兰性，足可尚矣。"

唐代女作家成就最高的是闺情诗。闺情诗，历来男女共吟，咏唱不衰。唐代女诗人的闺情作品更臻精巧，不同凡响。首先让我们一睹初唐两首闺情名作的风采。"看朱成碧思纷纷，憔悴支离为忆君。不信比来常泪下，开箱验取石榴裙。"（《如意娘》）这首乐府歌辞，据说是一代女皇武则天的佳作，写一位妇女的爱情苦闷，从视觉错乱入手，通过外在异状的勾勒，明晰地透视出这女子"为忆君"而思绪纷乱的幽怀。四句诗，语言简朴，清新明快，饶有民歌风味。

此外，位卑身贱的葛鸦儿，对劳动妇女的生活和情感有着深刻的体验。

蓬鬓荆钗世所稀，布裙犹是嫁时衣。

胡麻好种无人种，正是归时不见归。

——《怀良人》

"蓬鬓荆钗""布裙"写出了女子清贫的生活，"胡麻好种无人种"写出了女子内心的焦虑，"不见归"写女子忧愁无望的感受。全诗通脱自然，生动传神，真挚感人。

其次，艺术收获比较高的是友情诗。赠人、寄远之类的诗歌，亦多名篇流传于世。李冶《寄校书七兄》、薛涛《送友人》、鱼玄机《赠邻女》等，堪为此类佳作的代表。

薛涛，成都乐伎。晓音律，工诗词，貌美才卓，长期生活在长安。武元衡为相时，曾奏授校书郎，故时称"女校书"。在唐代女诗人中，她的诗作数量最丰。辛文房《唐才子传》称："其所作诗，稍欺良匠，词意不苟，情尽笔墨，输苑崇高，辄能攀附。"

稍后于薛涛的鱼玄机，是中晚唐诗坛的又一颗明星。她有才思，善诗文。初为李亿妾，后因李夫人妒而不能相容，出家为女冠。后人辑有《唐女郎鱼玄机诗》，以五言、七律居多，累有名句传世。所作爱情诗热情大胆，如《赠邻女》：

羞日遮罗袖，愁春懒起妆。易求无价宝，难得有心郎。
枕上潜垂泪，花间暗断肠。自能窥宋玉，何必恨王昌。

——《赠邻女》

这首诗中邻女被人遗弃，痛苦不堪，作者乃赠诗以慰。作品融叙述、描写、议论于一体，通过惟妙惟肖的细节描写，生动传神地展示了人物心理。语言自然质朴，表现力极强；全诗联联对仗，所对皆工；联与联之间跳跃跨度虽大，但以"愁春"意脉一线贯穿，结构严谨。诗人以其精湛的艺术技巧，加上大胆放言的诗风，使此诗成为巾帼诗歌中的珍品，令人瞩目。

李冶、薛涛、鱼玄机是唐代最负诗名、最受推崇的三位女诗人。

无论是"诗胆大如斗"的畅怀高歌，还是"愁肠牵似绳"的柔情低唱，皆令人洗心饰视，叹为观止。与宫廷闺阁中的才女诗作相比，自有其独特的风貌和价值。

另外，当时抒怀诗也是很有成就的。唐代女诗人遣怀书愤之作，更是巾帼诗中少有的惊雷巨响。李冶有一首放胆高歌的《八至》诗：

至近至远东西，至深至浅清溪。
至高至明日月，至亲至疏夫妻。

——《八至》

在封建宗法制度下，男女双方的爱情绝无平等可言。夫对妻，主权大于爱情；妻对夫，义务大于爱情。男可三妻四妾，不必专情；女则从一而终，必守贞节。李冶看穿这种表面上最亲密、实质上最疏淡的夫妻关系，放胆唱出这首震雷撼地般的六言诗，一针见血地揭露了封建宗法制度在男女婚姻上造成情爱的虚伪和不公。

以上所举，是众多唐代陕西女诗人及其作品中的代表，虽然挂一漏万，但唐代女作家的文学成就已可见一斑。

宋代政治文化中心东移，陕西的文化繁盛渐渐衰退。明清时期，女性开始涉及戏曲创作，元代杂剧的兴盛，并没有带来陕西女戏剧家的创作繁荣，但在清代的女传奇作家中，长安的王筠女士享有较高的声誉。王筠天生有西北人慷慨的性情，自幼喜欢读书，只恨身为女子，不能与男子抗衡，所以，她创作的《繁华梦》传奇充满了女性不能为国献身的遗憾。谭正璧先生评价她的著作说："她将自己整个的人完全倾泻在这一部喜剧中，为女性一吐数千年来柔弱之气，的确可与《桃花扇》《燕子笺》相颉颃。"[①] 她有一首《鹧鸪天》，对自己创作宗旨做了总结。

"闺阁沉埋十数年，不能身贵不能仙，读书每羡班超志，把

---

① 谭正璧：《中国妇女文学史》，百花文艺出版社1985年版，第332页。

酒长吟太白篇。怀壮志,欲冲天,木兰崇嘏事无缘,玉堂金马生无分,好把心情付梦诠。"

从词中可以看出,她对女性不能追求功名的不满,对男女不平等的愤怒,可看作是中国女性意识觉醒比较早的作家。可惜她的其他作品已经佚失,无法考据。吴梅在《中国戏曲概论》中评价道:"《全福记》,长安女士王筠撰,词颇不俗。有朱序,略谓女士先成《繁华梦》,阅之觉全剧过冷,搬演未宜。越年乃有《全福记》,则春光融融矣。此记事实,未脱窠臼,惟曲白尚工耳。"①

王筠的戏曲能得吴梅先生的评论,是陕西女作家的自豪。她的创作,为陕西女作家的戏剧创作填补了空白,拓宽了陕西女作家创作题材样式上的道路,有重要的文学价值。

总之,在中国古代文学史上,除了唐代陕西女作家有比较丰硕的创作流传于世,其他的朝代创作力并不超群。尤其在元明清叙事文学开始兴盛,南方的女作家成就非凡的情况下,陕西女作家在严苛的封建思想压迫下,并没有出色的创新力。在近代文学中,陕西女作家除了在民歌上有一些作品,小说、传奇、戏曲等主流的叙事体裁创作差强人意。不过,沉舟侧畔千帆过,病树前头万木春。长久的沉默终于迎来1949年之前战争文学中女作家的第一次崛起。

二 陕西女作家在1949年之前的创作

李晓峰在《陕西当代女性文学论》中,将陕西地域女性文学分成了两次迅速发展的高潮:"第一次是出现在五四新文化运动之后;第二次是出现在九十年代。"② 事实上,五四时期至20世纪30年代,中国文坛上几乎没有陕西籍女性作家,这个时期的陕西,仍然是一个相对落后、封闭的地域,高等教育不发达,女性接受教育的机会很少。一直到20世纪40年代,延安成为中国革命的圣地,延安文学给陕西

---

① 王卫民:《吴梅戏曲论文集》,中国戏曲出版社1983年版,第185页。
② 李晓峰:《陕西当代女性文学论》,陕西人民出版社2009年版,第37页。

女性文学的发展带来了新机。一批又一批革命知识分子、青年学生，从全国各地奔赴延安，参加革命。这中间有不少的女作家，丁玲就是其中的代表人物。虽然，丁玲并非陕西籍的作家，但她十几年在延安生活、工作、战斗，其思想情感和生活方式，已经部分地融入了当地的风土人情。因此，我们把她的作品，也划归为陕西文学。类似作家还有：草明、陈学昭、袁静、曾克、黄铁、莫耶、颜一烟等。丁玲的作品，成为中华人民共和国成立后女性主义作品的经典之作。她的《我在霞村的时候》《夜》《在医院中》《三八节感言》等，最能体现她的女性意识。短篇小说《我在霞村的时候》是一篇曾经遭受到非议的小说。无辜的女子贞贞遭受了日本鬼子的欺侮，回到村里，却并没有得到乡亲们的同情，反而遭到了难以忍受的鄙视。"尤其是那一些妇女们，因为有了她，才发现自己的处境、才看出自己的圣洁来；因为自己没有被敌人强奸而骄傲了。"（《我在霞村的时候》）这样的语言揭开了性别与战争的复杂关系。

其他一些作家，比如陈学昭（1906—1991）创作出长篇小说《工作着是美丽的》（上卷），描写五四时期中国知识女性追寻自我存在价值而付出的代价和走过的坎坷之路。小说表达了处于传统和现实挑战之间既可悲又可喜的双重性，揭露了处于崩溃边缘的男权意识的卑劣。小说叙述了李珊裳从一个小资产阶级的知识分子成长为坚定的无产阶级革命者的过程，反映了"伟大时代的一角"，是一位女知识分子心路历程的形象记录。小说一经出版，在我国文坛产生了强烈反响。李珊裳说的那句话："我从来就没有过自己幸福的家……革命就是我的家，没有了青春，但还有工作，还有革命事业，只要生活着，工作着，总是美丽的。"[①] 深深感动着读者。"工作着是美丽的"成为当时一句口号被广为流传，也是女革命家在追求自立自强道路上的一个里程碑。

莫耶（1918—1986），原名陈淑媛、陈爰，曾用笔名白冰、椰子、沙岛等。1937年，她从上海来到延安，进入延安抗日军政大学第三期

---

① 陈学昭：《工作着是美丽的》，浙江人民出版社1979年版，第31页。

学习，在学习期间，她创作了著名的《延安颂》，由郑律成谱曲，一时在延安广泛传颂，成为鼓舞前方战士杀敌的精神号角。后来，她又创作了话剧、歌剧、小说等作品，仍然以宏大的历史背景为故事的线索，以民族战争为主题，在当时很有影响力。

总之，延安时期陕西女作家的创作，与同时代其他作家的创作一起，开创了中国革命文学的叙事形式与叙事逻辑，不仅反映了革命时代的社会状况，而且传达了革命时代的独特的热烈的感情，鼓舞着广大民众，尤其表达了女性走向革命发展的路程，实现了"当创造时代的作家"的梦想。①

三 陕西女作家在1949年到20世纪80年代的创作

中华人民共和国成立的初期，陕西女作家的创作力是有限的，但是也有很多具有影响力的作品诞生，比如问彬、贺抒玉、杨晓敏等人的作品。贺抒玉从20世纪50年代就从事业余创作，主要是短篇小说，出版的三卷文集中，两卷小说。著名文学评论家雷达评论她的作品："她（贺抒玉）的小说，没有巨大的正面社会冲突，没有曲折离奇、紧张揪人心的情节，没有剑拔弩张的场景，没有正义和邪恶的正面白刃格斗……她对妇女的命运特别敏感，对社会矛盾给家庭、婚姻、伦理道德关系带来的波动特别敏感，因此，她总是侧面切入、外围烘托，从家庭生活、日常生活中人与人关系的变化着手，力求取得完成社会主题的任务。"②作家既写女性的平凡、善良、勤劳，也写她们的苦闷、伤感、坎坷，甚至愚昧。可以说，在小说创作上，贺抒玉是当代女性作家中较早涉及女性话语的作家，她对女性命运的关注，是有先遣意义的。

李天芳、晓雷于1988年9月出版的、表现陕北20世纪60年代知识分子心理路程的长篇小说《月亮的环形山》，是一部引起文坛高度重视的作品。作家以清醒的主体意识通过主人公黎月和她的男友梁相谦、杨雅琪、周蔚然等人的生活遭际，透视出一代知识分子的心路历

---

① 袁良骏：《丁玲研究资料》，天津人民出版社1982年版，第157页。
② 雷达：《贺抒玉的创作个性》，《贺抒玉文集》第一卷，中国文联出版社2004年版，第8页。

程,展示出人与人之间难以平复的心桥裂痕,揭示出环境、社会、时代对人的心灵的桎梏,即封建的"左"的毒素对人的心灵的窒息,进而从人本的层面上剖析了人的质性,完成对人终极意义的思考,为最终实现人的自我解放和自我超越,做出了有益的、成功的探索。小说以现实主义手法表现了20世纪60年代中期一批大学毕业生走上教育工作岗位后,在工作、爱情、家庭、人际关系等方面产生的烦恼、苦闷和痛苦。这部小说在思维方式和揭示人物心理方面,都有创造性挖掘。该小说用知识分子的精神成长来影射时代的变化,无论是情感描述还是思维的精细化展开,都准确传神,给人留下深刻的阅读印象。

另外,问彬的《心祭》发表出来后,很快就拍成电影《残月》,成为伤痕文学的代表作。惠慧也先后在20世纪80年代出版了《走出栅栏》《夜色阑珊》《枕上听雨》等长篇小说。她的创作表现了五彩缤纷的都市生活,多描写城市女性。她以女性特有的敏感和细腻,探索都市女性的命运,文字清丽洗练,创作富有特色。

无论是中华人民共和国成立初期女作家以宏大题材为主的战争回忆文学,还是80年代陕西女作家的反思时代的作品,都是在大的历史背景的挟裹中创作出来的,是时代变迁的文学记录。她们忠实于生活,从自己对文学的理解入手,生动细致地描写女性的体验、情感、成长,为女性文学的发展填补了重要的一笔。

四 陕西女作家群在1990年之后的创作

20世纪90年代,是陕西女作家群迅速崛起的时代。

文学是随着时代的发展而发展变化的,每一个时期有其特定的文学。就文学主流来看,它也是处在不断变化过程中,是与社会生产发展密切联系的。20世纪90年代到21世纪初,随着陕西地域文学的辉煌,涌现出了一批具有创作实力的女性作家,她们的作品数量丰富,并屡屡在国内获得文学大奖。中国作家协会副主席、著名作家陈忠实生前在谈论陕西女作家创作时说:"最近几年,陕西女作家的创作成就是显著而耀眼的。'文化大革命'前十七年,贺抒玉的小说和散文在全国有很好的影响。新时期以来,女作家人数呈数十倍扩大,李天芳的小说创作和散文创作,都很有成就,产生过广泛的影响。李佩芝的散文不同凡响,在全国都赫然有名。叶广芩和冷梦都获得了鲁迅文学奖……更年轻的作家,远比'十七年'和新世纪之初的80年代队列壮观多了。刘亚莉的诗歌,张虹的小说和散文,惠慧的几部长篇小说,都在全国产生了重要影响。还有夏坚德、毛岸青等人的散文,数量虽不太大,都很富有个性,近年来又涌现出几位青年女作家,王晓云、唐卡、辛娟、周瑄璞等。"① 这些女作家大多都出生于20世纪六七十年代,接受过高等教育,在创作中显示出良好的艺术素养和创作才能。李佩芝、张虹、张艳茜、夏坚德、王芳闻、张亚兰等是陕西女作家散文创作中的中坚力量。

叶广芩虽然出生在20世纪50年代,但她的创作都在90年代之后。她的作品自然天成,既有华丽辞藻,也有哲理的思辨,艺术技巧上却不显山不露水,平易自然,感情真挚而浓郁,是饱受艺术锤炼后所达到的境界。

旅居上海的陕西新锐女作家王晓云从1993年起陆续在《上海小说》《小说界》等发表作品,出版了长篇小说《梅兰梅兰》,2006年出版中短篇小说集《飞》。她的小说新颖大胆,语言清新,风格幽雅,创作势头强劲并极具发展潜质,也是从陕西走出的非常有才华的女作家。

辛娟的创作在21世纪引起关注。2003年出版了长篇小说《场面》,揭示女性官场生存之艰难,情节跌宕起伏,语言深情细密,从字里行间能够看出作者的文字功底。从风格上看,大气成熟,延续了陕西作家的风格。2006年,辛娟出版了《底牌》,作品讲述了两位女同学的坎坷命运和爱情故事,从一明一暗、一虚一实两条线索,描写了官场、商场、情场人与人之间互相倾轧,也反映了社会转型期人们对婚姻、家庭、爱情的困惑。从私人领域出发,陈述了新时代女性政

---

① 布衣璞:《文学依然神圣,对话作家陈忠实》,新浪 blog,2007年9月12日。

治成长的历程，构思新颖，结构完整，在当时赢得了读者关注。

杜文娟的小说《有梦相约》《阿里阿里》《苹果苹果》《红雪莲》等出版在21世纪。她的小说题材宽泛，人物性格复杂，艺术上具有诗化风格，特别有女性色彩。在女性柔弱的叙述中，表达出对西藏文化的融合和包容，也是新时期中国文学中边疆文学非常重要的一支。吴文莉也是近年涌现出的有影响力的女作家。她的《叶落长安》在"2007年中国类型原创图书TOP10"中名列第二。描写了郝玉兰、梁长安等河南籍的外乡人群，在西安50年间的艰辛生活和融入这座城市的过程，用翔实的细节展示了他们在西安生存、奋斗和发展的故事。人物形象生动，老西安城在她不动声色的描述中，真实又生动地展示出来。笔力刚健，思力深刻，文字功力娴熟流畅，富有感染力。

2006年，陕西女作家丛书出版《陕西女作家·小说卷》《陕西女作家·诗歌卷》《陕西女作家·散文卷》共100万字，呈现女作家60余位，是陕西女作家群体的首次大检阅。这些作品，有获得国内外大奖的，有翻译成其他文字的，有主流文学的探索，也有网络文学的试水，在当时文坛引起一定的关注。

接着，叶广芩出版了《老县城》《青木川》等小说，为陕西新历史小说推波助澜，周瑄璞发表《多湾》为西安城市风貌的变革勾画蓝图，随后韩晓英、杨则玮、任彩虹、陈毓、吴梦川、张炜炜、王妹英、张艳茜、徐伊丽、贝西西……纷纷涌现，构成陕西女作家创作的又一个新潮头。

这些陕西女作家，既是时代风格的"弄潮儿"，也是主流文学的中流砥柱；有魔幻主义的代表，也有网络文学的写手，不一而足。她们一边用自己的视角观察世界，一边又用勤奋的笔抒写人生。态度严谨，技法娴熟，思力深刻，见解独到，在全国有一定的影响力。文学的发展，讲究积累，推崇创新，在新的时代大潮中，一定能涌现更多的女作家，陕西女作家的作品，也将在文学的长河中熠熠生辉，与世共存。

第二章　陕西女作家小说题材论

李建军博士在《时代及其文学的敌人》中说："陕西作家群是极具区域特征、时代特征的一支"①，陕西女性作家也是如此。她们的创作，无论从题材选择、语言表达、谋篇布局等方面都有鲜明的时代及地域特征，题材的创作特征尤其引人注目。

20世纪30年代，延安时期的女作家群中，丁玲的女性意识最强烈，她把女性的命运和所处的环境紧紧连接在一起，真实地反映了解放区女性的生存状态，以及为表现女性尊严而展示出的抗争精神。丁玲一生的著作很丰富，在延安时期的作品是其小说创作中的重要阶段，也是黄金期。后来，随着民族危难和人民苦难的加深，她的创作就不那么关注女性意识，而去集中反映矛盾的核心——政治。她的作品也逐渐关注文学中的革命思想的内容，其主调是歌颂人民的战斗精神和不屈不挠的品格的。应该说，这是作家的一种自觉的追求，也是时代塑造题材的默契的选择。中华人民共和国成立后，中国作家有了表达政治斗争的强烈欲望，陕西女作家群问彬、贺抒玉等并没有关注革命宏大的叙事，而是从自己的细致感受出发，表达在新时代到来时，革命给人情、人伦带来的尴尬和矛盾。《琴姐》《心祭》等作品，描写了大的斗争背景下，小人物的喜怒哀乐，重视日常生活题材的多元化和矛盾性。这些是中华人民共和国成立初期女性文学难得的富有艺术水平的作品。

---

① 李建军：《时代及其文学的敌人》，工人出版社2004年版，第32页。

20世纪80年代以后的陕西女性作家,是真正在陕西长成的本地作家群。从女性作家创作的共性而言,具有自传体的特点,但又没有达到私语化的程度。从陕西女作家的个性而言,重在精神世界的构建和完善,消解身体渴望的欲念。因此,要对陕西当代文坛的女性作家的题材特征进行梳理并不是一件容易的事,这主要是因为在长期的创作过程中,她们各自为政,独出心杼,既没有统一的文艺观念,也没有定时的文学交流。因此,在创作局面上,可谓是百花齐放。即便是在众语喧哗中,仍然有一些共性是可以追寻的。甚至,这些创作题材的特征放到全国的女性作家创作中来看也是独具风采的。

第一,在题材的选择上,这个时期陕西女作家群受时代涌动的思潮影响明显,擅长在大的社会动荡中,呈现私人情感的微波细澜。文艺理论告诉我们:任何作品,都是历史背景下的作品。陕西女作家群,因为居住于中国西北地区,有红色根据地的影响,也有地域文化中执拗、"一根筋"的性格,导致女作家群在创作上很少出现像王安忆、方方、迟子建等那样有独立的艺术追求的人,陕西女作家群在创作上总是和社会主义的政治立场保持一致。包括在延安文学中的丁玲、草明、陈学昭等,都以革命题材的宏大叙事为主题;问彬、贺抒玉是鲜明的解放背景下私人生活题材的作者,历史特征明显。20世纪80年代以来,"反思文学""改革文学"中冷梦、叶广芩等作家成就卓著。21世纪,女性文学的思潮带来陕西女作家大量涌现,但在创作态度上仍是比较保守的,关注的是女性的私人世界和社会主义新建设阶段的情感纠葛的历史书写。实际上,她们都喜欢写"大题材中小事件""大变革里私人情感的纠葛",以历史使命感和反映现实为主题,在传达小说的思想性上有鲜明的个人态度。比如《高西沟调查》(冷梦著)、《多湾》(周瑄璞著)、《红雪莲》(杜文娟著)。杜文娟的《红雪莲》刻画新历史时期国家开发西藏的过程,从两代的"援藏人"的情感入手,描绘西藏开发事件的艰难与伟大;周瑄璞的《多湾》描写一个家族在历史变迁中如何乘时代东风找到幸福的过程;冷梦的《西榴城》描写正义与邪恶的交锋,构思别致,情感细腻,表现出作者高屋建瓴的革命伦理思想。总之，她们在题材上都偏重政治方向的正确性，但切入的角度却是细小而深刻的。

第二，陕西女作家题材中最明显的性别特征是对女性精神世界的组建、探索和捍卫。中国当代文坛中以描写女性身体来表现女性生命力的模式曾风行一时。但是"只有宏大的精神才能成就伟大的小说"[①]，陕西女性作家与其他地域写身体的女性作家表现不同的是：她们并不十分关注欲望的抒写，相反，虽然她们在创作方式上都各抱心杼，她们的作品都没有陷入身体虚幻主义的泥淖，而是表现出鲜明的蓬勃向上的精神风格。在她们的作品中，精神的纯洁和完美是女性作家们最珍视的。杜文娟的《苹果苹果》里的王秋杨，坚持以捐助西藏小学建设为己任，表现出女性的精神世界的高洁和丰富；张虹的《小芹的郎河》写小芹在山区的一所学校默默给予学生母亲式的关心和爱，默默奉献山村的故事；冷梦的《西榴城》里的小玉，一直在坚持寻找事件真相、维护正义的尊严，她最后和陈虹刚的同归于尽宣告了精神的纯洁是最重要的人生价值的观念。

在女性文学兴起的"身体写作"中，周瑄璞和唐卡表现得比较明显，但也没有堕入身体的泥淖中。周瑄璞的《疑似爱情》里的丁朵朵，虽然也走上和有妇之夫发生关系的故事情节，但是，作者让她成为一个"卧底"（窥探不道德爱情存在的种种形态）而出现，批判的意味更明显。她的《衰红》《故障》《圆拐角》都写到一个不年轻的女人，面临与男人性关系时产生的思考。字里行间是冷飕飕的讽刺和批判。唐卡和辛娟也涉猎女性的私语题材。唐卡《冬夜的烟火》写一次"一夜情"的女性经历，不过女主人公的知识分子身份，使故事带着强烈的人性欲望的释放。《魔匣，别打开》写一个和有妇之夫有性关系的女主持人，在遭遇对方苦难时的勇敢和坚持，并心怀惴惴的忏悔。这些写作态度，与林白比较，对于身体伦理的思考不够深刻，和卫慧、绵绵比较，性欲望的暴露不够明显，在主题上强调精神的内涵比较多。

---

① 贺绍俊：《悲悯与精神容量》，《小说评论》2006 年第 6 期。

在陕西女作家创作题材中，特别强调女性对于社会建设的参与性。当代文坛上的诸多女性作家在创作过程中，总是有意无意地流露出自恋、封闭的精神特征，以至于"自恋"成为当代用来描述女性创作的一个常用词。但是，就陕西文坛而言，自恋从来就不是问题所在，参与文学艺术的社会性建设是诸多陕西女作家的毅然选择，她们都特别重视在社会生活中女性独立精神的建构和发展权利的维护。丁朵朵（《疑似爱情》女主角）、满小玉（《西榴城》女主角）、郝玉兰（《叶落长安》女主角）都是争取独立、积极向上的角色，是在大的历史潮流中，努力驾驭自己人生之命运的形象，也是时代女性精神的代表。

文学毕竟是一种公众的艺术，它一定是有大众共享特征的艺术空间。大众共享的存在方式要求作家必须在作品中表达公众的"人"的审美品位，而不是个人的、自私的身体表演。创作题材仅拘囿于个体生存需要的细枝末节，是当代文坛女性作家创作的最明显的缺陷。陕西女性作家秉承延安文学的良好风尚，在艺术创作上，个人的社会性和对公众事务的参与精神从来没有缺失过，这使她们在当代文坛上显得卓尔不群。

第三，陕西男作家群和女作家群比较，女作家群的创作更加具有知识性。也许很多人都听说过陕西男作家的名字，都认为他们的作品艺术成就很高。其实，和女作家群比较，他们在知识的使用上，有些还不及女作家。比如叶广芩的家族小说中对中国古代的建筑知识、风水学、京剧、地理、道教、医药、古典诗词等知识，在使用时信手拈来，自然贴切，意蕴深远。虽然有人对陈忠实先生的《白鹿原》的知识性进行整理，大多是民俗学、礼仪、灾难等方面的内容，都是在感性经验积淀下来的知识，相比较于《西榴城》的民主、正义之知识，仍然显得有些肤浅。尤其重要的是，冷梦作为一个女性作家，把写作的重点，倾注在民主政治建设中，反对强权对于公民权利的伤害，用民主的力量呼吁中国法律建设，澄清冤假错案，还公民以正义，这是陕西男作家作品中缺乏的思想高度。更何况，叶广芩在《战争孤儿》

《风》《雾》等日本题材小说表现出的对日本文化的提炼和判定，都是长期理论知识浸润形成的深刻见解，不是肤浅的经验感受。叶广芩还重视动物题材的作品，把"天人合一"的观念和现代的生态意识衔接起来，是当代文学中生态意识小说的扛鼎之作。

除了叶广芩、冷梦，杜文娟也是喜欢在小说中夹带诸多知识的作家。她的《红雪莲》描写西藏的植物、动物、生存知识、身体体验、地理风貌、气候变化、小偏方、缺氧生理细节等百科知识，成为构建艺术世界不可缺少的创作维度。张虹在《等待下雪》小说集里描写汉中的风俗习惯、地理环境、医药知识等内容，也是她大量阅读、积累百科知识的结果。

第四，如果剥离由于作家个人使命感产生的对作品主题思想的影响，那么可以发现陕西女作家题材特别强调内在心灵吁求。简单地说，陕西女作家创作心理底蕴的缺憾是对男性精神世界的呼喊。这跟陕西地域观念有密切联系。"丈夫是耙耙，女人是匣匣"的社会分工，"家庭理财靠女人"的传统观念，形成了女性靠丈夫滋养的根深蒂固的观念。就拥有了现代生活方式的新女性而言，她们虽然有工作机会，但借助男人完成"耙耙""匣匣"的美满生活的构建依然存在。只是因为参与社会劳动，难免将地位、权势等物质特权因素加构于对男人的建设中，体现出鲜明的"男性主体"的精神概貌。在这种思维定式下，杜文娟作品中的女主人公爱慕功成名就的男子，甘心作隐身人，让男人的粗粝和错误撕扯女人娇嫩的心（《洪水》）；张虹作品的女主人公情愿做某位干部的情人（《等待下雪》）；周瑄璞作品里女主人公没有男朋友就觉得生活好像有一个巨大的空缺，急切期待某位男性的出现（《疑似爱情》）。但是，出现的男性，又都不是她们心仪的人，都有这样那样的不完美，于是，在作品中，对男性的嫌弃之心也很明显。比如，在所有的女作家作品里，谈恋爱没有花好月圆的，没有怦然心动的奋不顾身，大多都是上下级关系（男的上级，女的下级），都是上级对下级的"垂爱"。女性在接受这种"爱情"时候，都有星星点点的勉强和被动。比如《天堂葬礼》中周励和他的诸多女下属有感情纠葛,《等待下雪》中女主人公精细的内心活动,《疑似爱情》里的丁朵朵和海波的互相嫌弃等。这些昙花一现的爱情,结果都以悲剧结束,表现作者们对追求自由爱情的思想产生动摇,对男性忠贞品格产生了质疑。

其实,在文明社会物质极大发展的今天,对于女性而言,物质需要并不是问题,相反,绝大多数的女人都是有独立收入的,问题是女性的精神世界,却没有完全独立的能力,虽然每一篇都在讲她的故事,但每篇故事的欲望却都是"他"的。"他"要给她情感满足,要给她权利,要满足她的爱的设想……独立生活方式和瘫软的精神境界是陕西女性作家群所塑造的女性形象的共同特征。其他女作家在作品中开始拆解男性造出的爱情美满的图景的时候,陕西女性作家仍然在徘徊、观望,究其原因,在一定程度上是与她们的世界观有联系的。这个明显的"恋男情结"使她们的生活不由自主地申诉着"女"的愿望。这是一个"半边天"的角色。

题材决定风格。陕西女作家群大多都以描写城市生活为主,有一些在前期写农村,但后期就写城市的作家,这也是对自己生活环境的妥协。城市生活的表达,在小说中是私语化、细琐化、碎片化、时尚化的,因此,陕西女作家群对于农村生活的表达不足,是题材上的严重缺憾。不过,城市生活的真实感、丰富性又遮蔽了这方面的不足。比如,叶广芩的作品多是城市家族小说。贵族阶层盘根错节的家族伦理关系,很少关注田间的一年四季,她在创作中追求的是叙述的"自然"美。情感起伏的曲折婉转,人物关系的变化蔓延,使"自然美"具有抒情性。这使她的家族作品摆脱了其他女作家作品纤弱、单薄的风格,写得厚重、淳朴,富有浓郁的民族特色。城市在她的笔下恢宏美丽,日新月异,人物精神也饱满。后来她开始创作关于动物保护的作品,这样的题材在陕西文坛尤其可贵,也是男性作家没有涉及的领域。

以报告文学为重点的冷梦也是陕西不可忽视的小说作家,她的叙述方式属于中性叙述。她创作不辍,成果颇多,而且很少用私人话语的叙述方式。如果说当代小说有"女为男书"的叙述方法的话,她就是典型的代表。她的作品题材繁多，历史背景变幻，故事情节繁复，颇有男作家开阔浑厚的风格。更为可贵的是，她在创作上的严谨态度，文本真实和历史使命感是她追求的最高境界，所以她的小说在反映城市生活上具有震撼人心的力量，这使陕西的女性文学更加多姿多彩，鲜艳夺目。

综上所述，陕西女作家创作群既有全国女性文学的共性特征，也有自己的个性；既有和时代合拍之处，更有女性审美的特殊区域。尤其在创作题材的选择上，鲜明的时代性和性别特征在某种程度上与其他地区女作家的创作形成了互补趋向，具有不容忽视的文学价值。

第三章　陕西女作家小说创作特征论

新时期陕西文坛中最亮丽的风景之一，是收获了丰硕成果的女性作家小说。女作家们把一种由女性角色、女性意识生成的成熟而又精深的历史反思、现实感受、道德关怀和生命热情，贯注进小说文本之中，以清醒的女性自我审省意识和灵活多姿的结构形态，以及种类繁多生动的艺术技法，书写着被时代前进力量挟裹着进入精神解放的舒展感和喜悦美，确证女性在新的历史条件下的生存价值和发展意义，进而产生对未来生活的诗性表达，揭示出陕西地域文化发展中，城市的现代性给女性带来的性别利益和精神自由，并将之升华为人类生存限度与可能性的创新之处。于是，女作家小说的创作技巧、审美特征都显示了其独特的创新之处。

第一节　陕西女作家小说创作技巧

20世纪90年代的陕西女作家在创作上特别重视城市文化的写作，对于女作家写作主题有了新的开拓，更多的女作家作品出现在我们的阅读视野中。从创作技巧的角度探讨女作家作品，不仅能够梳理创作技巧的共性和差异性，这还是小说风貌产生差异的起点，同时也有助于开拓和丰富女作家文学表达的空间，提升她们在新时期文学中的艺术价值。因此，对她们的创作技巧进行整理很有必要。

首先，陕西女作家不太重视创作中的自传特点，却敢于尝试寓言小说的描写。很多女作家在创作中都把自己的影子写进小说中，甚至直接用第一人称创作这样的作品,自传性因为亲身经历而描写起来细腻生动,朴实圆融。可是这样的特点在陕西女作家的长篇中很少表现,相反,陕西女作家冷梦,用寓言小说的方式,突破写作的常规,刻画出富有独特艺术氛围的西安精神。

《西榴城》里的"塌鼻儿"形象是一个精灵般的小男孩,整个故事在他的视野叙述中展开。塌鼻儿的第一次出现,引出了一个冤案,接着又一个冤案,最终知道了更大的秘密。就像祭祀中的迎神者。在陈济时和满春虎密谋时,塌鼻儿已指出一场血光之灾将要降临到甫家这一大家族上。塌鼻儿再次正式出现,已是他陪伴满小玉去伸冤,去寻求冤案真相的时候。这期间,他讲述了榴花簪的故事,知道了小芹的死和满小玉的"移魂"复生。塌鼻儿去到牛岭沟后,我们跟随他的视野发现"死而又生"的王金锁。塌鼻儿去到天窨,我们看到了甫和惠的不幸遭遇,看到了祁红玉的坚忍与真情。塌鼻儿为小说故事牵线搭桥,推进小说情节的发展,使甫和民、小芹、小玉等人的故事自然地交融串联在一起,又在关键时候出现,掀起轩然大波,把情节推向了高潮。

塌鼻儿老奶奶是事件发生的知情者和见证者。塌鼻儿老奶奶在西榴城生活了两千一百多年,这便真切地让她见证了朝代的更替,让她从内心觉得高人一等。她一直强调在西榴城建城时她就存在,两条神龙的传说就是在她的讲述下展现的。而甫家从前的繁荣以及甫老太太的雍容与淡定都是由她引出。而在甫和泽、甫和民写完申诉材料走出小木楼的时候,她嘿嘿冷笑了两声后说了"成了"二字,院子里的人只有塌鼻儿看出来她说"成了"是不怀好意。她说"成了"的时候脸上带着歹毒的快意,是幸灾乐祸。她也渴望着把王六烧死,却不是出于对王六作恶多端的道义上的憎恨,而是嫉妒王六的暴富。自从塌鼻儿老奶奶知道了她从前的邻居、炸油条的王六一夜暴富成了一个大酒楼的总经理,她就把她从前对正统和皇权的狂热转变成了对金钱和财富的狂热。而她自己也变得拥有巨大的野心,要建成一个胡麻氏皇家酒楼,还要继续欺骗李婶和张二做她的免费劳动力。而这一切,正体现了她作为一个知情者和见证者的作用，再现了历史的变迁和社会和变革，当然其中的变化不仅仅都是日新月异的美好，也参半着让人为之鄙夷的世俗与险恶。

这两个人物，一方面是把西安古城的丑陋剖析给大家看，努力批判，试图建立一个新世界；另一方面是把丑陋沿袭下来，激其浊，扬其波，两面对比，对过去的习俗的厌恶感就突出来了。这就是这部小说的寓意。

其次，在陕西女作家作品中，非常注意细节的写法，细腻的感情在真实生动的细节表达中，展示了真实、传神的特征。细节的刻画，不仅能够推动情节的进化，而且能够丰富人物性格，再现真实的场景。陕西女作家特别重视细节的描摹。比如，周瑄璞曾经说过："细节是我写小说的重点，在某种程度，我觉得细节是作家构思中丰满主题的补充和完善。"贾平凹在评论《叶落长安》的时候，写道："我觉得作品里的生活细节、人物刻画比较好，写那么长时间、那么几家人，环境里面涉及的小东门外的一些记忆，人物描述写得特别好，里面的女性写得特别细腻。……她擅长抓住那些东西。"（吴文莉《叶落长安》序言）李震也说："……（《叶落长安》）有中国古典小说的特点，是一直很写实的细节描写，一个细节一个细节过去，这个写法是成功的。"

《多湾》在写到季瓷的生活的时候，一笔一画，认真细致，小到一首儿歌的演唱，大到季瓷走50里路给儿子送馍，困难时的一餐一食，富裕时的一言一语，都刻画得耐心周全，有板有眼。《青木川》里，魏富堂（土匪）闯入教堂，他看到的亮晶晶的餐具、洁白平展的台布、明亮的窗户、精致的雕塑和装饰华丽的窗帘、优雅的布局……作者一个细节都不放过，每一字都是着力筛选。叶广芩不需要用比喻、夸张、对仗的技巧，仅仅是精确的平铺直叙，直白得不用一点点艺术的修饰，却费尽镂刻的力度，因为这是小说中最重要的细节——魏富堂从此洗心革面，放弃粗俗的土豪身份，追求文化上的进化。恰恰是这种细节，打动了他的心灵，也打动了读者的心灵，产生出巨大的推动文明进步的能量。

《西榴城》也是一部重视细节描写的作品。"当满小玉近乎完美地以无可挑剔的美丽玉体横陈在他（陈虹刚）的面前，刚才他还感觉到的沉重和悲怆让他透不过气来的《安魂曲》，此刻在他狂妄的幻觉中，犹如一支庞大的乐队正在为他演奏者一曲《结婚进行曲》。"这一段是刻画陈虹刚在最后和暗恋的满小玉发生关系的一段。作者并没有匆匆略过，而是细致刻画他的心理，用心理的错觉表达他狂喜的情感，但是，太高的快乐之后接着就是被从云端摔下来的痛苦。把《安魂曲》听成《婚礼进行曲》是陈虹刚心理的扭曲才发生的事情。这个细节，充分证明他在占有小玉过程中的带有惊惧性的快乐感。

周瑄璞的《圆拐角》《衰红》《宝座》等作品更是由一个接一个的细节描写来连缀成的故事，在表达城市生活的丰富和绚丽上，细节描写成为塑造小说真实感的主要创作手法。

再次，陕西女作家在创作主题上，喜欢标新立异，追求深度和宽度，不落窠臼。她们在创作上，主题思想的开拓是重要的创作目的。比如，叶广芩对日本"遗孤"题材的开拓，以及在生态动物题材的创新。她在这些方面的收获是有目共睹的。除此以外，冷梦在战争题材上的创新，周瑄璞在城市文学上的创新，杜文娟在知识叙事上的创新，等等，不仅表达出女作家的文艺观，还表现了女作家们敢于尝试新主题、富有写作天赋。

关于叶广芩的"遗孤"题材和动物题材的创新，将在以后的《叶广芩创作论》里分析。在这里，我们主要分析冷梦的《特殊谍案》和《天堂葬礼》。这两部小说，都写到在西安解放过程中，在战争挟泥裹沙的朝代更迭的历程里，"卧底"的党员被无端诬陷，最后平反的故事。战争题材，很多作家都把战争的正义性和强大力量刻画得轰轰烈烈，把英雄的光荣、伟大、正确描述得崇高巍峨，可是冷梦却"遗世而独立"，专门刻画战争中受委屈的小人物，为战争的狂飙泼一碗冷水。以个人的正义感来纠正战争的蛮悍，别出心杼，弱肩挑重任。陈忠实评价她："讲个人在一个历史阶段的遭遇，环境的艰难和心灵的承受力。能写到这样的程度，确实令人感动。"（《西榴城》的推荐语）吴文莉的《叶落长安》是一部书写西安城市发展变化的作品。从破旧、贫穷的老城，变成文明、大气的国际化都市，为城市写心，为西安立命，刻画出作为十三朝古都的城市发展轨迹。在西安城市发展历史上，该小说全景式的描写为之做出了重要贡献。

最后，陕西女作家在小说创作中往往用抒情化的叙事策略，用饱满的情感感染人，借深厚的理论说服人，情理交融中，给读者鲜明而深刻的印象。任何语言都是带有情感的，但是，有些作家的作品往往冷峻、平淡，追求"零度叙事"，但陕西女作家们都喜欢在语言的叙事中渗入明确的是非观念，借故事情节的轻重缓急来表达情感的淤积或宣泄，这使她们的作品更加有情节上的艺术魅力。

比如，在张虹的小说中，《出口》《在月亮升起的地方》《橡树下的村庄》等都特别注意小说的诗意化风格。她在《黑匣子风景》中描写的"天人合一"的画面，给人留下深刻的记忆。《出口》里也有具有煽动人心的句子，比如："他继续说，我想告诉你们的是，我把三尺讲台看得非常神圣。只要有课，头天晚上，我必须把皮鞋擦得亮亮的，把第二天要穿的衬衣和外套熨好，早晨起床必须洗头。就是说，我要求自己以干净整洁的形象出现在你们面前。这是对三尺讲台的尊重，也是对你们的尊重……"祈使语气的使用是非常具有感召力的，短句子能够沉淀出急切感、激情感，一种诚挚的深情在字里行间激荡，感人至深。

这种抒情化的语言在《叶落长安》中就是平实的风格压抑下的真诚。赵韦在评论它时说："它（《叶落长安》）只有平实而平静的讲述，她讲述的是中国平民生活的那种表面无伤无痕、体内却五脏俱裂的痛感。"这种痛感就是吴文莉独有的抒情手法。她擅长于把心酸的感受通过琐碎的事件表达出来。

总之，陕西女作家的创作技巧，有反映地域审美的共同特征，也有自己独特的创作技法。她们喜欢细节的运用，注重主题与情感的融合交汇。她们的小说立意含蓄深刻，平中见奇；笔法轻盈流畅，委婉细腻；语言清丽婉转，纯美优雅；风格清新俊逸，富有韵味。以女性特有的抒情笔调，给读者编织了一个个或热烈，或悲凄，或单纯，或曲折的爱情、生活的花环。其叙事抑扬顿挫犹如千回百转的溪流：随地势起伏，顺环境而变通，虽然旋涡与涟漪并陈，却又自然顺畅、从容不迫。另外，在写作技巧上不断开拓自己的艺术视野，丰富自己的艺术技巧，用隐喻、变形、错位等技巧讲述故事、塑造人物，体现了她们审美追求的多样化，从而立体地呈现出陕西女作家特有的文化品格。

第二节　陕西女作家小说创作艺术

从创作角度上看，陕西女作家们的作品或怀着对当今生活中普遍存在的爱情极度脆弱、道德极度荒漠化的社会现象的深切不安，或反映女性在两性之战中遭受的身心重创的惊慌；或准确把握精英文化崛起对于人的欲望的唤起和未能实现的忧患；或是写闲适生活创造的骄傲；或是写职场被暗恋的娇羞和矜持，字字珠玑，成就非凡。在这里，没有女性对男权社会的决绝抗争，没有欲望之海的困境与挣扎，甚至没有对男权文化价值的批判，往往带着小女人式的喃喃私语和踽踽伤怀。比如《琴姐》《心祭》《天堂女孩》《我的丈夫叫西安》《橡树下的村庄》《西榴城》《衰红》《故障》《疑似爱情》《我的黑夜比白天多》《冬夜的烟火》《酸甜的杏干》《多湾》《圆拐角》《玉碎》等。"陕西女作家应该说是有一定阅历的人群，但相对而言涉世不是太深，所以她们的小说创作多取材于自我经历或身边琐事，把重点由对外在现实的关注转向对精神世界的内窥。"[①] 陕西女作家群的创作虽然各有风光，但整体上艺术的差异性并不很大。

从文本形式来看陕西女作家群的小说创作，其艺术探索主要在于个性化的体验言说。细腻婉转的心理描写和深刻机敏的反思是最常用

---

① 邰科祥：《女性写作的误区及其出路——论陕西当代女性小说的不平衡现象》，《当代文坛》2011年第1期。

的写作方法。由于她们对女性命运和女性生存价值与意义的深切关注，所以自传体言说成为叶广芩、冷梦、周瑄璞、唐卡、王晓云、张艳茜、夏坚德、王芳闻、张虹、韩晓英、吴梦川等女作家小说创作的基本手法，其艺术描写紧紧扣住都市中饮食男女相同或相近的女性的生活细节来表达其情感体验。相比较而言，陕西女作家能够自觉地与当下盛行的文坛保持一定的距离，既没有"美女作家"们对人文精神话语权力颠覆与瓦解的叛逆偏激和颓废放纵，也没有"小女人作家"们软语呢喃式的矫揉造作和甜腻发嗲，她们以认真而严谨的创作姿态，在小说中真实地呈现了自我的性别体验，描绘出身边都市生活的内在肌理和女性生活的日常情态。她们在思维方法、结构形式、描写技巧等艺术表现手法等各方面的努力，已有效地突破了传统的单一线型寓意格局和注重因果关系的思维模式，呈现出文体的自由舒放和结构形态的灵活多变以及创作手法的繁复生动。这使她们的写实并不拘泥于真实的再现，而是呈现出一种表现与再现融会贯通的理论化特征，较冷静的客观叙写达到了一定的心理深度，而主观性较强的气氛渲染又使作品注满浓郁的感情色彩。

由中国古典文学的深厚泽被所致，陕西女作家小说创作的结构图式，较鲜明的烙印着传统小说的风格特色。她们大多都是演绎故事、铺叙情节的高手，能把一个看似简单明晰的故事文本，处理得既有丝丝入扣的逻辑性，又有情节起伏跌宕发展铺衍的说服力，还具有较典型的戏剧意味，带给读者一种生动曲折、引人入胜的阅读快感。如叶广芩的《对你大爷有意见》把一个底层女性要当妇女主任而不能当的故事讲得丝丝入扣又耐人寻味。整个故事完全平铺直叙，简单直白，却字字千金。小说里写自己的身份，写自己和书记之间的师姐师弟的亲密关系，甚至亲密中却透露出疏远和嫌弃的腥味儿，写"鲜香椿"来找自己的自信，插叙"鲜香椿"和书记的纠葛，写自己提出"鲜香椿"做妇女主任的建议被嘲弄，写自己调查"鲜香椿"发现的个中蹊跷，然后，故事戛然而止，不蔓不枝，不拖泥带水，但是，黑白分明，是非明辨，讽刺的意味也跃然纸上。

另外，叶广芩的家族小说创造出新型的家族史叙事。《采桑子》作为一部家族小说，采用的是独特的串联式结构。作者用九个小中篇，讲述着既相关又游离的家族片段往事。篇章之间相互独立，又有血缘关系的潜流相通。这种结构拥有叙事的自由和充分展示人物性格命运的空间，营造出一种诗意的跌宕。文体结构富于韵味，根植于同一血缘的家族成员，在各自的人生历程中，偶然地、部分地呈现着家族命运的某个侧面，相互连缀起来就是家族史变迁的基本轨迹，恰到好处地表现了这个贵族世家的离散状态。作者将自己的情感体验纳入文本，并上升到人生观的高度，形成匠心独具的结构，成就了她家族史叙事的挽歌式写作，具有悼亡仪式的庄严与凄凉感。

除了在描写家族历史有一定的开创性外，叶广芩又开始了现代历史叙事的艺术探索。不同于主流的历史叙事，她从边缘的历史价值观入手，写出了复杂的人性与复杂的历史冲突。这些边缘化主题被主流政治史的叙事所省略、遮蔽或遗忘。作者怀揣还原真实的极度好奇与重构历史自觉的责任感，凭借独特的生命体验，努力捡拾起被宏大历史叙事丢弃的偶然、零碎、不连贯的场景与碎片，用人性的复杂与多维价值观重新搭建历史真实与文学真实之间的时空桥梁，弥合历史话语的缝隙。在某种意义上，写历史就是在写人性，而叶广芩发现人性的复杂性与历史的复杂性有着相对的冲突关系，并用文字把它表现出来这是作者最大的收获。

在《青木川》中，文本自始至终回响着两种叙述声音，即民间叙事与政治叙事，这两种叙事是多声部不和谐的思想撞击，更是历史叙事原生态的呈示。在讲述这段被历史尘封的生命传奇的时候，基本的叙事伦理是倾听。作者借助当时在场者的追忆，把所有的声音组织在叙事的时间序列中，在有限的文本空间容纳了历史叙事的多样言说方式，形成多声部的交响效果。这使该小说有别于传统叙述中历史线性发展的单一叙事模式，拥有了穿越古今的广阔时空跨度，令故事的叙事丰满而富有张力。与此同时，诗化的人性书写融合其中，粉碎了人们对"土匪"的固定认知思维模式，颠覆了一贯的伦理判断。于是被历史囚禁的秘密获得解救，反抗着历史的含混和谬误，还原了历史人物复杂而真实的历史命运。

另外，从历史小说创作态度上看，《青木川》以一个对文明充满向往的农民富于个性的土匪经历，完成了作者对于历史叙事的质疑。同时在一种有关人性的悖论中，也寄寓着作者对充满活力的生命形态的审美激赏。作者采用"一种超越了意识形态立场之后的客观、冷静的书写态度，令小说充满了理性色彩的叙事策略，表达了自己对于所有历史叙事的质疑"①。说到底，能够确信的不是历史的结论，而是和复杂历史一样复杂的人性以及两者之间的冲突关系的反思。

冷梦也是对历史书写有创新精神的女作家，她的《特别谍案》《天堂葬礼》《沧海风流》等都是对革命宏大叙事的沿袭，同时又是对革命书写主题的突破。她笔下那群信仰坚定、激情如火的理想主义者，并没有随着革命的胜利而享受果实，而是遭受到无端的猜测、审查、被捕和折磨，作者生动传神地描写了英雄的另一面，鞭辟入里地刻画细微而复杂的人物内心活动，用作家的热情和正义，表达了愤世嫉俗、特立独行的价值观。《西榴城》故意模糊现实与艺术虚构之间的鲜明界限，成功地融虚幻与真实为一体。在彰显西安城市特定历史背景的背后，着力刻画被冤屈的甫和民、满小玉、塌鼻儿等下层百姓对于正义的追求与捍卫。作者灵活自如地综合借鉴、象征、变形、荒诞、意识流、精神分析、黑色幽默等现代主义艺术技法，在叙写历史过程中注入创作主体的主观情绪与感受，有效地拓展了小说文本的内在意蕴空间和思维延伸的弹性与张力，获得众多评论家的好评，艺术成就很高。

另外，陕西女作家群在文本形式、艺术技法、语言风格等层面的个性化追求，在其代表作中呈现得十分鲜明。周瑄璞的《多湾》是一部具有独特艺术魅力、同时也充分显现了作者卓越才华的长篇小说。其主要的故事框架是按物理时空顺序描写季瓷、章柿、章棣、罗北京、

---

① 王春林：《超越了意识形态立场之后——评叶广芩长篇小说〈青木川〉》，《小说评论》2008年第3期。

罗贫农、胡爱花、胡爱莲、进军、西芳、西莹、项宇、项洁等一个家族四代人迁徙到西安城的故事。主线之外又在故事的纵式发展中截取了几个横断面，以倒叙、补叙、插叙的形式交织进行，大故事套着小故事，并没有特别复杂的悬念或人物命运，但是小说呈现出的网状叙事结构，既是对《红楼梦》叙事的沿袭，又是时代潮流涌动下的新的技法的突破，使读者看得津津有味。此外，在小说中，人物性格丰满而又生动，无论是季瓷还是章柿、西芳、西莹，每个形象都是个性独特的"这一个"。小说中人物名字的设置、场面和景物的描写，都饱含着强烈的象征性抒情意蕴，柿、楝象征着农村的艰苦和荒芜，而播音员的工作象征着先进和文明，作为一群不断向往新生活的社会主义主人公，在追求城市生活道路上，映射出执着的理想精神和充实硬朗的生命质感，这是作者对人生价值深刻感悟与理解的生动表征。小说的语言杂糅了朴素沉实、飞扬灵动、绚丽繁复等多种质素，时而像火一样闪动，时而又像水一样流淌，具有诗性的节奏、弹力、空灵等审美特征。

唐卡和王晓云的小说构式，也十分讲求故事情节的曲折性、完整性，或按照人物出场前后和事件发展的时空顺序叙述一个有头有尾的故事，层层深入地推进故事情节；或以倒叙手法先交待人物事件的结局，然后转回头去从故事的开端写起，其间叙述的时空顺序，虽然有局部断裂或某一横截面内的打碎后重新熔铸的缺陷，但并不影响整体上的情节清晰与故事完整，读来令人感到顺畅轻松。在小说语言方面，她们有意追求一种俗白顺达而又生动绵密的风格，文字表达策略以平朴从容的叙事语句为中心，目的主要是描写、陈述和说明，显现出一种平实温和、善解人意、将心比心、富有人情味的日常化特点。

相比之下，张虹似乎并不把演绎一个生动曲折的故事作为小说描写的重心（虽然她通常能把情节铺叙得细密曲折、环环相扣），因为她更热衷于深刻描绘乡村生活的迷惘、痛苦、绝望的内心世界，常以女性主人公内心自我与外在环境矛盾冲突的心理流程（如自我感知、自我欲求、自我追忆、自我选择、自我审省考辨）为情节线索来结构作品，运用插叙、倒叙、追忆和真实生活经验交织杂糅的叙事方式，揭示女主人公"外在自我"在现实生活的压抑下的扭曲变形与"内在真我"构成的矛盾性。比如，《黑匣子风景》里女主人公复杂、纠结、变幻的心理描写。相比较起来，唐卡的小说往往通过知识女性的情感经历，暴露内心的迷惘与痛苦，构筑起一个多维度的女性主体经验空间，并由此洞开了现实社会的真实质地和女性命运的悲剧意蕴。小说中对人物内心世界的描写，随意识流动呈大幅度的跳跃，时空也常常无规则地高频转移，给人留下深刻的印象。比如，《你是我的宿命》，把传统意义上的现实历史时间放弃，取而代之以女性心理时间和与之并存的心理情节来展示作品，语言精练又富有思辨性，意趣深广极耐品味。

　　张虹的小说更多地呈现出一种孤绝的倾听和诉说自我的写作姿态。作为一个较充分地显示出女权意识、女权话语特色的青年作家，她极为关注个人情感、亲历与私人化生命体验的传达，为此，她自觉地逃避普泛化、秩序化的社会情状和生活形态的记叙与描摹，而只凭借呈内省姿态的个人记忆和经验从事写作。她的小说中常常既没有重大社会事件的介入，也没有复杂社会环境的叙写，有的只是女性自我心路历程的精细梳理。她常常采用第一人称"我"直接诉述心怀的独白话语方式，淋漓尽致地展示、剖露、宣泄、张扬女性内心自我的种种隐秘，表现出一种灵魂抒写和表达的真实性与深刻性，如《橡树下的村庄》《雷瓶儿》等。虽然她也有很多作品是以第三人称叙述故事的，如《小芹的郎河》《白云苍狗》等，采用的是全知全能视角，但多由作者扮演故事的叙述者进入了所叙述故事的同构关系。这样就在客观化的叙事外表下，表现出一种深沉的主观化、情绪化的叙事品格。韩晓英小说的语言也涂染着浓郁的主观情绪色彩，从她那奇形怪状的话语结构和一往无前的话语气势背后，我们可以真切地感受和捕捉到主人公急切而焦灼的精神律动，揶揄、嘲谑、戏仿、反讽随意铺排而又旁逸横出，令人目不暇接，美不胜收。

在充分地考辨与肯定陕西女作家群小说文本艺术探索取得的成就的同时，实事求是地剖析、评估其存在的不足与局限，既是必要的又是必需的，以便为今后创作提供有益的借鉴。陕西女作家群的小说创作在艺术形式范畴的缺陷，主要是女性形象、故事结构框架、情节设计、语言风格的模式化倾向。很多作品单独来看都很精彩，但放在一起来看就往往给人一种似曾相识的熟悉感，即看过一篇便可了解一连串甚至全部小说的故事风格。人物性格的走向呈现着定型化的特征，彼此间复印的痕迹较为明显，缺乏陌生化的创新性，很难唤起读者的阅读新奇感。而且其叙事技巧、语言表达策略和词汇的选择具有高度稳定性，历时性的翻新和共时性的多元尝试都较少，不同程度的带有惯性写作之嫌。甚至主人公的性格特点等各个方面都显现出较鲜明的雷同化倾向，主观的塑造痕迹明显。

王国维曾在《人间词话》中说过："（诗人对于宇宙人生）须入乎其内，又须出乎其外。入乎其内，故能写之；出乎其外，故能观之。入乎其内，故有生气；出乎其外，故有高致。"这番肯綮之谈至今对作家们仍有积极的启示意义。因此，陕西女作家们应在更高更纯粹的审美意义上，努力寻找笼廓自己的叙述语境和艺术的表现方法，以使其小说创作步入更高更好的艺术境界。

第四章　陕西女作家小说地域文化论

　　一部具有美学价值且可入史册的文学作品多半是有地域色彩和文化内涵的。赫姆林·加兰说："显然，艺术的地方色彩是文学生命的源泉，是文学一向独具的特点。地方色彩可以比作一个无穷地、不断地涌现出来的创作力和魅力。……如果文学知识或者主要风格是雷同的，文学就毁灭了。"① 实际上，作家作品的地域文化特征的差异带来文学的差异性和多样性。把陕西女作家的创作置于整个文坛的格局来审视，其独特的地方美学价值和文化价值就如破茧之蛹化蝶而出。这不仅体现在陕西文化的厚重、博大、多元、灵动以及农耕文化和城市文化的碰撞和融合中，而且也体现在不同身份和境遇的文本创作者的审美体验和审美感受之中。不同的作家、不同的地域文化倾向，营造出陕西女作家们审美风格的绚丽斑斓、多姿多彩。

第一节　叶广芩笔下的陕南文化

　　虽然叶广芩被称为"格格作家"，以描写北京故事为主，但她在青木川作为挂职锻炼的干部，一蹲数年，她描写的青木川，并不像王安忆笔下的大都市上海，也不似沈从文笔下的湘西小镇，而是地道的中国陕西秦岭里的一个镇子，反映了小镇在时代风貌上的历史特征，是作者地道的陕南文化书写。她的作品当然重视人物的生动传神，却

---

　　① ［美］赫姆林·加兰：《破碎的偶像》，刘保瑞等译，载《美国作家论文学》，生活·读书·新知三联书店1984年版，第84—85页。

更重视青木川小镇的历史钩沉、时代变化,并在这个背景中精致地刻画人物命运的峰顶和谷底。

一 青木川的地理位置、自然环境

青木川坐落于陕西省汉中市宁强县西北角,地处陕、甘、川三省交界处,素有"一脚踏三省"之誉,是陕西省最西边的一个乡镇,据说是因为一棵巨大的青木而得名。青木川的山势险峻,重岩叠嶂,壑幽林密。"(金溪河)沿着镇边缓缓地流淌,碧绿深沉,碰到河心那两条青石桥柱,偶尔会翻出几朵浪花,旋出几个漩涡,但很快又趋于平静,洋洋洒洒地向前流去。风暖洋洋地拂过水面,吹起微微一阵细浪"①,仿佛是优美的风景画。但是,作者在描写青木川的地理环境中,首先重视过去的参天大树,幽深的沟壑,"(大树)黑压压地伫立在山顶。路人行到此处,山风吟沉,树影摇曳,多快快通过,不敢长期停留,林幽山险,伏蟒易生,是奸匪出没之地,也是兵家小心防范的所在"②。在这个地方,王三春杀了魏富堂的手下,魏富堂和王三春枪战械斗,魏富堂抢劫商人的大烟鸦片,魏富堂押着大赵小赵从西安来又送回西安……不一而足,都展示了青木川独特的地理环境。

秦岭是中古地理版图上一个典型的坐标,属于陕西南部地界,碧水青山,秀峰葱茏,一片江南气象。过去靠傥骆古道穿梭往来,甚少有商品交换,一般人都不敢问津。于是,人迹罕至,林密山深,生产经济落后,土匪横行。

但是,故事的展开却是20世纪90年代,原来的土匪早已踪迹全无,取而代之的是和谐安稳的小镇生活。冯明一行人从都市到青木川,风景变化,物是人非,那些大青木已经不存在了,只留下光秃秃的山巅和细细的灌木,"回龙驿北面是高山,是秦岭主峰,南面是河谷,河水湍急凶猛,声如擂鼓,咆哮翻滚着向南流去。河床满是巨石,岸边长满了细

---

① 叶广芩:《青木川》,太白文艺出版社2007年版,第38页。
② 同上书,第36页。

碎灌木,灌木上粘了红、白塑料袋子和各样垃圾,花花绿绿,污人眼目"①。虽然没有土匪出没,但是骗子、小偷、疯子横行街里。

别人在写风景是风景,写山脉是山脉,但是,叶广芩的地理环境描写并不是纯粹为故事的发展提供背景,而是参与文本主题思想的一个元素。在冯明认为自己的付出和林岚的牺牲并没有给百姓带来幸福的生活的细节里,作者含蓄地反映了青木川自然环境在逐渐恶化的生态意识。冯明要找自己初恋情人林岚的坟墓以寄托哀思,可是,他细细搜索,发现当初的茂林小溪、青野翠木通通都不见了,一个制砖厂正灰尘满天地忙碌着,烈士的遗骨也不见了。

一个是政权建设中付出生命代价的烈士,一个是经济发展历程中为青木川创造利润的工厂,每一件事情说起来都是惊天动地、电闪雷鸣的,但具体到历史发展的历程中,却充满了遗忘的冷酷。

在工业吞噬一切的怪胎中,大家遗忘了自然山水的意志,一味注重经济上的高歌猛进,革命家的精神需要已经被压缩到极小的空间。冯明的愤怒,也是政治建设中付出代价的一群人的愤怒,经济上发展的欲望,污染了自然界的清明,却没有一个"冯明"站出来,大声疾呼。冯明后来混迹于游行者队伍,对抗招商引资,并不是捍卫青木川的绿水青山,而是因为自己斗争对手魏富堂的外甥女儿"耀武扬威"地"衣锦归乡"。这是对革命者的反叛,是对战友、恋人、领导们刻画的蓝图相背离的。人类,仍然是自顾自发展,忽略大自然的需要。可以想象,不久的青木川会遭到大自然的报复的。

二 贫穷的百姓生活

冯明刚刚进入太真坪,离青木川还有一段距离,长途汽车不走了,因为路途遥远,只能明天出发。冯明在这个小镇看了一下。这个镇子很脏,而且百姓的生活习惯仍然很落后:"小卖部旁边有个卖凉皮的摊子,陈旧的凉皮用玻璃罩子挡着,那些酸辣蒜水不知使用了几天,

---

① 叶广芩:《青木川》,太白文艺出版社2007年版,第76页。

面目已经浑浊不清。卖凉皮的女人一边做买卖一边哄孩子，孩子鼻子下面的鼻涕抹成了花蝴蝶，开裆的牛仔裤上满是泥污，脚上一边是袜子，一边是旅游鞋……"① 距离青木川还有近100里路的地方，百姓还是这种光景，那么青木川会更甚。因为从古代开始，到青木川来并成为居民的百姓都是逃荒来的。"秦岭山地有它自己独特的小气候，往往是山外大旱山内丰收，成为鲜明对比。所以一遇山外饥馑之年，逃难的人千百为群，扶老携幼，拖家带口，络绎不绝，顺着山道迤逦而来。他们夜宿祠庙山洞，荒野密林，取石支锅，拾柴造饭。遇到当地农户，便租赁土地，借粮作种，临时搭盖草棚，以蔽风雨。老林地僻潮湿，阴气过凝，狐狸所居，豺狼所嗥，收获颇为不易。颗粒无收者，亦不悲，继续前行；数年有获者，典当山地，渐次筑屋，安顿下来，改流民而成土著。"② 生活于这个地方的百姓，只能是苟延残喘地活着，根本没有文明发展的富裕和精神的滋长。

小说中，魏富堂曾经进入过一座教堂，看到亮晶晶的餐具、洁白的台布、精致的宗教雕塑、上升的教堂建筑，它似乎打开了他内心的另一个美丽的世界。那里干净、富裕、文明、善意，是与他的眼睛看到的不一样的世界。他眼睛看到的父母的"打架"，兄弟之间的争抢食物，自己"一身蓝靛染的土布裤褂，二斤白米，两口袋苞谷，一罐土酒"换来的婚姻，众乡亲的愚昧无知，穷困不堪，几乎没有精力、金钱来缔造精神需要，只有吃、吃、吃。现在，解放了，大家都知道金钱的重要了，却又是疯狂地索取，像永远吃不饱的肚子。如何优雅、如何高尚、如何缔造精神的善良与和谐，没有人重视。这些人，青木川的领导、百姓都像贪婪的孩子，没有节制，没有引领者，虽然摆脱了挨饿的痛苦，却摆脱不掉穷困给他们带来的心灵上的创伤和痛苦。

在谈论"穷"一代一代传下来的逻辑关系的时候，小说里有一段鞭辟入里的争辩。

"冯明说，他偷，是因为他穷；他不偷就要饿死，穷则思变！"

---

① 叶广芩：《青木川》，太白文艺出版社2007年版，第101页。
② 同上书，第100页。

"郑培然说，不是所有的穷人都偷人，三娃子的爹穷是因为抽，抽光了家产，抽没了人格……"

"冯明说，反正三娃子的爹是被魏富堂给杀了的，这笔血债我们会永远记着，我们的子子孙孙也会记着。"

"郑培然说，还说什么子子孙孙，到了三娃子这儿就已经忘得光光的了。三娃子的儿子跟他爷爷一样，也是抽，比他爷爷瘾还大，进了三回戒毒所毛病也没改掉。"

"青女说，三娃子的老子、儿子都有嗜好，也是遗传，他们家到现在还困难得常揭不开锅。"①

这是造成部分人穷困的真实原因。

还有一部分人实在是穷得没有饭吃，就发生"喜儿勾引黄世仁"的事件。"说喜儿被杨白劳抵了债，黄毛也是被她爸爸抵了债的；喜儿被黄世仁奸了，将孩子养在山洞里，黄毛的肚子也凸起来了……工作组想树个青木川'喜儿'翻身解放的典型，就把这任务交给了张文鹤，让张文鹤去启发黄毛的阶级觉悟。张文鹤是本地人，又是成过家的，有些话'好张嘴'。张文鹤去了，没有一袋烟工夫回来了，谈话的结果让大家失望。原来是'喜儿'自愿跑到少爷床上去的，理由很简单，当丫头得干粗活，吃黑馍馍，跟了少爷能吃小灶，有精白米还有新棉袄穿。"②青木川的女人匍匐在贫穷的压迫下，没有了尊严。这样的情况发生在1949年前的青木川，也发生在20世纪80年代的青木川。在共产党的引领下，苦日子已经结束了，但经济改善带来了精神的灾难，而精神的拯救力量又迟迟没有出现。

三 各种势力的纠葛争斗

青木川虽然是个小地方，但是它地处三省交界地，各种势力都在这里纠结、争斗。《青木川》通过拼贴的形式描写了共产党、国民党、土匪三股势力在这里争斗的过程。

---

① 叶广芩：《青木川》，太白文艺出版社2007年版，第261页。
② 同上书，第273页。

文章首先写土匪的滋长。魏富堂出身贫穷,卖身到刘家大院做二泉的丈夫,后来气死岳父岳母,劫了商队的大烟,卖了3万大洋,然后经营大烟、皮货、瓷器等商业,壮大自己的实力。

"青木川老百姓几乎所有年轻劳力都是魏富堂民团的兵丁。有上尉、有上校、有处长,有副官,官都不小,大都是兼职,闲了当农民,有事了拿起枪当兵。也是因为这样魏富堂的民团当然不能同正规部队相提并论,在魏老爷的武力胁迫下也表现出民团特有的一种地方特色。民团的人员编排全部来自于子弟百姓,跟随军官的民兵更像是民间一般的随从,能搓澡推拿、修脚说书,懂得草药知识的药工等都算得上是训练有素的老兵,能把长官伺候好。当了民兵就可以免去魏老爷抽的丁税,因此人人都争着当护兵,不仅不用出操,还避免了出去打仗。民兵不可避免就具有一半小农生产者思想上的局限性,也表现出魏老爷的民兵政权组织不稳定的一面"①。一个土匪帮派实际上就相当于一个以匪首为中心的小的社会组织,土匪头子的权威意味着一切,他代表匪帮发号施令、掌握全部财产,并且委托心腹适当分配财产。而小头目及普通土匪,则像传统家庭中的小辈,无权支配财产,得把个人所得全部上交。因而土匪头目的性格做派则决定着这个匪帮整个性情的养成。魏富堂盘踞在宁强青木川,他清醒地认识到种植大烟只是一种手段,不仅他自己不抽大烟,也绝不允许他的家人和部下抽,谁抽枪毙谁。盛产大烟的青木川,遍地是烟馆的青木川,竟然没有一个本地烟民,这不能不说是与魏富堂的领导有关。等共产党进入青木川的时候,魏富堂已经树大根深,影响很大,他一度想和共产党合作,但是,那个时候,共产党的"左"倾思想已经开始抬头,拒绝他的请求,把他当阶级敌人批斗。另外,这个时候,他的外甥李树敏已经投奔了国民党,极力要求他的加入。他坚定地拒绝了。结果,李树敏和魏富堂都被共产党在土改中宣判杀死。

《青木川》还花了相当大的笔墨,刻画魏富堂的形象,详细描写

---

① 康文祎:《京陕文化视野下的叶广芩小说创作》,硕士学位论文,聊城大学,2010年。

土匪王三春的个性,以丰富青木川土匪的作乱情况。可以想象,在某一个历史时期,青木川是完全控制在魏富堂手中的。他把青木川建设成了那个时代的"世外桃源",修路、建桥、买汽车、购钢琴、盖中学、资助穷人的孩子到外面读书,还严格禁止在本地盘上抢劫杀人,把"兔子不吃窝边草"奉为金科玉律,违者格杀勿论。但在其辖区外,王三春统治时期却烧杀抢掠,无恶不作。陕南地域除了土匪,还有多种政治势力的介入。比如,以李树敏为首的国民党势力和以冯明为代表的共产党力量,在国难之际,变化多端的势力的交锋,给人以惊险、刺激的感受,同时,也是复杂的政治命运的再现。对于青木川的风土人情,又添了几分地域上的文化特征。青木川文化景观的分割,也是作者表现陕南文化的一个侧面。

四 陕南的地域风情

虽然,历史被遗忘在滚滚红尘中的事情日日都在发生,但是有一些东西却不随时间流逝而忘记,那就是陕南的风土人情、节日礼仪。这种记忆以根深蒂固的地域文化深深地铭刻在每一个陕南人的心里。

独特的婚礼风俗。《青木川》里写"倒插门"婚礼的规矩。按规矩,上门女婿不能由女家来迎,得女婿自己走去,女婿一进门,就将大门插起,以示女婿是自家人了。插门是一种仪式,别的宾客照样可以出入,唯独女婿,在成亲的当天不能走出新家半步。

另外,在《盗御马》中,作者也写陕南娶媳妇的风俗,与《青木川》类似。新房中婆姨们从婚礼前两三天就开始忙活,缝里面三新的被子,剪有喜鹊图案的窗花,将窑壁刷得白崭崭,屋里充满上海"绿宝"牌香皂的味道。亲朋好友送的礼物多是圆镜子、塑料梳子、搪瓷脸盆、绣着葵花向阳图案的白门帘以及具有时代特点的、知青们送的枣红线绨被面。在那个缺衣少食的年代,作家将所有的笔墨都放在了陕南的饮食上,按照当地的风俗,娶亲当天要宰一头肥猪,这可以看作是极为奢侈的吃食。宴席有主次之分,次席的特点是快,刚上的饭菜通常被一抢而光,管够的是黍子面炸油糕。新人敬酒喝的是自家酿的米酒,没有过滤，酸中带甜，像稀饭一样，"一喝就是一大碗"。①

此外，《青木川》还描写了施秀才拒绝为魏富堂父亲墓碑上加封令牌的细节。施秀才不畏惧魏富堂的势力，坚决拒绝他的要求，就是因为魏老爷子的后人中并没有中举的，即便魏富堂是青木川一带有名的"霸主"，但也不能破坏掉老祖宗定下来的规矩，土匪的父亲的坟墓碑体上是不能有这样嘉许的礼仪的。可见，某些仪制在青木川，被原封不动地保存着，以至于在小说最后，魏金玉的儿子已经出国，仍然不能得到这个嘉许，这就是青木川的地域文化。

此外还有，人死之后的"唱丧歌"。魏富堂的爹死后，所有的亲戚朋友们皆披麻戴孝，乡亲们也都纷纷送上了挽幛，还请来了和尚、道士轮番诵经以及一批唱丧歌《黑夜转》的专业人士，演唱的重点就是颂扬魏老爷子一生的光辉事迹，以训诫晚辈能够效仿他，并且永远怀念死者的恩德。虽然，任何丧礼场合的演唱内容大都如出一辙，但这样的方式也体现着生者对于死者的极大尊重。

正是这些婚礼丧葬仪制、乡规民约，在青木川的百姓心目中，具有某种永恒的力量。他们有时候屈服于灾难的命运，充满了懦弱和污秽，但有时候又宁死不屈，捍卫自己的信念和"真理"。这里，有政治的风暴，也有土匪的欺凌，但是节气、节日、花馍、衣食住行、风土人情，统统都以不可更改的节奏，展示地域文化生存的真谛。

五　陕南地区的人物性格

如果只描写陕南地方却不写陕南人的性格，那么陕南文化的灵魂是无所寄托的。陕南人、陕北人、关中人在性格上，如果认真追究，有着一定的差异性。陕北人大都敦厚朴实、粗犷豪放；而关中人多干脆利落、求真务实；陕南人则相对比较圆滑世故、忠诚正义。透过《青木川》的字里行间，我们便可以领略到陕南人那种与生俱来的性格禀赋。

---

① 叶广芩：《盗御马》，选自《叶广芩中篇小说选》，西安出版社2012年版，第231页。

首先，陕南人深蕴聪慧灵秀之气。魏富堂自然不必说，他很小就开始上山挖草药、下河摸鱼，并且设计了"裸嫁"，使自己活下去，机智地把"刘家大院"换成"魏家大院"。就是郑培然、许忠德、三老汉、魏漱孝、张保国等，这些边缘人物，也是个个聪慧润秀、睿智机敏的。作者用村子外面的"议员"来表达对这些人的智慧的尊重。"魏富堂老宅外宽展的台阶上，温暖的阳光下，无冬历夏，永远聚集着青木川镇上的老年精英，负曝闲谈，恬淡悠然，他们是青木川的政治家和新闻解释者，是本翻不烂的活字典。外面来了什么人，到青木川有何公干，待多长时间，说了什么话，他们全一清二楚。有时，他们会向镇长、书记什么的提点儿建议，百分之八十会被采纳，但是他们轻易不提，他们的建议都是经过深思熟虑，让人无懈可击的，书记就是想反驳也没那么容易。有人就说，大宅院门口的台阶上是青木川的众议院，是领导们也不敢小看、不敢得罪的地方。"① 这种独特的参政议政方法，只有青木川有，也是青木川人的智慧的表现。这些"老年精英"，虽不在其位，却时刻关注村镇的发展变化，是务实聪慧的性格特征的体现。

其次，陕南人有一股圆滑世故之风。张保国作为《青木川》中另一个性格鲜明的典型人物，他既满腹智慧，同时也颇显圆滑。当许忠德有意追问他那包软"中华"香烟的来由时，机灵的张保国赶忙予以解释："是县上开会，人家招待的烟，会完了，他就把烟顺兜里了，不抽白不抽，剩在桌子上还不知道便宜了哪个小子。"② 透过他的言语也不难推测出陕南人天生所携带着的那股圆滑与精明。郑培然也是如此，当冯明再一次与他相遇，邀请他参加座谈会，他预测自己不能够说真话实话，为避免尴尬，就拒绝了。对于这个给自己的命运产生巨大影响（他曾经在土改的时候想读大学，但冯明想让他留在青木川宣传革命，他服从了，结果一事无成）的人，他不愿意再次信任，最后用种树苗这样的借口拒绝了。——既表了态，又不使冯明难堪。

---

① 叶广芩：《青木川》，太白文艺出版社2007年版，第6页。
② 同上书，第203页。

许忠德也是很圆滑的。在冯明多次找他追问谢静仪的下落时,他多次推脱都没有成功,只好错讹百出地应付。在冯小羽追问程立雪是不是谢静仪的时候,他明明深知真相,却故意不讲,让历史事件永远处于扑朔迷离的混沌状态。还有佘鸿雁,面对经济收入稳步攀升的村民,他提早便嗅到了人们改造旧居的急切心理,于是他便开办了一家砖厂。然而,为了谋取最大的经济效益,在金钱的诱惑之下早已经蒙蔽了他那颗对民众的安全关切的心。当四处飘浮着粉尘的砖厂严重污染着周边的空气时,佘鸿雁反倒将责任推脱到政府身上,还义正辞严地说:"镇上要补(钱)就停产,没拿到钱,还得生产。"这句话说明他对于金钱的追求已经泯灭了良知的操守。这些都是人物性格圆滑的例证,也是陕南人具有的特点。

再次,魏富堂独有的"土匪"性格,建构出《青木川》深刻的文学主题。魏富堂是不折不扣的大土匪,在他的性格中有"狠""毒""辣"等内涵。但是他又是一个丰满而又立体的人物,虽然发家致富的手段并不道德,甚至遭到同乡人的轻蔑和鄙视,但是他为青木川这个小镇带来的发展却让人心生敬佩。既使青木川遍地都是美丽娇艳的罂粟,魏富堂却严令禁止当地人吸食,这一方面可以保住为他们带来高昂收益的"财神";另一方面可以整肃人心,团结族人。纵观魏富堂的一生,透过他看似自私、狂妄的外表,不难看出骨子里流露出的那份聪慧和善良。

最后,陕南文化中追求文明的因子是该地区文化发展的动力。魏富堂在埋葬他的父亲时大肆铺张,他认为他有钱有势,有权有威,想给他父在修墓碑时戴一个令牌是理所当然的。但是,当时为魏富堂主事的施秀才坚持不能这样做。"秀才发了秀才的脾气,退回了魏富堂收买他的一根金条和二十亩山场地"[1]。他到处宣传,"没有半天,青木川的男女老少都知道了魏富堂要给卖油的老魏戴令牌的事情,都觉得好笑,说土匪的爹戴着老爷的帽儿,那帽儿怕要戴歪了哟"[2]。施秀

---

[1] 叶广芩:《青木川》,太白文艺出版社2007年版,第301页。

[2] 同上书,第305页。

才坚持历史的真实,历史的本来面目,历史的真相,是历史本体论的身体力行者,又是历史本体论的实践者、维护者。这件事对魏富堂教育很大。他认识到:"父亲没戴上令牌,他不能也戴不上,他将来不能跟父亲一样,碑顶上光秃秃的,像个和尚。他下定决心,自他而始,魏家的墓碑顶上要有雕刻精致的帽子,要辉煌、要高大、要受人敬仰,要绝对的与众不同。这是什么?这就是根基!"① 魏富堂这里的"根基",是历史本体论的"根基",是历史价值评判,是个人生命对人类历史贡献的基座。魏富堂的这种认识,是对知识的认可,是对文明的认可,是对社会主体——人民大众价值评判的认可,是对历史发展规律的认可,也是他对历史本体论的认可。他觉得:"品种的改良得从根上改,女人的选择是极其重要的。"他用重金把"进士及第"赵家的两个千金娶回家;他对谢静仪言听计从;他为青木川做善事、好事;他尊重知识,办学校,资助穷苦人家的孩子在外读书;他尊重人格,赵家两个小姐来到青木川的魏富堂家后精神压抑,郁闷成疾,魏富堂又把她们送回"进士及第"的赵家,重金聘礼一笔勾销。他是一个以善的道德观念生存在一个狭窄的小天地的真实的活着的人。② 在魏富堂看来,并不是土匪的强权能够建立历史的,也不是政治风潮来建立历史的,是那些有文化、有修养、有知识的人,才是历史本体的建立者。所以,魏富堂通过各种方法,栽培人才,促进青木川的文化建设,是他的精明性格所致。这也是陕南文化发展的内在驱动力。

总之,叶广芩的小说《青木川》里表现出的陕南文化,是陕西地域文化的代表。这里虽然穷困,土匪横行,但百姓的细水长流的岁月和不懈生长、发展的欲望,使陕南的清雅山水与聪慧圆滑的人群,互相辉映,深邃雅秀。作者的文笔包含真切的人文关怀意识,静谧的地域文化使得《青木川》意蕴丰厚,主题鲜明,人物性格饱满立体,这

---

① 叶广芩:《青木川》,太白文艺出版社2007年版,第305页。
② 常智奇:《表现历史本体论的一部佳作——论长篇小说〈青木川〉的艺术价值》,《海南师范大学学报》(社会科学版)2009年第2期。

种艺术成就使叶广芩在陕西作家群中绽放异彩。纵使繁华落尽，陕南这片异域之地的文化缔造了叶广芩的文学创作的别样风格，而别样的文学风格也促使她在创作领域走得更远。

第二节　张虹笔下的汉中风情

张虹，1955年12月26日降生于陕西省南部汉中盆地南沙河畔，祖籍湖北红安县，做过乡村教师、大学助教，长期从事文学杂志编辑工作。迄今在《小说月报》《十月》《青年作家》《延河》《特区文学》《上海小说》《啄木鸟》《热风》等文学期刊上发表中短篇小说四十余部。20世纪80年代，张虹以富有乡野气息的"三野"（小说《野梅子》《野豌豆》《野菊花》）步入文坛，著有散文集《回归青草地》《白云苍狗》《歌唱的鱼》，诗集《红，我的颜色》，先后集结出版短篇小说集《黑匣子风景》《魂断青羊岭》和中篇小说集《等待下雪》《都市洪荒》《出口》等。曾荣获首届吉元文学奖、首届柳青文学奖、第四届特区文学奖等奖项。张虹的小说以其丰硕的创作成果和独具特色的艺术表现成为安康文坛一颗耀眼的新星，并在陕西文坛上有一定的地位。

张虹生长在汉中盆地的南沙河畔，在那里度过了她的童年、少年、青春时期，有着近二十年的农村生活体验。这期间，她既经历了农家生活的艰辛，又感受到了乡村生活的美丽。南沙河畔的丰树肥草滋养着张虹，使她成为一个富有诗人气质和创作灵性的作家。她的小说创作总给人以强烈的"诗"的感觉，而这种"诗"的感觉是依赖于小说中的地域风格而产生的。她的地域风格和小说的诗化特征紧密联系在一起。张虹曾经在她的文章中写道："生活中最为无奈的现象是诗意的消逝或者消解，生命中最为苍凉的现象是从不曾感受过的诗意或者说是浪漫，所以说那种诗意是我心中的呼唤，把诗意藏在我的故事里，藏在不同人物的命运中，然后通过他们去呼唤我的亲爱的读者。"[①] 她的

[①] 张虹：《让心灵说话——访安康市作协主席张虹》，《文化艺术报》2012年8月22日。

小说，立意含蓄深刻，平中见奇，富有韵味，行文舒缓流畅，以女性特有的抒情笔调，给读者编织了一个个或热烈，或悲戚，或单纯，或曲折的爱情故事。抑扬顿挫、自然流畅、从容不迫，善于表现生活中的诗意和美，形成了她小说中的地域风情图。

一　张虹小说对乡村环境的诗化描写

张红笔下描写最多的是汉中盆地南沙河畔的故事。"特别值得一提的是我故乡的美景，那是一个气候温和、五谷丰登、河流纵横、水草丰美之地，可以说，世界上再没有比我的南沙河更美的地方了。南沙河畔的优美风景滋养了我敏感多情的心灵，也给了我创造艺术的灵感，更多的则是文化的滋养和自然灵性的熏陶，当然还有情感上的滋养。我在故乡的十九年，是身体成长的十九年，也是智性和情感成长的十九年。乡土文化、自然风光、'文化大革命'前淳朴的乡村民风，以及亲人之间的挚爱深情，都是我创作的源泉。"① 汉中南沙河畔的绿杨林四季常青，峰峦竞翠，景色优美，钟灵毓秀，张虹生活于其中，体味真义，感受灵韵，动笔挥毫间是安详宁静的山林，苍翠如黛的秀峰，碧绿如毯的原野，清澄明澈的河水，无一不玲珑剔透，幽静宜人。这是独特的艺术风格缔造的独特的地域风情，独特的地域风情影响了作家独特的创作心理。作者笔下是这样描写青羊岭的：

"秋天的青羊岭像一位成熟的妇人，静静弹奏着安详的风韵，树木与苍翠中渲染出薄薄的暮色，收割过的坡地赫陈陈地诱人，空旷的山谷里不见一个人影，只有一条小河欢欢的流淌着发出豁朗豁朗的轻响。"②

作者以散文诗般的笔调为我们营造了一个典型的汉中风景青羊岭。这里远离城市的喧嚣，静谧而安详，如歌的水滋润了荷花般美丽的作家，唤起她内心隐藏的真诚和美好，优美的句子透彻出人杰地灵的风韵。

---

① 张虹：《让心灵说话——访安康市作协主席张虹》，《文化艺术报》2012年8月22日。
② 张虹：《魂断青羊岭》，中国文联出版社2000年版，第31页。

汉中是国家生态示范区建设试点地区，主要生产水稻、小麦、油菜等农作物，是两汉三国文化的主要发祥地，素有"汉家发祥地，中华聚宝盆"的美誉。汉中也是国家南水北调工程中线水源的涵养地，水质优纯。张虹的笔下既有欢快的小河，汩汩流淌着真善美的人间之情，也有寂寞的森林诉说天人合一的传奇。

"叶子觉得心里的甜蜜要溢出来了，她的欢笑像金水河那么样叮叮咚咚地响，引来了山林里活泼的鸟儿们。长尾雉、山鹧鸪、百灵、狮头鸡都飞来分享她的欢乐，它们围着叶子和她的花儿嘀咕嘀咕的歌唱，叶子不由得和它们说起话来。她叫它们小妖精，后来一只小松鼠从树上跃下来，它爬到叶子的脚面上，两只机灵的眼睛与叶子对视着，叶子用手抚它的尾巴。"（《黄花地》）

在这里我们明显地感觉到叶子姑娘和优美的大自然风光融为一体，这种诗歌一样的语言和意境，表现出人与自然的两个特征。

第一个特征人是自然的一部分，人与自然构成的和谐关系，自然包括了人。伦理学家认为，人性是自然性、社会性、精神性三个维度的综合。在张虹的小说中，这三者是统一的，人与自然的统一，构建了人的精神家园，也构建了人与自然相处的特征。由此，人与自然相和谐，不仅指人的生存环境与自然密不可分，更是指人与自然互相依存，达到相融相谐，使人在自然中实现人性的完美。

第二个特征就是人与自然的优雅、安详、虚静的交流。这是物我一体、命定物与的静与纯，同时也是表达环境涤荡心胸的静与纯，更是汉中优美风光的静与纯。荀子说虚、壹、静是认识事物的三个条件。"虚"是"不以所藏害所将受"；"壹"是"不以夫一刻此一"；"静"是"不以梦迷乱知"。具备这三个条件可以进入"大清明"的境界，可以"明道"。"道"在道家哲学中被认为是"合于自然"，也是"无为""自然""虚静"等的自然之道。张虹的小说便构建了这种特质的自然，蕴含着儒家与道家的美学观、文艺观。如：

"叶子就坐在半道的林间空地上，她捡好一篓干柴，坐在地上逗那些在她身边跳跃的长尾锦鸡。阳光从枝条间筛下来，本来无比绚丽的锦鸡更添神秘色彩。叶子同它们在一起,仙女般悠然。永吉是在十步开外看见这一景象的。他待在那里,嘴张得大大的,哦,太美了,真是太美了。"(《黑匣子风景》)

"夫诗者,天地自然之音也。"文学的本源是自然,当人与自然和谐相融,人性中富含着准乎自然的天性时,这种自然的情性便是诗意。人与自然相谐构成了诗化特征的一个因素,欣赏是心灵的体验,是审美的过程。传统人生价值中"亲自然寻超脱"的人格精神也早已融入人们欣赏心理中,在欣赏的过程中,人们便得到了诗意的享受。这也正是张虹小说诗化风格的所在,也是汉中地域优美自然风光的正面再现。

"山光悦鸟性,潭影空人心。"山中的景色使鸟的性情欢悦,溪流的清澈也使人心中的俗念消除净尽。张虹笔下的汉中景色,完全不是和作品内容、人物相分离的,它是一种濡染人心的元素,刻画着地域文化的新内涵,也总结了作家艺术创作的典型特色。

二 爱情主题的诗化

张虹小说在描写汉中景色时用诗化的写作风格,在刻画优美风景中发生的爱情故事时,也突出了纯洁、真挚、善良的特色。爱情在张虹的小说中并非只是一般意义的男欢女爱,而是承载精神世界升华的载体,纯洁烂漫的爱情便是纯洁精神的象征,张虹曾经写道:"我让我的主人公们热烈地谈情说爱,让他们在阳光下漫步在火塘边娓娓呢喃,让他们在充满干草和腐叶气息的林子里寻找童话的小木屋。我让男人们为爱一生殉情,让女子们在爱的'上甘岭'里坚守得海枯石烂。我让我笔下的人们在人性的最后一片圣地上尽可能的活得像王公贵族:高贵、忘我、恣情、浪漫。"[①]

第一,张虹的小说描写了汉中农村爱情的热烈。《魂断青羊岭》中以巨大的热情和冷静,出人意料、举重若轻地表现出人性中更为真

---

① 张虹:《让心灵说话——访安康市作协主席张虹》,《文化艺术报》2012 年 8 月 22 日。

实的东西,反映了在时代潮流中汉中人对生活中诗意的向往和追求。小说通过青羊岭两代人热烈、感动人心的爱情故事,从时代的一个横断面展示了人们的价值追求,体现了作者从精神层面上对生活的探求。五十多岁的罗凯成是一个从官位之争中败下阵来的副部长,拖着一副在宦海浮沉中颠簸的疲惫不堪的身躯,带着一颗被都市的浊流中腐蚀的苦痛难耐的心,来到大山深处的青羊岭扶贫,在青羊岭这块"人间福地",他找到了"被母亲揽入怀中的感觉"。

罗凯成在几十年的机关生活里都快变成机器人了,一下子面对青羊岭人情质朴现实,觉得每个细胞都活跃了起来。他感到就像当年的尹小禾,正怀着年轻的热望滚入全新的生活。青羊岭,成为罗凯成的心灵栖息地:

"青羊岭,你轻轻地抱抱我吧;青羊岭,我恳求你用绵软的手轻抚我额头眼角的皱纹,我请求你柔柔的风吹拂我心上的尘埃——我是一个透支了心力体力的旅人,在漫无边际的沙漠里走了整整五十年,好累,好渴,好冷。青羊岭,我终于找到你了。"(《魂断青羊岭》)

作为一种象征,青羊岭是这部小说灵魂的依托,也是主人公罗凯成"众里寻他千百度"的灵魂出口。短短三个月,他体味了期待已久的生活——充满了真爱的生活。为此,罗凯成不惜舍弃耗费了五十多年的生命苦苦熬出来的部长宝座,不怕世人的流言蜚语,珍惜与心玲的爱情,与心玲结婚。如果没有如此热烈的感情,两人之间是不会有这种生死相随的爱情,也就没有了纯质、永恒的爱情诗意之书写。

第二,张虹的城市书写也偏重人情的温暖、依赖和质朴之美。短篇小说《雷瓶儿》是张虹短篇小说的佳作,发表于《延河》1988年第1期,《小说选刊》1998年第3期选载并收入《中国年度最佳小说》(短篇卷)。该作品以冷静的笔调刻画了一个皮肤黝黑、相貌丑陋而心灵无比纯净的单身女子雷瓶儿的形象。她虽然生活在城里,但她的本质遵循着农民性格。她的"傻"和"憨"来源于浮华、虚伪、冷漠的世俗评价,但她仍"不识时务"地固守着自己那份执着、专一、善良待人的精神领域。在人们的不屑一顾和不以为然的目光中,她仍一如既往、一心一意地做着每一件事:练声、上班、打扫卫生、帮人做事。在她的血液里不息地奔腾着一个字:爱。她全心全意地去爱自己、爱她周围的一切。她爱声乐,如痴如醉,以至于为考音乐学院声乐系而耽误了终身大事;她爱她的工作,天天擦洗,把资料室料理得窗明几净;她爱月光光花,培土浇水,乐在其中,还热情地将花送给所有来上班的人;她爱画家刘聪,痴情忘我,听说他有未婚妻的时候,真诚地祝福刘聪与女友和好,忙前忙后地为他张罗婚事;她爱刘聪的妻子,爱她的孩子,甚至包揽了他的一切家务,无怨无悔地做了义务保姆。就是这个只知道爱的付出的女人,当明白她所爱的刘聪夫妇竟漫不经心、不愿去爱自己的骨肉时,她对他们的爱顿时化为怨恨和鄙视。小说在美和丑的对比中展示了雷瓶儿的精神世界,展示了她不同凡俗的人格力量。雷瓶儿的爱是纯洁的,在这个物欲横流的社会,无欲无求的爱情已经很少了。读完这篇文章,读者充分感受到了来自雷瓶儿纯洁的精神美,她的单纯,她的无欲无求,她的追求,都是那么的简单和纯真,让人在心中不由自主产生对这种美的羡慕与追求,张虹小说的人物品格的诗化风格也从中体现出来。

第三,张虹的小说体现爱情的理想化。如《小芹的郎河》中,讲述了一名大学生到山里当教师,认识哑女小芹,产生了纯洁爱情的故事。小芹的温柔、贤惠、无私、美丽,给从城里来山村的男人带来的平和、温暖、安然,作者的这种爱情表达,都是因为对爱情的提纯,对生活的理想化。在主人公小芹的世界里,爱情是美满、幸福的,永远如纯洁的白雪一样,容忍不了一丝的瑕疵,但也是因为生活的愁苦,一丝一丝地剥夺了她那理想化的爱情,最后丧失了生命。在此,小说展示的不是曲折的情节,而是照相机镜头摄下来的一个个真实的生活场面,一个个故事的片段,一段段山村美丽的绵长记忆,以及生命丧失爱情后的枯萎凋谢的伤感。《村外,那密密的槐树林》中,桂圆挣脱有权有势的家庭,投入痴爱自己的养牛专业户怀抱的勇气,则又让人倍感赞佩。《思滩》中的小然与《水葬》中的少云,同为贫困孤寂的船工妇。面临生活和情感的困窘,她们的选择各不相同:一个顾及尊严和清白而克制着自己朦胧的感情,一个则义无反顾地领略爱的滋味而受到丈夫水葬的惩罚,险些丧命。"在著名评论家刘建军宣读的陕西省吉元文学奖授奖辞中称:《魂断青羊岭》'以委婉细腻的手法,为读者精心营造纯情烂漫的爱情童话……他们以爱的忘我表现了爱的高贵'"①。这种充满爱情真谛的描写,给农村题材开拓出新的路径。

第四,张虹小说体现地域爱情的悲剧化特色。《魂断青羊岭》写情人相会,却将景物描写与人物思想感情的描写、人物性格的刻画、故事情节的发展有机地结合起来,从而使小说充满了诗情画意。

"又深又长的山谷,生满了野菊花和野地瓜秧子,它们在山谷里烂漫的开着,如同罗凯成臂弯里的女人。心玲是那么的欢乐。她不断地采各种各样的野花举到他的鼻子下,让他吮吸着花儿苦鲜的芬芳。"(《魂断青羊岭》)

尽管分别在即,但此刻他们早已将这些置之度外,他们的眼中只有对方,最后,罗凯成想到"他还能回来吗?还能给她阳光雨露的滋润吗?"(《魂断青羊岭》)于是,一对有情人无法克制,爆发了比暴风雨剧烈无数倍的灵与肉的融合。

幸福的爱情暗喻了悲剧的到来,越是幸福美满,越是死亡来临时挟裹而来的绝望。小说的最后是罗凯成和心玲的相继去世。所有的付出和追求,都幻化成虚无。但是,小说最后写道,在青羊岭,人们总会在傍晚的落霞里看见一对草鹿子,欢快自由地奔驰在广袤的田野上。至此,一篇情节简单但感情真挚丰富的小说,因为有了水乳交融的景色和爱情张力而充满了悲剧的哀伤和忧郁。

相对于梁山伯和祝英台,汉中的罗凯成和心玲没有化蝶,但是,他们更带着现代爱情的地域特色,变化成草鹿,轻盈而优雅,这既是作者的构思,也是汉中人地域文化的表现。

---

① 孙鸿:《精神家园的回归——张虹小说研究》,《小说评论》2005年5月20日。

三　张虹小说情感的诗化

"诗缘情发"，在张虹的小说中，作者始终以充满感情的笔触展示汉中的"美"。"美"像一股鲜活的血液涌动在整个作品的肌体之间，使作品充满了活力和激情。她把现实主义的真情实感的描写和浪漫色彩的浓郁气息，通过抒情这一手段处理到了水乳交融的地步。生活和意境，真实与想象在似与不似之间有机结合起来。情节、人物、细节的描写，具有诗的意境、诗的气氛、诗的情调、诗的韵味，把浓郁得令人神往的诗情和真实的人物性格的刻画结合起来，将诗、散文和小说的美学思想结合起来，在现实的景物中注入作家的情感，使现实的景物与作家的情感在相互交融中得到了升华和诗化。

首先，张虹在表达乡村题材时注重情感表达的真挚、纯粹。比如在小说《黑匣子风景》里，堂嫂柳素花"仅凭刚过门就守寡又一直把年迈的公婆当成亲生父母对待，已经很脱俗了，何况她至今不嫁，独自撑着吴家的门面。"① 对于"我"来说，虽然没见过面，似乎对她已经很熟悉了，在"我"和堂嫂的接触中，了解到堂嫂对堂哥那份真挚的爱情。

"有一回我问她，大虎哥哪样好呢？"

"'他爱土地，爱庄稼。'她低声回答。"②

她的爱就是如此简单、平凡、真挚、深情，言语简洁，却情真意切，感人至深。而她对他的爱的认同，是她理解他、接受他的变相呈现，是双方感情深厚的表达。

另外，在"我"接受祖母的嘱托劝堂嫂改嫁时，素花姐扶着前面的一棵柳树，久久地不说话，直到我又催问，她才轻声地说："不爱土地的人，我决不爱他。"③ 让"我"立即觉得所有高明的劝词在这几句淡淡的回答面前是那么的苍白无力。这句简简单单的话，道破了素

---

① 张虹：《黑匣子风景》，陕西人民教育出版社1993年版，第21页。
② 同上。
③ 同上。

花姐对爱情的选择来源于男方对土地的选择。正是这个原因,她才直接拒绝了支书的大儿子的求婚,多年来独自支撑着吴家的门面。

"素花姐走了,我却依然在河岸的柳树下流连忘返,久久不肯离去,新月儿透过婆娑柳枝,将清晖洒在我的身上、脸上,使人别有一种清爽之感,我感到自己对这外柔如绸、内强如钢的河岸柳十分的依恋起来。它是多么的美,多么的迷人啊,虽然它的生长之处是这隐在万山之间的偏僻河岸。"(《黑匣子风景》)[①]

那些隐在万山之间的偏僻河岸,外柔如绸,内强如钢,作为树的特征,一旦扎根就再也不想移动,素花姐如柳树一样,一旦认准了一个人,爱得很真也很单纯,这种感情让人立刻想到那种环境对一个人的性格的影响。汉中地域的柔美的山山水水,养育着一群兰心蕙质的人群。素花姐姓柳,"我"发现柳树的内在精神,也就是发现了素花姐的内在精神,内在美。借着柳树那外柔内强的特质,表达了作者对素花姐崇高人格的赞美。

其次,张虹小说的乡村题材在情感的表达上是善。如《小芹的郎河》中的鹞子岭,随时可能出现泥石流,随时可能倒塌的校舍,那个地方是贫穷的、封闭的、危险的,自然条件也极为艰苦和恶劣,但在张虹的笔下,却描写得比陶渊明的世外桃源还要美丽。清澈的郎河、火红的救命粮,当然最美的还是人与人之间互相关爱的情感了。老师每天都要值班,"十一点第一次查夜主要是给他们盖被子,看看有没有人滚到地上;两点钟查夜主要叫他们上厕所,挨个挨个叫,睡得多死也要叫。不然,就有人尿床。这简直是亲如父母。"当苏文第一次值夜而睡过头,造成学生尿床时,热情的杨校长,一改往日的和善,对苏文大发雷霆,"发怒的杨校长面目狰狞,与昨天在校门口迎接他的那个和气地老头判若两人"。(《小芹的郎河》)杨校长的怒气正是因为他对学生的心疼、关爱所致。多么善良而有责任心的老人啊!

还有主人公小芹。她有着惊人的美貌和高尚的品质,但却因为小

---

① 张虹:《黑匣子风景》,陕西人民教育出版社1993年版,第36页。

时候的一场病，成为了哑巴，"她九岁到学校做炊事员。对学生好，每天晚上都要忙到九点之后。她给学生晒尿湿的被子，晚上还要给学生缝补衣服"。她的善良、勤劳赢得大家的尊重，大家都不由自主地爱护她、保护她。小芹和苏文恋爱后，侠义的肖伊霞出于对美好的捍卫、对爱的神圣性的尊重，直言不讳的呵斥苏文，千方百计地阻止他的背叛，体现出她的正直和对弱者的关爱之心。山野间的感情，虽然质朴而坎坷多难，但是难以遮蔽生命的光辉。

最后，在张虹笔下，汉中农村的情感是美的。如：《黄花地》里，永吉二十岁来到美丽遥远的秦岭野生动物园，认识了十六岁烂漫如野菊花般的叶子，两人由相识到相爱，再到永吉的离世，叶子的生死相随，没有真挚的感情、刻骨铭心的爱情是不会有这样的情感的，叶子与永吉心心相通，在永吉落入悬崖，众人在悬崖边寻找之际，叶子只是说了一句：小哥哥死了两个钟点了。然后径直走向山谷的回音壁，默默地采了大抱大抱的野菊花，她将它们投入水去，叶子对回音壁说："小哥哥在等我，我要去了"①，然后走到水边，静静地躺到菊花床上去，菊花载着她悠悠地漂走了。虽然死亡是令人恐怖的，但在伟大的爱情面前，爱情的从容、淡定对抗了死亡的恐怖，显示出别样的美丽。

在如今这个物欲横流的世界，已经很难找到这种单纯而又美丽的爱情，人们在追求物质的同时，已经忽略了这种让人心醉的美，在现实中很多情况下爱情是以物质为前提的，张虹的小说中，主人公在选择爱情的时候，大多都是以心的交融为前提的，所以，书中的爱情才会感人至深，让人们对这样单纯、真挚的爱情充满了无限的向往。

与很多女作家写乡村题材多写人物的落后、愚昧性格不同，张虹的农村，不仅没有落后的痕迹，相反，处处充溢着诗意的爱情、诗意的情感、无私的人群、优美的风景……这样的写作，是由作者爱美之心决定的，也是由汉中美丽的山水决定的。地灵人杰，张虹的小说充

---

① 张虹：《黑匣子风景》，陕西人民教育出版社1993年版，第220页。

分表达了汉中地域文化特征。

四 张虹小说语言的诗化风格

张虹小说的另一个特点就是语言的诗化。李东阳认为：诗有异于文者，以其有声律讽咏，以畅达情思，感发志气（李东阳《沧洲诗集序》）。也就是说，诗性语言的基本特点是抒情性。小说语言的诗化，是指将语言由描绘事物的再现功能转化为传情达意的表现功能。张虹的小说中，语言的诗意主要体现为诗意的畅达优美，即当她要用语言表达一个意思的时候，她首先看中的并不是如何把语意表达的更为准确，而是如何把语言组织的更为流畅、澄澈，纯净，把人带入到那些如画卷般的情景中去。"深秋的风染红了羚牛山的野梅子，羚牛山的早晨也像野梅子那样的新鲜，叶子总在吹口哨，溪水边，林子里，山坡上，到处流溢着她的欢乐。她是山间的溪，欢欢畅畅的流，她是山谷里的野菊，烂漫地开，永吉说，叶子是早晨，早晨是新鲜的草莓。"①如诗一般的语言营造出和谐的气氛，如一首动人的歌谣一样，沁人心脾，舒展着每个人的艺术细胞。

又如："这是一个无月的夜晚，湛蓝的天幕上繁星灿烂，星星仿佛被夏草天真烂漫的话语感动了，一齐眨着眼睛。"②

通过这样流畅、优美、充满乐感的描写，张虹小说语言中所蕴藏的诗意之美，一下子就流溢出来。仿佛把读者带到美丽如仙境般的山野，或者繁星璀璨的星空下，与主人公一起享受爱情的甜蜜。

张虹是一位很感性的作家，她全情投入作品，笔下的人物、景物都包含着她强烈的主观情感，具有散文诗一样的艺术感染力。《魂断青羊岭》以散文化的笔调，为我们展现了青羊岭一幅幅有声有色的自然画卷。从自然环境到人文环境，张虹就像一位热心的导游，带着读者一起去享受那些纯净美丽的自然风景。在张虹小说细致而又充满了感情的介绍中，读者对青羊岭的一草一木以及一些默默地过着卑琐平

---

① 张虹：《黄花地》，选自《黑匣子风景》，陕西人民教育出版社1993年版，第152页。
② 张虹：《纸天鹅》，选自《等待下雪》，太白文艺出版社2004年版，第338页。

凡生活的各色人等有了一个整体而深刻的印象。张虹以青羊岭为物质依托,以纯洁烂漫的爱情为精神主体构建出的理想家园,虽然有别于贾平凹的商州,但也是张虹诗化的故土。如:

"他多想做青羊岭的一块泥土呵。在某个地方孕育出一棵草或者一株花,最好是一柄荷吧。又圆又大的绿叶子,日日夜夜露珠滚动。花儿又高贵又艳丽,清香把整个的青羊岭都熏醉。他多想做青羊岭的一棵茶树呵,在茶园深处的某个地方蓬蓬勃勃的生长,吸足水分和阳光,绿油每一片叶芽,等待爱它的一只茶杯。他多想做青羊岭的一条河,千年万年地流淌。他想做青羊岭那层深深的青枫树林……"

汉中的千亩荷塘,万亩茶园,既是地域特色,又是作者内心爱慕的风景。语言抒情化的表达手法,细腻深情地书写着山水之美给主人公人格的影响。

"泥土在暖烘烘的阳光里散发出腥甜的气息。一粒种子被风裹着在空中飘啊飘啊。种子拼命挣扎总也落不下来,眼看要耗尽气力了,风伯伯终于把它安放在这片腥甜的土地上。种子就立即膨胀就发芽,一转眼就长成大树,高高地挺立在巅峰上。"①

《魂断青羊岭》里,作者借着罗凯成美好的视野,用散文诗般的笔调描绘出青羊岭的蓬勃生机。景是真景,情是真情,而这些美丽而充满感情的句子,以诗的激情点燃了我们,照亮了我们,使我们仿佛可以触摸到张虹那贯穿始终的充沛的挚爱,感觉到她带地域味儿的甜美,聆听她拨动着一个个跳跃的音符的吟唱。它们是那样的一气呵成,饱满自然。这种具有强大张力的感情充分展现了小说中的诗意,也体现出她的诗化风格。

总之,张虹小说中的汉中农村,充满着很纯美、很热烈、很理想化的情韵,能够激起年轻人对爱的向往与追求。新时期著名的诗化小说家何立伟的话很有代表性。他说:"追求小说诗化的风格,难度是很大的,但还要追求下去,因为小说诗化后会有一种奇异的美。"② 的

---

① 张虹:《魂断青羊岭》,中国文联出版社2000年版,第87页。
② 贺东旭:《她追求的诗化小说》,《文学报》1985年5月26日。

确，文学艺术不应该只是对现实生活的简单临摹、模仿，它必须通过想象和创造活动提升现代生活品质，创作出一个比现实生活更自由、更富有诗情画意、更耐人寻味的艺术境界，这也许就是何立伟所强调的那种奇异的美。而张虹的小说，凭借汉中山水之美、追求天人合一的融合之美，书写出陕西女性小说的诗意和优雅。

第五章 陕西女作家小说城市文化特征论

20世纪90年代的中国女性文学的变化比以往任何一个时期都更具戏剧性。一向在文学创作中力量微弱的女作者创作群体，在特殊的时代、社会、思想观念的激变中突然壮大，声名鹊起。如果我们赋予90年代的女性城市写作更多的文化视角，会发现90年代的城市文化是有女性写作的血脉和根系的，90年代女性城市小说是依托于城市崛起和城市文化建构的，不仅展示了当代文化的大众性、消费性和现代性，也展现了传统文化的地域性和传承性，女性作家的笔触深植于传统、又面向于现代，在写作中表现出一种双向性和共融性特征。

90年代是一个风起云涌的大时代，经济在改革风潮中迅速发展，城市化的脚步越来越快，裹挟着大众文化及消费主义文化的现代文明快速地生成、扩散，风靡四方，极大地冲击着曾经根深蒂固的农耕文明和传统文化。处于这一时期的文学风尚和艺术精神之中，作家的文学写作不可避免地受到冲击和撼动。正值文学的根基由此发生震动和转移之时，陕西女性作家先于同期的男作家，将创作中心由乡村向城市转移，以其对城市的天然亲和、对消费社会的敏感及个人化的体验优势，迅速崛起，并占有了西安城市文学之一隅。她们这一时期的创作数量之多、反映社会现状之深入，甚至超过了同时期的男性作家创作，有评论家称，文学已进入"她世纪"。

我们看到，现代城市作为一种生存环境和文化背景，为女性的成长和发展提供了空间、创造了条件。从某种程度上说，假如没有现代城市，就不会有女作家群。以在20世纪90年代文坛的女性作家为例，这些女作家按年龄大致可分为三个"代际","第一代"是出生于50年代的作家群,以王安忆、铁凝、方方、池莉、张欣、蒋子丹、范小青、王海鸰、殷慧芬、严丽霞、张梅等为代表;"第二代"是60年代出生的海南、徐坤、陈染、林白、虹影、皮皮、唐颖、文夕等;"第三代"是以70年代出生的代表人物卫慧、棉棉、魏微、缪永、朱文颖、周洁茹、安妮宝贝等,三代女作家无论在题材、形式、主题和观念都呈现出鲜明的个性特色,如此庞大的创作队伍以及作品规模都是90年代以前从未有过的。很显然,这三代都多以城市生活为描写对象。可以这样说:正是城市这个巨人用肩膀擎起了90年代的女性写作。

陕西当代女作家群是一个特殊的创作群体,她们亲眼目睹这个古代都市在新的历史时期觉醒、翻身、突飞猛进的过程。从总体上来看,陕西女作家群分野并不是很明显。在90年代,六七十年代出生的作家走向文坛后才形成一支像样的创作队伍。但这支队伍一亮相就充满了发展的欲望和蓬勃的激情。从创作题材上看,她们与男作家创作的动力发展方向很不一样。当陈忠实、贾平凹、路遥、高建群等一批作家以描写农村风貌为重点时,叶广芩、冷梦、周瑄璞、唐卡、夏坚德、吴文莉等一直重视西安城市文化的书写,并且创作力长盛不衰,影响日益增大。这群以西安城市生活为写作重点的作家,我笔写我心,既描写西安城市的发展,也刻画都市女性的时尚,更以如诗如画的笔墨勾勒城市精神的变化。相对于西安文学在现当代文坛长期遭受冷落的状态,她们的城市书写无疑是西安城市文化发展和记录的一支劲旅,也是研究陕西文坛不可回避的一环。

第一节 陕西女作家小说中城市文化的主题

文艺理论告诉我们:作家的创作源于一定的创作动机。艺术创作的动机,"不纯粹是个人的、心理的,还是社会的、历史的,并且在这个意义上来说,也是非个人的。它们既来自环境,也来自艺术家独特的人格。艺术家的人格不可避免地被打上了教养、趣味和风尚的烙印，打上了他所处的时代的经济、政治和宗教制度的烙印，有时甚至打上了他本国的地理和气候条件的烙印"①。这就是说，艺术动机的生成，不仅仅取决于艺术家的个人因素，环境中各种复杂的因素也是艺术家创作动机生成的重要原因。20世纪90年代陕西女作家群就是特殊历史和时代环境的产物，城镇化扩张的特定的历史环境条件对她们创作动机的形成起了重要的驱动作用。

一　女作家们独特的城市经历和人生体验

"任何文学创作都是以作家的个体生命体验为基础，去展现作家感受、认知和想象的。"② 通常，世界观、人生观离开了个体的生命感受，艺术家就不会产生艺术体验，艺术品就成为无源之水、无根之木，因此优秀的艺术品就不会产生。反过来，经历的丰富性与体验的深刻性往往又形成作家强烈的不吐不快的写作欲求，也是产生佳作的背景。

20世纪90年代的陕西女作家群有的经历了轰轰烈烈的上山下乡，有的经历了高考，有的经历了"农转非"。大多数人都经历了从乡村到城市的磨难坎坷，在城市发展的过程中体味人生百态和酸甜苦辣。她们了解西安各个发展阶段的细节，并在小说写作中建构出她们的共性，又分别体现着有差异的思想内涵与价值观，在小说中表达着差异性。仅就她们的创作而言，这种体验是得天独厚的。既有城市发展历程中不吐不快的压抑和迷茫，也有新的人际关系带来的烦恼，还有职场上的困惑和抗争。她们大量描写城市发展、情感困顿、生活迷茫的城市经历，正是这种经历的真实体现，暴露出城市中复杂的职场挤压、等级森严的上下级关系、丰富的娱乐和感官享受以及作家对城市建设、都市情感等各种问题的思考，为建设新城市生活付出的代价，等等。从这个意义上讲，90年代女作家群对城市生活的适应和感悟，构成了她们创作的心理基点和话语基础，她们的创作基本都与这种经历有着千丝万缕的联系。她们的作品虽然不是先锋式写作，但都是基于对城

---

① [英]李斯托威尔：《近代美学史评述》，蒋孔阳译，上海译文出版社1980年版，第84页。
② 蔡毅：《创造之秘——文学创作发生论》，人民文学出版社2002年版，第131页。

市生活体验、观察得来的，是一种"凭经验而非想象写作"① 的创作。如果没有家族没落的体验，就没有叶广芩的《采桑子》《全家福》《梦里何曾到谢桥》、冷梦的《西榴城》、周瑄璞的《多湾》《疑似爱情》《人丁》《我的黑夜比白天多》等作品的诞生。如果没有阿里生活的艰苦经历和深刻思考，就不会有杜文娟的《红雪莲》《阿里阿里》《苹果苹果》《天堂女孩》。如果没有对城市崛起的惶恐，就不会有张虹的《等待下雪》《黑匣子风景》……通过这些作品，我们发现，城市生活体验已经深深渗入女作家的心底，形成了作家们强烈的创作欲求。

陕西女作家群在开始写作时都会有一种言说"城市成长"的冲动。创作的重点是在探索自我主体意识、试水城市人际关系、比较青涩少女与成熟少妇优劣等。比如周瑄璞的《我的黑夜比白天多》。主人公苏新我从懵懂的农村姑娘成长为城市里大学教师，因为借女主人公亲身体验而探索自我意识，所以周瑄璞描写起来感情真挚，带有鲜明的主观倾向。《天堂女孩》（杜文娟著）描写女主人公在西安城市遭受情感背叛而出走西藏的故事。这都是女作家们在城市生活的变化中、企图获得驾驭自己生活欲望的创作动机。

文学理论告诉我们：创作是对生存意义的不懈追求、探索，也是对环境存在的心灵感悟。作家必须沉入人类生活的特殊存在中，感悟生命、反思情感，然后，才能创作出"生命化的艺术品"。20 世纪 90 年代陕西女作家群无疑是经历城市发展的体验者，城市发展的动力成为她们独有的精神资源，并在文学创作中反复咀嚼，正是在这种特殊运动过程中，才使她们的文学创作有了历史的依附点。

总之，90 年代陕西女作家群经历了陕西西安城市的崛起，形成了她们理想丰满、价值观政治性强的心态，这些都成为她们进行创作的驱动力，并且也因此限制着她们的创作，形成了她们独有的"城市视角"。叶广芩在谈到文学创作时说："个人的遭际使思想上产生了深沉的感受，城市的商业化激发起内在的巨大矛盾，令人如骨鲠喉，产生

---

① 王安忆：《感情与技术今日》，《先锋》1995 年第 1 期。

一种不吐不快的感觉。"① 正如人本主义心理学家马斯洛所说，艺术家意欲创作，完全是内在需要，"内在的需要可以说是内在的反应，是人内在地感受到一种与责任完全不同的自我沉迷"②。所以，陕西女作家群创作在某种程度上说是她们城市生活体验的内在需要，也是她们感同身受的表达与升华。

二 女作家笔下的城市情结

20世纪90年代女作家是身不由己地参与、体验了西安变化的历程，当她们生活在城市中，城市的现代化给了她们一定的空间，生命共同体验造成她们"成长"的心态，流露出对城市生活的迷恋。有人写城市商业化过程，有人写城市吸纳农民工的过程，有人写城市伦理变化，这种被称为"城市情结"的心理在90年代陕西女作家群那里无法抹去，它已经积淀成潜意识，引导作家的行动，成为她们的创作的精神驱动力。

"情结"是精神分析学派的一个概念，指被意识压抑而持续在无意识中活动的、以本能冲动为核心的愿望。精神分析派代表荣格认为："情结之中永远包含着冲突一样的东西——情结不是冲突的原因就是冲突的结果。不管怎样，冲突的特色——震惊、剧变、精神上的痛苦、内心的斗争都是情结所独具的。它们总是包含着我们从来与之妥协的记忆、愿望、恐惧、责任、欲望或者看法，而由于这个原因，情结也就以一种令人不安而且往往是有害的方式，不断地干扰我们的意识生活。"③ 叶广芩出生在北京，参加过上山下乡，回到城市，体验到自由的言说，开始写自己的家族故事。《采桑子》《全家福》不仅描写北京城市变化的过程，而且关注北京人精神风貌的改观。后来，她面对自己在西安的生活，发现现在的家庭生活模式非常陌生，开始书写对过

---

① 李春燕、周燕芬：《行走与超越——叶广芩创作论》，《小说评论》2008年9月20日。
② ［美］亚伯拉罕·马斯洛：《超越性动机论》，林方编，转载于《人的潜能与价值》，华夏出版社1987年版，第212页。
③ ［瑞士］荣格：《寻找灵魂的现代人》，王义国译，光明日报出版社2007年版，第114页。

去家庭伦理生活的怀念，这种回望式的思维模式，渐渐成为她作品的城市文化转型的历史印迹。周瑄璞的《疑似爱情》着力展示在城市中男女之间貌似热烈实则冷漠的爱情，不过是斤斤计较下的妥协和虚伪，书写了独立工作给女性带来的情感世界的变化和价值观的迷惑。冷梦的《天堂葬礼》《特别谍案》都是描写西安城在1949年前后，曾经在国民党内部卧底的中国共产党员在新中国遭受不公正待遇的冤屈，表现真正共产党员的忠贞、机敏和铮铮铁骨。既是写人物，也是写城市命运的转机，更是西安城市蓬勃发展的先兆。"在和平的西安，在共和国已经诞生了三十八年的西安城里，走在熙熙攘攘人流如潮的西安大街小巷，他的耳膜里仍然响彻那个深情的呼唤……"①字里行间能够看出冷梦对于西安城市历经灾难的痛心和难过。《西榴城》（冷梦著）是一曲英雄主义的赞歌。小玉、塌鼻儿、甫和民为了西安荣誉的建构，坚持追寻事件真相，敢于和"奸臣"作斗争，把邪恶、丑陋、投机、阴谋统统扫进历史的垃圾堆，为西安城的未来奠定基础。张虹的《等待下雪》以城市女性追求爱情为主线，描写她发现情感被愚弄的气愤。唐卡的《冬夜的烟火》，大胆切入女性被情感所吸引的迷茫世界，细致描写才子对于女性真爱的躲避和误会，暴露出城市女性遭遇背叛时的精神恐慌和无助。

总之，陕西女作家没有不涉猎城市生活的，尤其重要的是，她们对西安城市文化非常关注。夏坚德的《我的丈夫叫西安》，一语双关，既写城市文化，又写家庭关系，一石二鸟，在陕西文坛一出版就引起关注。吴文莉的《叶落长安》被拍成电视剧，与冷梦的《西榴城》、周瑄璞的《多湾》更是被尊称为描写西安城市文化的"三部曲"。由此可见，西安城市文化在女作家心目中有多么重的分量。

三 都市文化的发展和个人的成长

西安城市文化有悠久的历史，但是，其现代化的建设是20世纪

---

① 冷梦：《天堂葬礼》，群众出版社1999年版，第2页。

90年代才迅速发展的。据统计，20世纪90年代，国家"西部大开发"的号召，西安不仅招徕了很多人才，而且国家对西部立专项资金投入，其力度是1949年以来绝无仅有的。西安城市的发展速度：2005年的工业总产值（现价），西安经开区完成了2455183万元，比2004年同期增加了745020万元，同比增长43.56%，全国排名第一；工业增加值：西安经开区完成了728001万元，比2004年增加了217314万元，增长了42.55%，全国排列第一位。① 可见，这一时期西安城市发展很快。西安不仅是西北地区的重镇，而且是有着悠久历史的都城，在"西部大开发"的策略下，发展迅速。有特色的风景点的设置、古典的城市风格的开发、独特的城市经济发展规划，使西安在发展过程中，形成自己的独特城市文化。当王安忆继承张爱玲的风格表达上海的"十里洋场"的生活的时候，陕西女作家群却创作出西安城市建设中逐渐发展的城市历程和人情世故。周瑄璞《人丁》还带着主人公"农转非"的骄傲，《我的黑夜比白天多》描写农村人如何通过考试进入城市，《疑似爱情》开始记载西安文化建设中期刊兴盛的印记，《多湾》就是西安城市建设的真实记录。女主人公季瓷，是河南农村老太太，儿子们一个个追着新中国的发展潮流，有的去郑州，有的去西安，有的去北京，她的孙子辈就开始定居西安。她作为一个坐标反衬着历史发展的变化。西安开始拆房子，建安置新居，修电视塔，电话、电视、广播成为新的通信工具和娱乐工具，也成为西安城繁荣的标志性符号。摩天大楼，灯红酒绿的咖啡屋，化着烟熏妆的青春女孩，装点出西安的国际化"范儿"。当阎连科的《炸裂志》用冷酷而残忍的笔法，描写深圳从小渔村变成国际化都市时，作者的冷酷令人齿寒。可是，周瑄璞暖心的书写却令骄傲和眷恋油然而生。

20世纪90年代的陕西女作家群还在创作中体现出鲜明的责任感和使命感。陕西女作家群从立意上看，都是保持着正确的政治立场。她们大多数都接受过高等教育和写作训练。正像陈忠实先生说的"文

---

① 引自《西安经开区四标跃居西部开发区第一》，《西安晚报》2006年3月29日。

学依然神圣",她们创作的时候,态度严肃,风格平实,有一定的政治意义。比如冷梦在《西榴城》中,表现出对于西安城市人群浑浑噩噩、不辨是非曲直、只是简单生存的深恶痛绝。杜文娟的《天堂女孩》描写女大学生式的积极明朗的性格,意味西安城市的蓬勃发展。夏坚德的《我的丈夫叫西安》,通过描写自己和丈夫的误会、澄清、谅解,表达了对城市人伦关系的赞美之情。叶广芩的小说并不关注西安城市建设,但是她对北京城市翻天覆地的变化做了可贵的描写。她在《采桑子》中,写到自己的四姐和廖先生,一起修复北京城的古建筑,一起维护古建筑,一起规划北京城市的现代化发展。一方面,批评没有尊重文物造成的遗憾;另一方面,歌颂新世界的到来,带来的城市成长的契机。

另外,对于20世纪90年代陕西女作家群来说,一方面是城市的发展;另一方面是女性精神的成长,带有明显的"成长小说"的特点。比如周瑄璞的《疑似爱情》,女主人公丁朵朵,开始是一个极其单纯、渴望爱情的女孩子。作者通过细致的心理活动,描写她周围的男性,揭示她的胆怯而慎重的内心世界。后来她做了别人的情人,见到男人脆弱的情感世界,又参与到别人的捉奸的故事,渐渐醒悟:在爱情中,有很多虚伪、阴暗的元素,最后她决定结束自己的情感,投身到提升自己能力的学习中。《衰红》描写青年于津津从谈恋爱、结婚、离婚、做情人的情感线索中,发现男人在控制世界,而女人的爱情是男人控制世界的一部分的现实。杜文娟的《藏香》《天堂女孩》都写情感上受过创伤的女性,在城市中寻觅温暖而不得,在宗教慰藉和不停追问中治愈痛苦的经历。"女性成长小说"在当代女性主义发展过程中,是成绩卓著的一支,陕西女作家群虽然在创作的力度上稍显弱一点,但在西安城市文化发展过程中,是不可缺少的一笔。

不过,我们应该看到,陕西女作家群在城市描写中,在表达思想的深度上是不够的。从女作家创作来看,王安忆开始写城市女性的时间感、空间感,池莉开始写女性的挣扎和抗争,张抗抗、张洁写女性历史的历程,林白、陈染写女性的城市欲望,而陕西女作家仍然保持在城市与女性的合作、和谐，对于女性独立精神、女性创新能力的发现，还需要进一步锤炼。

比较起池莉《不谈爱情》和周瑄璞《疑似爱情》，池莉作品中的女主人公，有应付生活困难的能力，有抗争的意识，并且具有执行力。吉玲碰到庄建非不尊重自己的时候，严厉回击，巧妙抓住机会（庄建非要出国，需要证明自己家庭幸福），叫庄建非认识到自己的错误，从而要男性承担家庭责任，是女性改变生活的典范；而《疑似爱情》的丁朵朵，虽然是知识分子，做编辑，不仅缺乏追求爱情的动力，而且接受生活推给自己的老男人，过上第三者的生活，缺乏回击生活的能力。在陕西女作家群中，大多数的女性都是被动的，在和领导、恋人打交道的时候，卑微的心理、驯服的态度很明显，这也是传统文化留下的遗痕。《天堂女孩》《等待下雪》《我的黑夜比白天多》《衰红》《故障》《圆拐角》等作品，都用仰视的眼神看望男性，她们并不知道爱情是什么，而是想找一个依靠。生活上的依靠、工作上的依靠、情感上的依靠，是明显的"第二性"的特征。最典型的代表是《等待下雪》中的女主人公给一个官员做情人，就是因为他经常出现在电视上，有一定的权力，在众人中是众星捧月的"月"，对于他能不能尊重自己，是否忠诚爱情，她不在乎。又比如《西榴城》中小玉与甫和民，虽然是恋人结构，却是小玉依赖甫和民读书、明理、长大，从来没有机会获得独立精神。这样的都市女性依赖性明显，虽然经过考试，有不错的工作，但是在感情中很单纯，缺乏深刻的情感体验。这种传统的男女婚恋模式，就是西安城市传统爱情的侧面体现。

总之，陕西女作家群创作视野比较狭隘。她们绝大多数都以城市的情爱故事为主，还没有开拓出更加丰富的文学空间，于是，在内容表达上显得扁平、单薄，她们生活的空间是城市，但其精神仍然是古典而传统的。对国际化大都市的生活习惯、情感方式、价值判断和生存状态还没有比较完整而深刻的看法。不过，在刚刚开始的国际化大都市发展时期，陕西女作家群的生存路线、教育背景、知识结构、思维模式等都表现出追求发展的欲望。于是这种能驾驭生活的要求所制造出的中等阶层生活模式就有走向一致化的趋势。时代在不断演进，城市文化渐渐进入人们的视野，作家描写城市的作品也应运而生，创作出丰富多彩的城市文化。陕西女作家将进一步熟悉并认同城市生活，并有望摆脱传统的痕迹，塑造出一系列的具有鲜明的西安城市文学作品。

第二节　陕西女作家笔下的西安城市文化

当代中国城市文学兴起的基础是改革开放以来中国快速的城市化进程，它代表了一种崭新的生活方式、思维方式和审美形态，是一种新型的物质和精神互换的媒介。中国城市文学的兴起是从20世纪80年代开始的，到90年代迅速升温。对于它的研究，也从定义的边界延伸到地域文化的中心，相对于乡土文学，城市文学是以写都市人都市生活为主，以表现都市风情、反思现代都市精神的一种文学形态。①其实，中国文坛对于城市形象的描写分两个阶段，以80年代为界，前期是以模仿西方城市文化概念来套用中国的城市形象塑造，比如，张爱玲等海派作家；后期开始建构中国城市形象，体现中国城市人、城市生活状态和心理的主体化感受，具有中国作家创作的能动性和自由感。总体上看，在中国文坛上，女作家对于城市形象的感受更加细致、真实、具有现代性。比如，王安忆的《长恨歌》，塑造出的王琦瑶，被认为是上海城市形象的象征符号。

20世纪80年代以来，当代文坛以城市为创作背景的作品越来越多，形成各种派别的城市文学。比如，以邓友梅、刘心武为代表的"京味小说"；以冯骥才、林希为代表的"津味小说"；以王安忆、程乃珊、殷慧芬为代表的"海派作家"；以方方、池莉为代表的"武汉小说"。近年来，居住在西安的作家，也创作出了具有"陕派风格"的作品。比如贾平凹的《废都》《白夜》《土门》《老西安》等。贾平

---

① 杨绍军：《20世纪90年代以来都市文学研究综述》，《云南社会科学》2005年第5期。

凹在作品中的建构，突显出西安作为秦、汉、唐首都的"颓废""荒凉"感。① 但是，贾平凹的这样的主观的描写并不能够真正准确地反映西安城市风貌的特征，实际上，随着90年代西安女作家的群体崛起，她们对于西安城市的书写，重新界定情感基调，再度更新城市风貌，随着城市发展的步伐，以群体书写的方式，塑造了西安城市的崭新文化。

西安，是十三朝古都，是中国最早的大都市，灿烂的古代文化是这座古城的第一优势。她古称长安，是陕西省的省会，位于关中平原中部偏南，北临渭河，南依终南山，周围曲流环绕，有"八水绕长安"之说。气候适宜，土地肥沃，物产丰富，风景秀丽，拥有"关中八景"之美。市辖八区五县，面积9977平方千米，人口约618万，是我国西北地区最大的城市。西安的文化在中国文化格局中有突出的特点。由于传统观念厚重，陕西人男尊女卑意识强烈，陕西男人的大男子主义盛行。陕西传统女性，拘囿于自己生活的小天地，保守、内敛成为她们主要的思想现象和性格特征。

在20世纪90年代的西安女作家群体中，代表人物有冷梦、周瑄璞、唐卡、王晓云、杜文娟、杨莹、吴文莉、杨则纬等，她们关注城市，描绘城市男女的生活世相，虽然西安城市文化发展缓慢，但她们大多数都出生在西安城或者长期在西安城工作生活，她们对她有着相濡以沫的亲昵情怀，创作出的长篇小说《西榴城》《多湾》《叶落长安》《疑似爱情》《花开荼蘼》《梅兰梅兰》《荒诞也这般幸福》《我的黑夜比白天多》《你是我的宿命》等，所写主人公都是女性，多以有限视角展开故事，极大地提升了城市小说的生活真实感和人物的可信度。在独特的西安城市空间，她们或悲或喜，或愁或乐，或真或幻，随着人物命运的变化而对城市文化思考、接纳。无论是对知识女性的深刻反思，还是对下层人物的精当描写，西安城市是故事发生的空间，也是西安人文景观、文化积淀、市民风情的场域言说，要讨论富有地

---

① 李继凯、李春燕：《新时期30年西安小说作家创作心态管窥》，《陕西师范大学学报》（哲学社会科学版）2008年第5期。

域特征的西安城市文学，女作家的创作是不容忽视的一环。

陈平原在《都市想象与文化记忆丛书》总序中提出："在某种程度上，我们所极力理解并欣然接受的北京、上海或西安，同时也是城市历史与文学想象的混合物。"也就是说，一个城市的形象固然与其本质的内在特征不可分割，但是它展现在世人面前的往往是一个历史叙事和现实描绘构成的混合体。女作家笔下的西安城不是一个临时的虚构的场所，而是一座包含着多年文化积淀的历史名城。书写当代西安人生存情状的时候，她们的笔触时时深入历史和回忆，使她们笔下的西安成为一个时刻与历史交流沟通的城市文化记忆。在冯亚琳的《文化记忆研究》中，文化记忆被定义为包含着"物质、象征和功能三方面的意思"。"这些记忆在指向过往的同时，也指向当下对于过去记忆的缺席。"① 在复杂的城市文化记忆中，西安女作家笔下的西安城作为城市历史记忆的"发动机"，不断辐射着自身的能量，给予一代代的西安人巨大的城市性格影响。

一 五味杂陈的市井风景图谱

"城市作为一种'人工'的物质构造，它透过地理环境、交通布置、居民分布、社区构成和建筑样式等诸多方面以'空间布局'的形式深刻地制约着'人'的活动（既是物质的，也是精神的）"②。人们的生活、工作牢牢地扎根于城市独有的空间。人们的精神气韵深深烙上了城市的印记。与此同时，作家在对于作品中生活空间的选取也能表现出他对生活的理解以及对城市的情感。尤其在城市化进程中，当下人对于老西安的记忆逐渐暗淡。"可以说我们正经历着另一场革命，那就是城市化。在城市化的过程中有关城市的记忆被一点点抹掉，当承载着城市记忆的建筑物或那些人群都消散之后，城市的个性和历史将随之而消失。"③ 通过文字来记载西安城市个性，建立自己独特的文

---

① 冯亚琳：《文化记忆研究》，载《中外文化》第2辑，重庆出版社2012年版，第81页。
② 罗岗：《想象城市的方式》，江苏人民出版社2006年版，第91页。
③ 蔚蓝：《湖北当代长篇小说纵横论》，长江文艺出版社2011年版，第208页。

学场域是陕西女作家创作上的重要目的。她们始终离不开的是对西安丰富多彩、包容万象的城市生活的描绘。崎岖坎坷、五味杂陈的城市居民生活图景永远在她们的小说创作中占据着最重要的地位。一幅幅西安市井风情的图谱，给生活增添了温馨柔和的人性之光，共同构成了西安浓墨重彩的文化记忆，形成与塑造着城市的文化品格与时代风貌。

女作家的小说里首先描绘了一幕幕生动的市井生活的图谱。比如《疑似爱情》中，对于老西安的纤细小巷的经典描写；《我的黑夜比白天多》中对于大学校园的刻画和勾勒；《西榴城》里向阳巷的"坑"和拥挤；《多湾》的电视塔、广播台、咖啡厅、摩天大楼等。这里有底层的女人，穿着睡衣、拎着垃圾袋晃晃悠悠走动的身影；有底层男人拉着架子车、一家挨着一家卖货的剪影；有简陋的门面、有一排人家共用一个水龙头的景象。厨房里，媳妇娃娃爹，其乐融融；工地上，仰脸和上面的工人喊话；康复路上，热热闹闹的人间烟火气与竞争感；小东门里，河南肉丸胡辣汤闻名遐迩……一个热气腾腾、纷乱混杂的世界。

西安的气候、西安人的日常娱乐和西安饮食习惯等内容在女作家笔下也有充分的表达。《疑似爱情》里盛夏的炎热逼人；《叶落长安》里的残冬和春雨；《你是我的宿命》里的暴雨和雷电，都是西安独有的气候特点。西安人喜欢的豫剧、秦腔、河南梆子、小玩意儿、卡拉OK……西安人喜欢吃的荞麦饸饹、辣子蒜羊血、炖羊蹄、百年老汤、冰糖葫芦、芝麻糖、炸蛋包……作者们通过对这些日常生活琐碎的记录，一方面展现出富有真实感和烟火气息的普通人世俗生活；另一方面又通过生活点滴的积蓄，从民间视角构成一幅由无数普通市民参与建立的历史图卷，也表达出女作家对日常生活的热爱和痴迷。

在女作家描写西安城市外貌的时候，可以分成两个阶段：前期的老西安和后期的新西安。《多湾》《叶落长安》《夏日残梦》《梅兰梅兰》《天国葬礼》等作品，都表现老西安的破旧、拥挤、简陋、肮脏，《西榴城》《圆拐角》《衰红》等表现新西安的干净、宽敞、富裕、精彩和热闹。在《多湾》《叶落长安》《疑似爱情》中，都写到河南人到西安后住棚子，给人家推车，被别人歧视为"河南蛋"，甚至洗麻绳、洗纱、贫穷得上不起学等,后来写到拆迁、经商、失败和重新崛起;《疑似爱情》里陈阿莉家里拆迁赔款和房子,使她一下子洗掉自卑,大胆追求自己的事业,捍卫爱情;《你是我的宿命》里康复路的喧闹、破旧和《叶落长安》里的情景一模一样,相互应和。这些作品通过展现西安人生活的方方面面、喜闻好恶,讲老新西安的市井风情,带领读者重温过去的历程,使生于斯、长于斯的西安人不忘过去历史之记忆,沉淀出对西安城市的爱和眷恋。

二 西安城市市民的风景走廊

(一)底层市民生活的困境与前进

女作家们在对城市进行书写的时候,呈现出一种独特的文化价值。她们没有直言西安历史的厚重与沧桑,而是将巨大的历史变迁融进具体人物的喜怒哀乐与命运流转之中,通过对不同人物命运的描摹与书写,来记录城市的变迁与发展。此外,作者在写作的时候使用方言(河南方言或陕西方言),在人物精神和心理上散发着浓浓的陕西西安的地域风味,这些主人公不是英雄,不是伟人,不是名人,亦不是有钱有闲阶层,他们是生活在大学校园、街头巷尾、商场工地、平凡家庭里的小人物,他们中有大学教授、高级工程师、普通家庭妇女、搬运工人、下岗工人、小商小贩、贫民青年、小偷、罪犯等,他们是生活在社会底层的大多数,有血有肉、有哭有笑,他们为生存奔波,为名利烦恼,为情感困惑。她们都不喜欢描写生活中大起大落、跌宕起伏、波澜壮阔的事情,而是怀着一份温暖的关怀、淡淡的忧伤和冷峻的思索陈述现实的平淡、温婉、琐碎和无奈。

首先,通过历史的人物困境表达西安城市的发展历程。在《多湾》《叶落长安》这类"史诗性"的作品中,作家不断描写底层人物的困境,勾勒出了西安这座城市的现代乃至当代的整个发展历程。比如,这些作品的主人公都是从河南逃荒到西安,从一贫如洗的生活状态奋斗起,开始的问题是吃饭,不断降生的新生命加剧了苦难;然后,是1949年后的定成分、批斗坏分子、上夜校,还有20世纪60年代的饥荒，70年代的政治至上造成的心理压力，80年代改革开放带来的追求人性自由的致富浪潮，90年代末期的城市扩张给居民带来的实惠……用市民的命运来书写城市的命运，貌似对党的政策的回应，平淡无奇，但又充满了小人物的命运坎坷，形象饱满地再现了西安城市居民的心灵发展史。

其次，在城市化的进程中，老的景观被拆迁重塑，城市人的心态也在不断舍弃旧的传统观念、接受新的思想，甚至两种势力碰撞，陷入精神迷茫的"断裂"之痛中。《叶落长安》中的郝玉兰，在逃荒中被母亲卖给宋老四为妻，一家人生活凄惶，但90年代末期，她的孩子也不听她的，不懂得珍惜粮食，女婿长安的贪婪心使她无奈而担心，一度非常痛苦。《多湾》里的西芳看到西莹的享乐生活，很不满，可是又不能够真正扭转这种倾向，只好用姐姐的身份包容她，最后宠溺使她堕落。《疑似爱情》里的丁朵朵，发现自己因为丑陋，哪怕再努力都不能得到提升，精神极度灰暗。《梅兰梅兰》中的女主人公，在金钱的引诱下，不择手段追求利益，造成社会道德的滑坡与失衡。

本来，在河南人移居西安的过程中，女作家笔下的主人公对自己住过的锦华巷、向阳巷、城墙根儿等空间里的一草一木、一砖一瓦都充满了无限的深情，可是面临城市"怪兽"的无节制扩张，来自底层的主人公不得不转移自己的情感寄托、改变旧的生活习惯、被动接受城市文化阵痛。原来表达在"西安是我的城市"里的亲昵和自在，渐渐变成"陌生""不敢认"的疏远，这样的叙述模式，也是西安"国际化都市"的里程碑事件，它喻示着新的带有商业气息的城市文化的袭来。比如《叶落长安》中的女主人公郝玉兰。她借改革开放的东风，开了"胡式麻辣烫"早餐馆，可是后来，城市改造，把旧院子拆了，早餐馆也办不下去了。最后，她搬进了新居，开始跳广场舞的生活。可是，她对过去生活的怀念，仍然萦绕胸间，久久难忘。

陕西女作家通过小说中人物命运的变迁来书写城市的历史命运，这样的方法，塑造出西安城市发展中不懈努力、坚持奋斗的特征。无论是老西安的居民在贫穷中的挣扎，还是新西安的商人在困兽犹斗，都是陕西人不服命运、不向困难低头的坚忍性格的再现。这样的书写，不同于王安忆，她擅长书写上海人细水长流的吃饭、穿衣、等待、睡觉，在生活的细微末节上建构上海世界的优渥；这样的书写，也不同于方方，在大视野、大画面前写武汉的形象变化。陕西的女作家，只是通过普通市民的节俭品格的特写来表达历史在这个城市的光与影，有着浓郁的西安特色和文化价值，是西安文化非常重要的一笔。

(二) 革命者的坚定和执着

西安是一座有悠久斗争史的城市，无数的革命先烈在这里抛头颅、洒热血保卫这座古城。在女作家笔下，这座城市散发着坚贞的政治理想信念的气息。

女作家冷梦是土生土长的西安人。她生于西安，长于西安，在西安读书，在西安工作，虽然曾经因为挂职锻炼短时间离开过西安，但那是离开时的回眸。她深深地爱着这座城市，这座革命者的城市，所以，在《天堂葬礼》《特别谍案》《百战将星》等作品中，细致描写西安城市解放过程中，革命者经历的波谲云诡、坎坷曲折。《特别谍案》中写六位经策反来的地下党员，曾经多次在解放战争中给共产党送情报，在危机时刻化险为夷，立下汗马功劳；《天国葬礼》艺术地再现了20世纪三四十年代，中共秘密特工们与国民党中统、军统特务们展开的一场殊死大战，他们的铁血人生和凄美爱情，成为西安历史上空的绝响。这些革命者，意志坚定，追求高尚，理想崇高，为中华人民共和国的成立立下汗马功劳。在这些英雄的影射下，西安城也显示出庄严、巍峨、浑厚、大气的特征。

《西榴城》也是描写西安革命的鸿篇。满小玉是一个伸张正义的女英雄。她既有女性的美丽，又有恋人的侠肝义胆，还有革命者的坚定和执着。她看到政治、经济的黑暗，坚定地要用清风般的浩然正气涤荡人世间的邪恶。这样的弱肩担正义的形象，也是西安文化中最宝贵的精神内涵。

(三) 女作家笔下的西安文化温暖的意象

在很多作家的笔下，城市在工业文明、商业化经济的冲击下，往往使人产生困惑和茫然，但周瑄璞小说《宝座》中的强师傅，从小城市里的单位退休，来到八仙庵停车场看车，住顶楼的一间八平方米的小房间，他不仅迅速地和周边居民建立了良好的熟人关系，在生活的间隙，还编织着城市的住房梦，儿子孙子的安家梦。他每天和那些铁家伙在一起，却因车主的一声问候心里暖暖的；他感到夏天吃夜市的人闹到一两点，就像陪他上班一样内心很惬意；拥堵的环境因他疏导而顺畅，使他自信、骄傲……整个作品充溢着一种暖色幸福的基调。

《圆拐角》《衰红》等作品中的主人公们都沉醉在花花绿绿的城市世界，在对幸福的追求中夹杂着作者的隐忧和反思。《宝座》中八仙庵节日中的热闹繁华，昭示着城市人把希望寄托于神仙世界的心理，《衰红》女主人公没有安于现状，却也缺乏上升欲望的状态，也是其生命力萎缩退化的表现。他们都没有改变环境的热情，只知道被动的接受命运的选择，守护善良，让人在喧闹的都市生活中感到一丝人情的暖意。周瑄璞写楼房里的人，有着统一的作息制度，单调的生存方式，有种将人机器化的用意，然后用一个卑微平凡的小人物，探索生命的美丽和坚韧。虽然主人公们绝大多数都没有自觉的生命意识，但他们善良、温顺、热情，是原始生命本能的特征。周瑄璞看到了他们的可贵，不厌其烦地描写春、夏、秋、冬的循环往复。生活中，有种种不尽如人意的地方，可主人公们却走在依稀的希望之路上，这是西安的城市文化，不仅可以居住，还能安置精神和灵魂，这是家的温馨氛围。

(四) 女作家笔下都市书写的文化价值

陕西女作家的都市写作刻画了西安市民文化的风貌。西安是一个典型的农村包围城市的模板，其居民大部分来自河南的难民，那种逃难生活经历给这个城市带来几分"饥饿色"。周瑄璞认为："西安虽然过去是国都，但现在是逃难人的天堂，她从不拒绝勤劳者。"（《多湾》后记）逃难人总是如蚂蚁建巢穴一样执着而艰辛，加上因为文化层次不高，久而久之就形成独特的风格——过度节俭、吝啬，还带着一点点土气。但是，他们都是好脾气，办事利索，性格中有一点点小机敏，但一遇见朋友就连兜带底地坦率起来。这些来自底层的河南人的特征，铺就了西安城市文化贫困的过去，也为西安独有的城市人群做了基础的陈述。作品大俗通雅、平易自然，为西安市民文化内涵做了准确、精当的刻画。

另外，陕西女作家在描写西安城市文化的色彩中，有一种催人进步、奋发图强的力量。这一点，与陕西男性作家的创作大相径庭。《多湾》里有自强不息的胡爱莲、奋发有为的西芳、追求进步的章柿、津平，不怕牺牲的于枝兰；《西榴城》里有坚持真理的满小玉，永不屈服的甫和民，坚持到胜利的塌鼻儿；《叶落长安》中有生命不息奋斗不止的郝玉兰，忠贞不渝的莲花，积极进取、不断创新的长安，大学毕业留在北京的二林……每一个人物都是敢为人先、回应时代精神的探索者，也是女作家建构西安城市文化的令人敬畏的奋斗者。

西安是一座历史文化名城，有着深厚的精英文化的渊源。这里曾留下了无数文人墨客的足迹，陕西女作家群是都市文化的产物，也是新时代的精英群体，她们大多数都接受过高等教育，在创作中拥有作家使命的创作动力。比如，周瑄璞虽然没有上过正规的大学，但是她在北京鲁迅艺术研究院专门学习写作；冷梦，大学本科毕业，有自己独到的创作理论；唐卡、杜文娟、王晓云、杨则纬等，都是有一定文学素养的人，所以，她们的作品常常站在知识分子的立场来描摹芸芸众生，书写生存百态，冷静、深刻、不动声色地描写经济发展、思想迷茫、感情阵痛的西安市民。"她们没法改变社会，但内心却总是保持着一方净土。"[①] 这样的净土，就是对理想的坚守，对人格尊严的缔造，并且，作家高深的学识和强大的人格力量相结合，投射到作品中人物身上形成他们独到的精神和不为蝇头小利屈服的意识成为西安文化最宝贵的部分。

可以说，特定的地域孕育了独特的西安城市文化，也培养了自己的作家。陕西女作家群的创作，从市民文化上看，是表现城市阶层重

[①] 李星：《西榴城·序》，太白文艺出版社2011年版。

新建构的历史书写；从创新文化上看，是女作家才能丰赡、不居人后的进取精神；从知识分子的使命上看，精英意识使她们坚守精神高尚的阵地，从不言败，真诚热情，为西安70年来轰轰烈烈的发展进程留下了历史存证和文化记忆，为西安的城市发展、城市建设保存了一份具有鲜明地方色彩的"西安文学档案"。从这个意义上说，西安女作家的城市写作是良心写作、知识分子写作。总之，她们从独立的思想层面切入城市书写，能引发更多的反思和批判，来实现对西安城市文化价值的提升和构建。

第三节　新时期陕西女作家笔下的都市女性

新时期的陕西女作家的城市创作与男作家不同，没有对城市生活的疏离和嫌弃，她们对于西安城市文化的热爱，使她们非常重视其文明、大气、时尚的特点。对于都市女性的描写，也重视知性、优雅、理性的特征。冷梦、周瑄璞、唐卡、杜文娟、辛娟、吴文莉等都是描写西安城市的主要作家，不仅写出城市的变化，而且也写出城市中都市女性群体的勃勃生机。

一　处在夹缝中的陕西新时期女作家的创作

在20世纪末，上海的卫慧、棉棉等作家的创作被评论后，"美女作家"的称谓便有了具体的能指。"美女作家即指出生在70年代，天生美貌且在写作上呈现出展现自我层面、关注女性心理等某些共同倾向的创作群体，以卫慧、棉棉、九丹为代表。"[1] 70年代出生所谓的"美女作家"这样的能指具体到陕西女作家身上，是勉为其难。但，恰恰这个阶段的陕西女作家，90年代也开始推出70年代女性作家作品系列。这批女作家在《山花》《人民文学》《大家》等国家级文学刊物上纷纷发表作品，仅以唐卡为例，现已发表长篇小说七部，可见陕

---

[1] 李仕华、何兰蓉：《欲望的舞蹈》，《西华师范大学学报》（哲学社会科学版）2005年第5期。

西女作家，尤其是 70 年代出生的作家作品已经相当可观了。因为北京、上海"美女作家"称谓的出现，陕西 70 年代出生的女作家群有才有貌，也被多名学者有意无意地移植过来，称其为"美女作家"以恭维女作家的才情。但是，一方水土养一方人，陕西"美女作家"不仅没有卫慧、棉棉那样的都市享乐、堕落的样态，连似林白、陈染那样爱写隐私、窥视的情节的都不多。这样笼而统之的称谓，虽然能够建立一个批评界的交流平台，然而，如果忽视了作家的地域特征，模糊了作家的个性，是极不严肃的评论态度。

陕西文坛上 20 世纪 70 年代出生的女作家不少于 20 位，她们分散在西安、安康、渭南、商州等地方，由于所处地域的不同，她们关注现实的视角，描绘生活的方式也很不相同，简明一点讲，西安地区 70 年代的女性作家生活在具有丰富的物质的都市，难免带有消费文化时代的特征，她们也关注物欲，描写都市的浮华，涉及咖啡馆、情爱、夜生活的比较多，似具有海派"美女作家"的特点，但陕西西安的"美女作家"作品未出世就受限于与上海、北京"美女作家"作品不同的地域文化背景。上海，历来有"十里洋场"之称，东西文化交融的地域优势为卫慧、棉棉们提供了丰沃、靡丽、温软的文化支持，所以，"身体写作"在上海就表现得享乐十足、轻浮迷乱；西安地处大陆腹地，深受儒家思想的影响，冷梦、周瑄璞、唐卡、惠慧等从来就没有那样放肆与张扬过，她们的作品受传统保守思想的影响比较多，表现出严肃、整饬、端正、优雅的知性特征。另外，70 年代出生的陕西女作家群，其生存的历史文化背景也不可忽略。丁玲、贺抒玉等第一代延安女作家的阳刚、敏锐、大气也影响了她们关注现实的视角，从而塑造了知识女性的自尊、自爱、自强的精神。很明显，周瑄璞等处于一个文化发展的夹缝中，有对于都市生活的迷恋，也有知识分子的独立思考，人生顿悟。分析她们的作品，更容易挖掘她们的作品的城市文化特征，是西安城市文化书写的重要一环。

二 新时期陕西女作家笔下的都市女性的消费特色

雷涛说："翻开她们的作品，不难看出这一现象：作品中的主人公大多是有文化的小知识分子，作品中相当多地展示她们的苦恼、不幸、欢乐和忘情。作品的氛围大多在城市或城乡交叉地带。"① 长安文化即指西安都市文化特征。自古以来，描写西安特征的都是都市文化背景。尤其是唐代古长安，气势雄伟，规模巨大，侠客文人、官宦商贾、歌姬媒婆等各色人，春天踏青、夏日纳凉、冬季待友、朝欢暮乐、香风拂拂，是一座国际性的大都市。由此而造就的名词"盛唐之音"是中国古代封建制度中最绚烂的一笔。那些来来往往于长安的文人骚客，不仅在灞桥折柳送别，更在歌楼酒肆欢饮酬唱，泼墨挥毫，才情四射，有的是对繁华的赞美，有的是对艳遇的描绘，有的是对吏治的批判，有的是对道义的申张，纷纷扰扰，喧嚣博杂，却不失刚健激奋的特质。

历史翻卷至21世纪，西安再次以国际大都市的形象进入人们的视野。她霓虹闪烁、高楼林立、香车宝马、络绎不绝、丽影绿鬓、衣袂飘飘，仿佛靓丽妆扮的美女。性欲的张扬与城市的物质消费紧紧相连，男性闪烁其中的迷离眼神，美女们香艳浓丽，姿态妩媚，与夜生活的灯红酒绿一起构成都市文化中最具诱惑力、最神秘的一隅。社会现状如此，表现在作家作品的生活亦如此，女作家们把自己的经历、心灵体验、情感触动一一写进作品。

与新时期的京沪女作家相比较，西安女作家也写生命的感受，青春的张扬，从这一点说，她们也有凸显城市生活时尚自由的一面，比如周瑄璞、唐卡、杨则纬都关注爱情，并大胆描写性欲。周瑄璞的《疑似爱情》，主人公丁朵朵行走职场，在各大摩天楼、写字楼、车的海洋、喧闹的购物场所出没，咖啡屋、商场、奢侈商品纷纷登场；唐卡的《你在找谁》中，郭贝蕾频繁地坐飞机飞来飞去，生活放荡、轻佻；夏坚德《红杏在墙》写婚外情；张虹的《等待下雪》写第三者……她们描写的舞台就是20世纪末这个纷繁复杂、光怪陆离的西安都市，描写的重点也是大学校园、咖啡馆、电影院、行于宾馆中的恋爱女性，

---

① 王芳闻、夏坚德：《陕西女作家小说卷·序》，太白文艺出版社2007年版。

环境与人物相衬凸显的是女性个人的城市生活历程。虽然体验显得肤浅与单薄，但这并不能否定她们在新生代作家中对女性的自我认同、自我发展、自我实现的赞美，也不能否定其文本的都市文化的独特意义。

周瑄璞和吴文莉的作品还写到西安城市发生翻天覆地变化的过程。她们都选择了"河南人"进入陕西西安城，经过艰苦生活，由逃难的农民变成西安市居民又变成城市的建设者的过程。西安市也由原来的破败荒凉、肮脏紊乱、落后迟滞变得高楼林立、时尚干净、发达蓬勃，《多湾》带有明显的城市发展的描绘，对于西安小东门"大棚区"改造有比较详细的记录，并且在城市拆迁建设中，书中的主人公个个喜气洋洋。都市的包容、开放、恢宏、发达为西安人造就出自信、喜悦的心态，使西安城市表达出与北京、上海不一样的生机和正气。唐卡的小说在描述都市女性"寻找爱情"的迷惑，《你在找谁》就是一部膨胀自己的体验，将男性客体化的城市文化书写，四个单身女性出入于大都市中搜罗自己心悦的男性，调侃、嘲笑男性的敏感、软弱，渴望找一个爱人，却只能在人群中穿梭，不能安定下来。作品中铭刻着鲜明的时代和年龄印记，是描绘"女性是都市之灵魂"的前台表演。她的语言在年轻清新中包含着沧桑感，在炫耀的气焰中也有凄切哀婉的影子。变化而美好的西安城市为故事中的主人公提供了活动空间和巨大的自信心的支持，也是都市女性人生发生巨变的重要契机。

三 陕西女作家笔下的都市知识女性特征

新时期的陕西女作家，书里书外都洋溢着知识女性的优雅格调。从作品的主人公身份来说，她们都有一份收入不菲的工作，能够经济独立；从作家的创作风格来说，作品语言雅洁、内容丰沛充实，虽然技巧略显稚拙，但是思考的敏锐性又稍胜一筹。于是，当京沪的一些"美女作家"空洞地游荡于酒吧、歌厅、电影院等时尚消费场所，用放荡的语言描述色情故事的时候，陕西女作家的作品流淌着掩饰不住的书卷气和知识女性的典雅。

第一，这些作品的主人公一般都超越了柴、米、油、盐的烦庸生活状态，优越的工作环境能提供发展所需的物质条件。同样，在自己个人生活中，爱情又是她们展示自身魅力的舞台，因此，自我的展示带着富足后的炫耀，也使情爱的画廊装点着雅致的格调。唐卡《你是我的宿命》《你在找谁》《私密空间》，周瑄璞《多湾》《我的黑夜比白天多》《人丁》《夏日残梦》等作品都以知识女性为主人公，她们的命运际遇有些不同，但是字里行间都弥漫着知识女性的淡定和自信。例如《你在找谁》[①] 中的主人公林同之甜美、娴静、端庄、富有才华，在寻找男朋友中，充分展示知识女性的魅力。对化妆术的精道、得体优雅的谈吐、工作上的才情，使她渐渐走入富商谢致南的心里，他斟酌再三，了断与其他多个国家的情人的关系，准备与林同之结婚，但是，林同之发现真相后，心理"雅静"的她，忍受不了谢的"乱性"式的交友方式，毅然离开他。《我的黑夜比白天多》[②] 写苏新我是大学教师，因童年心理上受伤，后来在情感上一直拒斥男性，经过多番的筛选，她选择了何幸福，结果却发现他是流氓、骗子，在忍无可忍的情况下，生活黑暗到不可承受，她的侄女动手杀死了何幸福。这些作品里的主人公，有知识、有涵养，即便面临龌龊、迷惑，也能深刻思考，清醒处置。相比之下，京沪的一些"美女作家"都显得浮躁、浅薄、苍白、空虚。比如，林同之、苏新我等带着作家对人生的思考和理解具有较明显的自尊、独立意识，为她们的人格笼罩上绚丽的光华，显示出知识女性独特的人格魅力。

第二，知识不仅给作品女主人公带来兰心蕙质的优雅，还点燃她们内心深处的理性之光，知识成为拯救她们的有效途径。冷梦、周瑄璞、惠百团、夏坚德等作家的作品都带着知识女性的自律、淡定、勇敢等优秀品质。比如《疑似爱情》里，丁朵朵是一位长相丑陋的女孩子，她暗恋着自己的总编，但是，无论多么痛苦，她都自尊、自爱、

[①] 唐卡：《你在找谁》，作家出版社 1999 年版。
[②] 周瑄璞：《我的黑夜比白天多》，花城出版社 2002 年版。

自律，当米左拉（总编的情人）怀孕时，她颇有侠义心肠，努力帮助米左拉；当她自己面临被社会贬抑（她因长相丑陋，一直没有男朋友）时，她用道家思想洞悉一切，处于"被鄙视""被挑剔"而不为所动，认认真真走自己的人生之路。这种超然、坚定的态度令作品中其他人物形象黯然失色。

第三，古都文化熏染下的知识女性，重情趣、讲格调，天然地排斥龌龊和卑贱，成为新时期都市文明中最阳光的一群。在西安城市文化中，儒家思想根深蒂固，"文学依然神圣"（陈忠实语），文学的启蒙功能深深植根于这一地域作家群的思想意识中。城市外表的革新，没有影响到西安女作家内心的美好、正直、坦诚和热情。因此，当京沪美女作家将性欲张扬时，西安女作家仍然重视知识女性的时尚、气度、涵养。剥离的是传统意识制约下女性的怯懦与自卑，张扬的是内心世界的自信、快意和强大。当然，陕西推出的"女作家系列"作品，①也不乏商业炒作的嫌疑，也是古都走向现代文明的大势所趋，但是翻开这些女作家的作品，表现着与京沪不同的美学特征。卫慧、棉棉把"身体写作"当成商业炒作的"卖点"，大肆渲染，力曝隐私，满足男权社会对女性身体窥视的欲望。不管她们作品有何种创新，当人们把性描写作品斥为"流毒"，严格控制的时候，这些"一炮走红"的作家作品，其结果可想而知。而陕西女作家的作品内敛、含蓄、优雅，避免男性恶意觊觎，大方地行走在敞亮的阳光下，因此，商业的炒作在一定程度上失败了。比如"西部文学女作家丛书"，七册，分别写都市爱情（唐卡《你在找谁》）、婚外恋（周瑄璞《疑似爱情》）、商业题材（张瑜林《网事倾城》）等，呈现出多姿多彩的外部形态，为读者提供丰富、全面的城市文学作品。于是作家的尊严修正了书商的商业炒作，令读者有意外的收获。

综上所述，陕西20世纪70年代出生的女作家群虽然处于商业与传统文化交织作用的夹缝中，却苦心经营，大胆创新，并没有在夹缝

---

① 《陕西女作家·小说卷》《陕西女作家·散文卷》《陕西女作家·诗歌卷》是太白文艺出版社于2002年出版的系列丛书，王芳闻等主编。

中迷失。她们能够深入生活，描绘自身体验的真实，既涉及现代文明给女性生活带来的困惑，也有知识给予这些作家独有的坚定、自信、勇敢。因此，比较于京沪女性作家，她们不炫耀、不空虚，更不会用肉体做商业上的金钱交易，于是，"美女作家"的称谓在她们身上洗涤了色情的成分，开拓出理智、豁达、优雅的风神气度。这样，才使西安古都文化再现端庄、典雅的风采。

四 新时期陕西女作家的性描写

新时期的陕西女作家大多都涉及城市文化书写，作为西安文化的一个重要方面，女作家作品中的性描写是城市文明的一张"试纸"，个人欲望的诞生和满足是城市文化发展与否的一个标准。"西安女作家是从现实的庸常的城市生活中来关注普通女性、解读普通女性的。"[①] 肖云儒先生的这句话非常有代表性。陕西女作家作品反映了都市小市民的生存状态和感情心态，反映了他们在游走红尘之中命运的沉浮、谋生的尴尬和情感的困惑以及庸常的喜悦、无奈和创痛，其中既有声色迷离的欲望摹写，也不乏重拾浪漫的心灵渴望。作者对城市女性性欲的痛惜和关爱，在感情倾向上十分明晰。"她（周瑄璞）总是表露出一种女性特有的情怀，她笔下的现代生活场景是用女性娴淑恬静的情怀浸泡过的，是那种被温馨情怀包裹着的女性性描写"[②]。"她的作品里女主人公没有男朋友就觉得生活好像有一个巨大的空缺，急切期待某位男性的出现"[③]，她们对性的要求很多，但又追求心灵的宁静、肉欲与精神的共鸣，是她们笔下最幸福的性体验。

首先，她们自恋却也自尊。周瑄璞的《疑似爱情》中的女主人公丁朵朵，她是众多作品中唯——个被塑造成丑女形象的主人公，她有丑女的自卑、消极与世俗，但同时又具有独立女性敏感、机敏、好强

---

① 肖云儒：《心灵的意绪的女性主义写作——周瑄璞的小说调式风格》，《小说评论》2006年第4期。

② 同上。

③ 白军芳：《陕西女作家创作题材的特征》，《文艺报》2007年5月1日。

的个性。不像其他长相平平的女孩，认为上天给了自己一张不好看的脸就得认命，安于现状。她有思想，坚持自己的信念，别人看低自己，可自己不看低自己，凭着实力追求更高质量的生活。在选择男朋友问题上，她不屈服社会要求，家人着急而她不急，快三十岁的她仍然是单身。她暗恋社长，却一直没有结果。所以当性爱来时，她疯狂地沉浸于这迟来的快乐，仿佛积蓄多年的激情要一下子全部倾泻出去。她热爱性生活，有着狂热迷乱的肉体欲望，就是在这里让她寻找到了使自己更加自信的元素，那就是她的身体。"关于美与丑没有严格的界线，美与丑在一定条件下是可以转化的，而人们总是以面孔的美丑来划分一个人，这是多么狭隘无知浅薄的观点啊。"① 当她（丁朵朵）裸体站在男朋友家的镜子前时，男朋友夸她美，而她似乎也被自己的美惊住了——"镜子里的人确实是我，身材适中，肤色不白不黑，发出柔和的淡黄色光泽，双肩圆润，乳房不大不小，像新出笼的小馒头，鲜活地挺立着，腰肢柔韧挺拔，是粗与细之间的最好力度，肚脐像一个厚实的陷阱收缩着很秀丽的洞口，双腿结实而温馨地并排站立。我突然意识到这应是个跳舞时的镜子，海帆（她的男朋友，一位舞蹈老师）一定在这前面调整自己的身姿，于是，我将一只脚稍微身后移动几寸，那双腿便立即幻化出几多风姿与灵韵。我低头看自己，左边的乳房随着心脏的跳动上下地颤动着。我的身躯蒸腾成一个童话随着音乐飘飞起来。当我抬起头再看镜子里的自己时，丑的脸庞模糊了，我的身影模糊了。我是美的化身，我在这一刻变成了美丽的女子。海帆说得对，美与丑是互相转化演变的，美就是丑，丑就是美，在丑即美，丑极则美。"② 她发现了自己身体的美，因此迷恋上了裸体照镜子，哪怕一个人在家，没有任何观众，她也要拿出来炫耀一番，独自欣赏着自己姣好的每一寸肌肤。"把女性身体作为艺术创作唯一可用之媒介的手法正风靡于女性主义文学的创作，身体化文本正在成为女性自恋

---

① 周瑄璞：《疑似爱情》，太白文艺出版社2006年版，第37页。
② 同上。

的最大载体。"① 可以说，女作家对于自己胴体的欣赏，充满了惊艳和骄傲，是性爱之外的女性身体尊严之宣扬。随着时间的流逝，她发现与海帆不像她之前所向往的性爱（没有惊喜、躲闪、期盼、心灵的火花碰撞、思想的交相辉映、人格的无穷魅力），她就激流勇退，恢复到等待的状态。

其次，陕西女作家描写性都带有传统伦理的痕迹，个人的享乐成分比较少。著名批评家寇挥认为周瑄璞的《疑似爱情》是写生命的，他在评论中写道："在这里，生命以孩子、母亲和男人作为符号而出现，联结这三者的是爱和性。生命的基本单位以爱和性而紧紧地扭结在一起，谱写了一曲礼赞生命之歌。孩子是值得赞颂的，因为她是生命的未来。男人也是值得赞颂的，他携有生命的种子。母亲就更值得赞颂了，孩子和男人以她为其承载之舟，演播出生命的壮丽和辉煌。在这部小说里，孩子明明，母亲陈阿莹，男人刘强，他们已经升华成神圣生命的象征，他们的关系由于爱的渗透而变得圣洁，由于性的极致、生命力的张扬与狂舞，而变的伟大而永恒。"② 从这段文字可以看出，周瑄璞的笔下，性是美德，生命的繁衍也是美德。我们在看这部作品时应抛开世俗的眼光，用理解和包容的态度去看待这个伟大的行为。另一位女作家唐卡也描写性爱，更放纵一些，但是仍然带有女性的自尊和知识女性的聪慧。

总之，新时期陕西女作家的写作受地域思想的影响，她们重视心灵的自由和精神上的快乐，形成了一种独特的感情表达方式。对于女性主体意识的描写，有机敏的建构，也有无意识的言说，更有性爱的发现和伦理基础上的尊严、气度。当然，形成这样特别的写作方式，也有作者个人自身的原因和传统文化的影响，她们高尚的个人精神素养、自尊自爱的做人处世、宽容的心态、对他人无私的爱等，都与长安文化受儒家思想影响有密切联系。她们敢于打破思想浮躁、商业气息浓厚的"美女写作"模式，着笔于西安城市文化知识女性生命体

---

① 周瑄璞：《疑似爱情·序》，太白文艺出版社2006年版。
② 寇挥：《一曲绝唱——评周瑄璞长篇小说〈疑似爱情〉》，《小说评论》2006年第4期。

验、职场感受、男欢女爱，写作精神不消极颓废，享乐消费意识形态并没有凸显，所以她们的作品中的城市形态散发出健康、阳光、积极向上的气息，也使陕西女作家群的创作，从整体上看，清新、浪漫、刚健而纯洁，是 20 世纪 90 年代当代文坛女性创作的一股清流。

第六章 陕西女作家小说的性别意识

陕西女作家小说中的性别意识有两座高峰：一个是以丁玲为代表的延安时期的创作。这个阶段，女作家处于国家、民族困危的历史背景中，觉醒的女性意识和国家民族的困境碰撞，产生出火花和共鸣；另一个创作巅峰是20世纪90年代的作品，这个时期，国家经过十多年的改革发展，经济繁荣，女性教育发达，陕西渐渐涌现出一批女性作家。她们的性别意识多集中在发达的都市和女性体验的开拓上，这个时期，既有性意识的觉醒，也有女性精神的塑造，是中国当代文坛女性文学不可分割的一部分。

经过两个时期女作家小说的性别意识描述，陕西女作家的主体意识才渐渐浮出历史的地表。

第一节 丁玲等陕西女作家的性别意识

丁玲作品中的性别意识以延安时期为界，在延安之前的性别意识以《莎菲女士的日记》为代表，表现小资女性的嗟伤、怨怼，在延安期间的性别意识以《我在霞村的时候》《在医院中》《"三八节"感言》《"粮主任"》晚期的性别意识以《太阳照在桑干河上》《杜晚香》为代表，以女性的细腻心态来表现女性的勤劳、善良、革命热情为主题。

丁玲的小说是延安文学的一部分，也是陕西女作家的代表，她的性别意识代表了一拨女性从大城市到延安后的思想变化。对于她前期性别意识的创作，论者已多，集中于女性主体意识的觉醒。莎菲女士的女性体验、性爱觉醒是写作的重点，也是女性文学写作空间的拓展。

到延安后，丁玲就以一种几乎全新的题材和创作风格走向文坛，并很快创作出一系列好的作品。甚至在《太阳照在桑干河上》的创作过程中，她依然像战士在战场上那样在心里喊着革命、笔下情绪高涨激情地写作着。从《莎菲女士的日记》到《"粮主任"》，她彻底完成了从"五四"新文学向延安文学过渡的改造。"莎菲"的"负着时代苦闷的创伤，青年女性的叛逆的绝叫"变成在情感上完全像民间英雄倾倒，高声歌唱社会主义劳动者的号角，可以说她完全背离和放弃了原有的"五四"时期的艺术个性，成为实践毛泽东《在延安文艺座谈会上的讲话》的先锋。

且不说丁玲写作前后的创作在题材、主人公命运方面有天地之差，甚至连审美风格也有极大的变革。前期的作品多呈现具有悲剧色彩的忧郁感伤风格，"属于个人的静止的生活"，而后期创作开始告别苦闷，表现出对民族解放与阶级解放的赞美的基调。虽然说文学改造社会、改良人生的愿望，是一切富有人类责任感和历史使命感的作家心所向往的。但很明显，丁玲的创作受毛泽东《在延安文艺座谈会上的讲话》的影响很大，可以说，这帮助她突破思想上的禁锢，为她的创作提供了新的血液，开拓出新的天地，从而使丁玲的作品成为延安文艺中不可分割的一部分，实现了极大的社会价值。

比如，《杜晚香》中的杜晚香，《"粮主任"》中的梁主任，都有鲜明的时代色彩。但是如果基于这样原因说丁玲的作品仅仅是为政治服务的教条化的工具也是不正确的。实际上，她的作品中有一群引人注目的"精灵"（女主人公）存在，她们抗争着、涌动着，渲染了文本、活泼了情节、突出了形象、美化了意境。因此，她的文章中的女性形象，大多都带着淳朴、善良、勇敢、真诚、宽容等中华民族优秀的传统性格，从来不随意地拔高和贬抑，这就令她的作品闪耀着美丽的人文色彩。

例如，在塑造女性时，她采用了独特的视角表达方法。首先，在艺术背景的构成上，消除了史诗性的恢宏广阔的场景，而着重于人物生存环境的具体性、琐碎性。遵照一般的创作原则，恢宏广阔的场景往往用来衬托英雄人物的崇高完美，也是延安文艺创作中的滥觞，而丁玲有意避免这样的方法，她作品中的陆萍、黑妮、杜晚香都是作为具体情势下的人物出现的，也就是说，她们与读者的距离更亲密，更具有感染力。

其次，她在塑造新型女性的精神品格中，并没有为了突出崭新的人格美与创世的力量而忽略了女性性别的传统定势，从而使女性形象，虽然有新的人格精神，但仍然有真实性和朴素美。如《在医院中》的陆萍是很有争议的一个人物，严重时被谴责为"个人主义"。实际上，她仅仅是一名小资产阶级知识分子出身的女共产党员。她对医院种种不合理现象的不满是完全正确的。"房子仍旧很脏，做勤务工作的看护没有受过教育，把什么东西都塞在屋角里……她没有办法，只好戴上口罩，用毛巾缠着头，拿一把大扫帚去扫院子……不一会儿，她们又把院子弄成原来的样子，谁也不会感觉到有什么抱歉……"① 从这样的心理，这样的行为中，可以看出她对肮脏环境的嫌弃和反感，但也不掩她善良、淳朴、单纯、真诚的本性，体现出女性身上特有的美丽光彩。

《杜晚香》是描写新中国平凡女性之作。杜晚香不再是传统上背负着枷锁的麻木的妇人形象，而是一位掌握了自己命运、在社会变革中显示出巨大力量的社会新人的形象。作者把她写成时代的英雄，却又完全不同于那些驰骋疆场、叱咤风云的男性。她以女性的细心和坚忍不知疲倦、不计报酬地劳动着。"悄悄地为这个人，为那个人，做些她认为应该做的小事。"② 矗立在我们面前的女性已不是辗转病榻、嗟叹忧悒的患者，也不是牢骚满腹的助产妇，她已经接受过新生活的洗礼，成为具有崭新品质的社会主义新人。时代变了，形象变了，但她迷人的性格，仍然这么质朴、真诚、坚强、善良、无所畏惧。在她的身

---

① 丁玲：《在医院中》，复旦大学出版社 2006 年版，第 267 页。
② 丁玲：《杜晚香》，见《我在霞村的时候》，陕西人民教育出版社 1999 年版，第 201 页。

上，我们可以很清晰地看到，女性的传统的优秀品格被一脉传承，光彩夺目。

总之，这些女性形象，从"五四"时期人文思潮到民族解放的洗礼里，又到新中国的建设中，社会背景、政治思潮、革命的力量，都在这些人物性格上打下了深深的烙印。莎菲的多愁善感、忧伤痛苦；陆萍的快人快语、急于改变恶劣环境的迫切心情；杜晚香的勤劳坚忍，智慧无私……她们不同的性格侧面代表着不同的时代精神，打造着时代女性的勇敢和坚忍之品质。

另外，应该看到，有一个明显的线索存在于这些人物性格中，那就是女性性别之美。女性在"五四"后觉醒的痛苦，在投身革命中对恶劣条件的不满，一直到建设社会主义过程中，默默地、无私地奉献着自己。时代的色彩，作家在选择主人公时的构思，都通过这些女性品质之美表现了出来，究其原因主要是女性角色的传统美德没有改变，也就是说作品的人文色彩感人至深。

丁玲作品中的女性在时代风潮中明显地表现出与男性不同的性别色彩。具体地说，首先是外形。作者不刻意写外貌，但我们总能从零零碎碎的语言中察觉她们的性别美。沙菲自不必说，资产阶级的小姐，漂亮是自然而然的，《在医院中》中陆萍的"身段很灵巧""睁着两颗圆的黑的小眼"；《杜晚香》里的杜晚香被形容为"一棵在风霜里面生长的小树""一枝早春的红杏"，"小树"和"红杏"都不算丑。这样女性就从一拨粗拉拉、硬邦邦的男性世界中分出来了，闪耀着柔和、温馨的魅力。

其次是她们不同于男性的性格。莎菲的情思缠绵、多愁善感，陆萍的细心周到、干净勇敢，杜晚香的勤劳无私、敢于奉献……总之，"柔"的性别特征使她们如寒雨中的盛开之花，美丽而且醒目。

最后一点，丁玲作品中的女性之美是她们身上的人文色彩。"一切为人民服务，为工农兵服务"的文艺宗旨，使很多作家刻意地牺牲掉人物形象中的"情"和"私人空间"，以突出她们的崇高和纯粹，可以说，甚至导致了英雄"神"性的创作模式，尤其对于男性来说，他们为了完成"政治"塑造，不得不放弃爱情、人情和私人生存空间。而相对于丁玲笔下的女性来说，恰恰因为"女"，才保存了"人"的人文色彩。沙菲呼吁解放，陆萍因不能独处一室而怏怏不快，杜晚香安详地从容不迫地担水、烧水、刷锅、做饭、喂鸡、喂猪，保存了劳动人民的本色。应该说，这种人物形象的人文色彩从美学上看要远远超过那些被任意拔高的男性形象。

很明显，丁玲作为一个有强烈人文精神的作家，在作品中，从来不愿勉强女性做她们不愿做的事。《我在霞村的时候》中"贞贞"要开始"全新的生活"，"我"非常高兴而且赞许。于是，丁玲作品中的女性和男性相比较，很少直接表达济世思想、危机意识，多是在社会思潮的裹挟下参与社会活动。比如陆萍、黑妮、董桂花等，她们在革命过程中，仍然注重眼前的条件，像陆萍，在医院里看到伤员不能有好的条件养病，而且在恶劣的环境中有随时牺牲的可能时气愤不已，完全不管不顾延安的整体实际情况而大胆否定。另外在描写女性对新生活的向往时，也故意消解在艺术格调和色彩上的热烈明朗、刚健深厚，突出自然的人性之美。例如，杜晚香，小说从她的童年写起，经过出嫁，支持丈夫参军，自愿来到边疆劳动，从做一切平凡而又不平凡的琐事开始走向社会，在渴望参加火热建设的心情激励下，抱着为新中国奉献一切的忠诚，从大家的漠视中渐渐浮现出来，终于成为时代的英雄。她的崇高和伟大就是这样一点点、一滴滴聚积起来的，与当时正面集中塑造"高大全"的人物形象相比，从社会功能上有着异曲同工之妙，从艺术的感染力来说，更加容易深入人心，被读者接受。

于是，这些女性，既有新中国的气象，又有传统的人格光辉；既能启发、感召读者，又不失为精美的艺术之作。也只有丁玲这样的作家——具有为人类解放事业而斗争的战士的胸怀以及对女性生活和遭遇有深切感受和体验的作家——才能创作出来。从表面上看，可以寻找出女性在大的社会浪潮中"苦闷—挣扎—革命"的发展线索，但从深层挖掘，可以发现丁玲一直宽容地保存着女性的"人"的空间，她在种种规范和约束中找到了保护女性的方法，在"我是女人"的掩蔽下，刻画了女性美的人文色彩，增加了作品的美感，这比男性形象，更有艺术魅力，更能深入读者的心。

综上所述，丁玲作品的女性世界既有对延安时期革命文学的遵从和宣扬，也有对女性传统性别品格的尊重和重塑；既迎合了服务工农兵的政治宗旨，又着眼于人物形象的真实性和人文色彩，为延安文艺增添了绚丽的一笔，也是陕西地域上丁玲创作的卓越的女性形象，"她"的独具特色的性别特征在整个中国文学史的人物塑造上，也有不可忽略的地位。

第二节 20世纪90年代陕西女作家的性别意识

虽然中国的女性文学创作崛起于20世纪80年代，但陕西这个时期的女作家带有鲜明的性别意识的作品并不多。什么是女性性别意识？李小江把"走向女人"的历程分为三步：从"女性自我意识"觉醒即意识到社会中应该有自己身为女人的一个合法、独立的生存空间，到"女性主体意识"觉醒即意识到身为女性的我们应该也能够做自己命运的主人、生活的主人，再到"女性群体意识"觉醒即意识到每一个"我"都是女性群体中的一员，都应该为所有女人的成长和发展尽心尽力。由此可见，用这个标准来衡量，陕西女作家的创作中，只有90年代女作家的创作，才富有典型的女性性别意识。

一 90年代陕西女作家小说创作中传统性别意识的颠覆

陕西地域长期受儒家思想影响，"男主外、女主内"的性别分工长期占据着人们的性别观念。"男人是耙耙，女人是匣匣"的家庭结构占据着统治地位，女人在社会、家庭中的地位，受农耕文明的生产结构的影响，备受歧视。男人把女人作为自己的私有财产，贬抑她们的智慧，矮化她们的能力，甚至故意磨灭她们的社会贡献。马克思曾经说过，这样的忽略女性价值的阶段，在人类文明发展历史上，都不可避免地发生过。那么，针对陕西文明发展，能够挑战传统势力，颠覆传统的性别歧视观念，这项工作，由女作家在作品中描摹、刻画、记录，这在中国文明史上也有不可忽视的价值。

陕西女作家在性别意识的觉醒，是伴随着都市生活的崛起发生的。1990年以前，陕西的物质不丰富，女性教育也不发达，女作家的创作也受影响，更不要说有明显的主体意识的作品了。经过了自然灾害、"文化大革命"、政治决策的变化等过程，到1990年，中国的经济、政治体制改革初见成效，人们的物质生活得到改善，精神需求迅速发展，女性高等教育获取第一次智力上的回报，陕西女作家群初步涌现。她们在城市的生活，因为有独立工作的机会、相当的知识涵养、文学创作才华的发挥，所以，她们创作出具有颠覆传统性别观念的作品。比如冷梦的《天堂葬礼》《特别谍案》《百战将星》《西榴城》等，其他作家还有周瑄璞、唐卡、夏坚德、王芳闻、吴文莉、杜文娟、张虹等。这批涌现的文学作品，从性别意识上看，都有挑战传统意识的特点。

首先，女性在新时期得到的性别超越的痛快言说，是20世纪90年代女作家群写作的重点。"几千年的历史运行，男人的心理、生理、社会、经济、文化感觉经过反复抒写，早已经典化，成为公共的、中心的、唯一的话语，也可以说是霸权文化；女性浮出地表是近些年的事，女性的心理经验是个人的，生理感觉也是私人的"[①]。城市的发展经历了一个漫长的历史，沉睡已久的女性主体意识才最终被唤醒。女性对城市亲和与融入是相当迅速的，快得超出男性的想象。男性花费了千年建立起来的城市秩序遭遇了强烈冲击和动摇。"女子进城"后，一方面，城市以其繁华和开放性形成对女性的强大吸引力，同时也为她们提供了发展的舞台和成功的机会；另一方面，女性对城市生活的热忱、对物质性生存的本质认同是男性始料未及的。她们由衷地赞叹城市的物质表象，由首饰、美食、服装到舞会、酒吧、商店这些男性不屑于关注的角落，女性一一发现并赋予了它们美学意味，使城市物

---

① 孟悦、戴锦华：《浮出历史地表》，中国人民大学出版社2004年版，第2页。

质生活艺术化。她们笔下的女性彻底抛弃了"被赋予"的柔弱多情的本质，也不再是男性成功路上的铺垫、被牺牲和被舍弃的对象。她们要突破男权话语的压迫，发出自己声音的愿望从无如此迫切过。通过女性在城市中的自我肯定和自我扩张以及女性欲望表达的实现，女性正逐渐走出父权社会的阴影，奔向城市的新生活。在城市奋斗中，女性只有保持自尊自立，不依附男性，才能获得个体的精神自由，实现真正的平等。李洁非在《城市像框》中所说："男性面对城市的感情相当复杂，爱、恨、怕互为交织，女性则期望在社会的进步中取得两性的平等。"① 冷梦在《西榴城》中，颠覆了传统中文学女性柔弱、依赖性强的特点，塑造出满小玉这位女性形象。她坚定、坚强、有主见、有行动，敢于向邪恶势力挑战，以坚定的信念与邪恶的欲望同归于尽。这样的高调、勇敢，是其他作品所没有的。除此之外，杜文娟的《苹果苹果》，写女主人公深入西藏腹地，坚持给西藏小学赠送物资，甚至资助他们盖希望小学。这种前所未闻的惊人之举，就是来自女性的宏大志向。她不仅敢于超越自己的能力，实现人生梦想，而且面对正义的召唤，以前所未有的智慧和勇气，坚定不移，颠覆传统女性的刻板印象。追求自己的人生价值，实在难能可贵。

二 20世纪90年代陕西女作家对性别意识的重构

20世纪90年代以来，陕西女作家群在作品中表达对城市的热爱，表达热爱的方式就是两性平等理念的实现，比如自由恋爱的权利，平等工作的机会，接受教育的机会，驾驭自己命运的能力。在精雕细刻的生活、工作中，女性表达自己的主体意识。比如《疑似爱情》里的丁朵朵。她是一个长相并不出色、心思细密的城市姑娘。在工作场合，别人都在争夺权力和地位，她只是冷眼观察社会，小心地、细细地挑选爱人。因为周围的男人们都太庸俗，她只好勉为其难地接受一个有夫之妇的"爱情"。可是，这个"爱情"，在她看来是"疑似"，充满

---

① 李洁非：《城市像框》，山西教育出版社1999年版，第126页。

着性的欲望、利益的权衡和社会经验的比拼。整部小说以女性的视角打开，充满了知识女性的反思、追问、探索。虽然也写婚外恋，但是，不像上海女人那样的精明、时尚、势利，也不像北京女孩那样宽容、温厚、勇敢。她带着西北女性的正直和率真，犹疑中带着坚定。又比如《冬夜烟火》里的女主人公。她是一个生活在大学附近的女画家，无意中认识了来自美国名牌大学的一位男教授。他身上的儒雅、温和、干净吸引了她。她情不自禁，以飞蛾扑火一样的勇气追求他。可是，阴差阳错，他以为她是水性杨花的女孩子，躲避了她。她最后遗恨绵绵，到澳大利亚继承遗产。结果，几年后，她收到他寄给她的生日礼物。这个女性在面临优秀男性的时候，大胆出击，是女作家对女性恋爱观的重塑。唐卡没有接受传统中女性要被动、胆怯的做法，大胆重构了女性碰到心仪男人时的激动和急切。她是快乐的，发现了爱情的甜蜜。并且，作者最后要男教授向女画家承认错误，就是对女性追求恋爱平等的影射。恰恰是城市生活的优越和女性追求自由幸福的欲望，才开发出女作家描写爱情平等权的模式。而女作家唐卡、张虹、吴文莉、周瑄璞等，都在都市生活中，发现了平等带来的自由和快乐，建构出新时期女性追求平等的小说主题。

三 20世纪90年代陕西女作家对性别意识的自我实现的快感

20世纪90年代陕西女作家群还书写了女性在生活中赢得尊严，获取某种胜利者的快感的情节，这是城市提供给女性发展的独特空间。比如《多湾》中，农村的人口都要涌入城市，西芳在西安恋爱、遭拒绝、工作、迎纳爱情、结婚、帮助亲戚安排工作、借助捷径把项洁的户口弄到西安、回到河西章的时候把钱给这个婶子那个大娘，这些做法，都是一个独立的城市女性的富有尊严的生活图景。她和这个城市一同呼吸、一起长大，和这个城市相濡以沫、互相装点、健康蓬勃、优雅美丽。城市以她巨大的包容性，欢迎来自农村的人群，但是，她又以精细的筛选功能，使高学历、高能力、有胆识的人拔尖冒出，成为引领时代的佼佼者，当然，作者也不避讳一些贪污腐化、腐朽堕落的官员在蛀蚀着社会的脊梁，成为城市发展中的瑕疵。《走向珠穆朗玛》（杜文娟著）中女主人公为摆脱都市生活给自己带来的情感上的困扰，用巨大的勇气要朝拜西藏，开拓自己新的婚恋生活最终有好的工作职业，又获得爱情。《雷瓶儿》（张虹著）里的女主人公雷瓶儿，不甘心当家庭主妇，努力学习知识，成为一名女大学生，驾驭自己的未来的命运。《衰红》（周瑄璞著）写已经功成名就的女性厌倦感情的波谲云诡，主动断绝与暧昧男人关系的故事。这些女作家们，面临城市生活的重重问题，不甘心遭被动处置，而是勇敢争取实现自我价值的权利。

  总之，陕西90年代女作家的写作受新时期城市文化发展的影响，重视心灵的自由和精神上的快乐，形成了一种独特的性别表达方式。对于女性主体意识的描写，有认真的建构，也有无意识的言说，更有性爱的发现和伦理基础上的重塑。当然，形成这样特别的写作方式，也有作者个人自身的原因和传统文化的影响，她们高尚的个人精神素养、自尊自爱的做人处世风格、宽容的心态、对他人无私的爱等，都是与长安文化受儒家思想影响有密切联系。她们的性别意识散发出健康、阳光、积极向上的气息，使90年代陕西女作家群的创作，从整体上看，清新、浪漫、刚健而纯洁，是90年代中国文坛创作的一股清流。

下 编

第七章　贺抒玉小说创作论

20世纪40年代末的中国文学一直徘徊在两种情结的交织中：一种是对旧世界、旧文化的血泪控诉以及国家变动给个体造成的心灵创伤；一种是作家对中华人民共和国成立后的热情向往以及其流露在笔下的情感激荡。相对来说，贺抒玉的作品，既有对过去岁月的清算，也有成为主人翁后的欣喜和热情，充分表现出"在一种充满激情的自我革新行动中来抛弃过去"的特点。①

1928年12月21日，贺抒玉出生在陕北米脂县城的一个书香门第家庭。其爷爷贺锡龄，是清末进士；父亲贺辑玉，任米脂东小校长多年，1941年当选陕甘宁边区参议员；母亲杜秀兰，曾任米脂县妇联委员；二伯父贺连城，曾任陕甘宁边区政府教育厅副厅长；大姐贺鸿荃，早在1939年就成了中共地下党员。家中大量的藏书，又为她以后成为著名作家、编辑提供了必不可少的精神食粮。1941年，她和年长她一岁的姐姐贺鸿训一起考入了米脂中学；1944年，她俩又一起调入绥德分区文工团。姐妹俩自编自演了小歌剧《喂鸡》，演出效果好，后经周扬推荐，剧本在《解放日报》副刊发表；1948年延安光复，文工团调到延安，受西北局直接领导，更名为西北文工团，她担任了女同志班的班长。1953年春，贺抒玉调到西北文联创作室，同年8月去北京鲁迅文学院（二期）进修；1955年回到陕西作家协会，参加文学月刊《延河》的创刊筹备；1959年元月，担任《延河》副主编。多年来她

---

① ［加拿大］谢少波：《抵抗的文化政治学》，陈永国、汪民安译，中国社会科学出版社1999年版，第108页。

笔耕不辍,有百万余言的文学作品面世,结集出版的有小说散文集《女友集》《琴姐集》《命运变奏曲》《旅途随笔》和《贺抒玉文集》（三卷）及《三秦大地的生命之歌——贺抒玉创作评论》等。1988年,贺抒玉获得了中国作家协会"优秀编辑荣誉奖";1995年获得西安市优秀"女作家奖";1999年5月,获"1949—1999陕西省人民政府首届炎黄优秀编辑奖",是陕西文坛著名的女作家。

第一节 贺抒玉小说的内容

贺抒玉出生在富裕的地主家庭,后来参加革命,有着老一辈革命者的热情和单纯。但是她的小说并没有太关注革命、运动、时代、苦难,而是用女性的悲悯、宽厚的心理,精心打造女性在爱情中的得与失。贺抒玉的创作可以分为两个时期,即"文化大革命"前和1980年后。但两个时期的内容及风格,基本是一致的,只是后期的作品,其内容更为深厚、广阔,其技巧更为流畅娴熟。

写作早期,她一共创作了二十余篇小说和散文,《我的干姐妹》《赶脚老人》《红梅》等,都是好作品。《视察工作的时候》是其代表作。这篇小说也是她的处女作,写她真实的生活经历,文字细腻,质朴无华,干净利落,几乎没有多余的字句,感情真挚动人,初步显示了她的创作功力和艺术风格。

作家创作上的变化是与社会生活、历史变化分不开的,是与作家思想深处的经验积累分不开的。穿过凄厉的风雨,经过"文革"十年痛苦的沉默与思考,贺抒玉的创作,从质到量,从广度到深度,都更上一层楼。在她"文化大革命"后的一批新作中,两篇获奖作品《女友》和《琴姐》就是影响很大的作品。

贺抒玉20世纪80年代之后的创作很明显地融进了她对于生活和社会的思考,但它们不属于"伤痕文学",用杜鹏程先生的话说:"通过这些作品,你会思考历史发展和现实生活中一些使人深感不安的问题"（《琴姐集·序》）。无疑,这就是作品的现实意义和时代精神。她没有一时轰动文坛所谓"爆炸性"的作品，但从文艺美学的意义上讲，她相当多的作品都是耐人咀嚼和回味的，它们都有生活和人生深刻的一面——"使自己变得美好些，使人类变得美好，使明天变得美好些"（《琴姐集·序》）。贺抒玉在20世纪末的最后二十年，相继发表了中篇小说《隔山姐妹》（《延河》1986年第10期）、《约会》（《延安文学》1994年第4期）、《爱情这根弦》（《新大陆》1994年第2期）、《痴情女》（《新大陆》1998年第3期）、《咀嚼岁月》（《延安文学》2001年第1期）、《日出日落》（《新大陆》1999年第4期）及《未完成的乐章》（1995年）等。这些作品又把她的艺术水准推向新高度。

她在《琴姐集》的后记中说：

> 每个人都是通过自己不同的生活道路接近文学的。年轻的时候，常常以为文学是迷人的，待到跋涉一段之后，才尝到它的艰辛。然而一旦踏入这个领域，便有些身不由己，即使路途坎坷，也不肯回头。曾经在生活中激动过我的那些人和事，时常像泉水冒泡似的泛上心来，使自己难以安静。我便沉浸在想像的世界里，被兴奋、苦恼、喜悦、焦虑种种情绪所左右，品尝着写作中的许多甘苦之味，而不肯释手。也许，就因为文学是一座高峻的无止境的山峰，才对肯于攀登的人有无穷的吸引力。

杜鹏程说："她的作品质朴、清新，从中能明显地看到她的爱情、向往和追求；"又说："她的经历决定了她这样的人，对社会主义、对人民群众充满感情。她在20世纪五六十年代的某些作品中，把自己的激情和笔墨献给生活中的普通劳动者，用朴素细致的笔勾勒出一幅又一幅真切的图画，塑造活跃在农村普普通通的农民和干部——特别是各种类型的妇女形象，歌颂她们的纯朴优美的心灵，描写她们的献身精神，描写她们因时代变化而引起的心理变化，描写她们和封建习俗之间的冲突，等等。这样的作品今天读来，依然真切动人……她的长处不只是她和人民有血肉之情,还在于艺术个性和特色。她是那样亲近生活,关注普通人的命运;用淳朴笔调抒写淳朴的感情。作品真挚而细致,渗透着一种泥土气息和内在的热情。"①

有人说,贺抒玉的作品是"一朵朵盛开在黄土高原崖畔上的山丹丹花",的确如此。早在解放初期,她就创作了《视察工作的时候》,为陕北的女干部发声。小说写了县委干部吴志萍处理女儿珍珍的家庭纠纷的故事。珍珍是一个一心扑在工作上的农村基层干部,因为忙于队上的工作回家晚了一些,外出归来的丈夫锁柱很不高兴,于是发生了争吵,锁柱竟动手打了珍珍。锁柱是个共青团员,竟然做出如此举动来,可见那种轻视妇女、将妇女看成是个人私有财产的旧意识是多么的根深蒂固!珍珍的母亲吴志萍说:"妇女要真正解放,就得突破家庭这一关!夫妻相处,小事得让,大事得争。"② 互相帮助,共同进步,这才是社会主义新型的夫妻关系。作者通过家庭关系中的一个小小的风波,写出了这种新型关系的建立。这些妇女一旦冲破了封建旧习的束缚,便以极大的热情投入集体生产和社会工作中去。在她们身上,体现了新一代陕北妇女热爱家乡、热爱新社会、追求新生活的赤诚之心。现在回头看去,贺抒玉是最早在小说中反映家务导致夫妻关系紧张的作家。

《女友》是以1957—1958年大炼钢铁、大抓右派为背景的故事,但是小说却写了一对四十年夫妻的情感发生变化的过程。主人公艾米霞和袁峰是在革命队伍中相亲相爱的青年人,但是,1949年后,因袁峰被错划为右派,他们的婚姻因革命而结合,又因革命运动而破裂。在恋爱中,米霞享受着袁峰的关爱和热情,沉醉于爱情的润泽,但离异,无疑是对袁峰落魄生活的雪上加霜,虽然有孤单无助时的深切呼唤,但米霞却不改离婚的决心。结果,命运弄人,"文化大革命"结束后,袁峰平反,又回到报业干起老本行,当了干部米

---

① 杜鹏程:《读〈女友集〉——略读贺抒玉的作品》,《延河》1986年第3期。
② 贺抒玉:《视察工作的时候》,见《贺抒玉短篇小说选》,太白文艺出版社1998年版,第5页。

霞才发现自己的一生是被时代捉弄的一生,曾经拥有爱情,却失之交臂,擦肩而过,最终深深陷于迷茫的情感纠葛。"她是在失去袁峰以后才真正懂得爱情,才更强烈地爱上了袁峰。"① 在别人写国家翻天覆地变化时,贺抒玉写女性丰富多变的情怀,生动传神地反映社会的另一隅,具有创新精神。

"文化大革命"结束的初期,"伤痕文学"以不可遏制的激情席卷中国文坛,悲悯民族文化遭受的浩劫,控制"白卷英雄"的误解,声讨个人崇拜的罪过,不一而足。贺抒玉的小说并没有这样宏大喧哗。她的小说善于叙事,且风格疏密有致,浏亮舒畅,扑面而来的是三秦大地的泥土气息。比如,在《女友》中,作者第一次站在婚姻爱情的视角剖析革命、时代给个人的情感带来的冲击。最初,是革命的激情吸引他们走到了一起,但随着历史发展,爱情悲剧不可避免地发生了。曾经,艾米霞在革命的浪潮中品啜爱情的幸福,又在运动的风潮里与爱情失之交臂。政治运动的错误,无情地把悲剧降临在个人的头上。作者通过艾米霞的婚姻悲剧来反思过去几十年中激烈复杂的政治斗争给妇女命运带来的影响。作家创作主题取向有时代的因素,也有作家本人经历的影子。贺抒玉很早就参加了革命,严格的组织纪律和党的教育,使她对革命的事业充满着纯真的感情和坚定的信念,然而,历史是无情的,道路是曲折的,十年动乱,国家、人民和作家个人的命运,都发生了转折。悲戚的眼泪代替了天真的欢笑,单纯的热情渐渐沉淀为成熟。她正视生活中的矛盾,正视不幸出现的原因,这是作家责任心的表现。

贺抒玉另一篇具有代表性的佳作是《琴姐》。杜鹏程评论说:"这篇作品,不追求时髦,没有曲折的故事,也没有爆炸性的效果。她全力以赴塑造的依然是一个普通的劳动妇女的形象,写出了那勤劳、质朴的品格和内心的美以及她平凡的、值得人深思的感情经历。从人物塑造、题材选择以及艺术风格来说,既保持了她的作品固有的优点和

---

① 贺抒玉:《女友集》,百花文艺出版社1981年版,第213页。

长处，又有了新的发展。"① 这个评论准确、得当，因为这个短篇反映生活的"真实和深切"，人物形象的"可爱和生动"，确属令人难忘的成功之作。

在当时以表现贫下中农的"高大全"形象的创作风潮中，贺抒玉的"琴姐"从苦难中跋涉出来，她属于自己的时代，属于中国辽阔的农村，就是这样普普通通、朴朴实实、真真诚诚、土里土气的人物，为国家养儿育女、操持生活，背负着中华民族发展的命运不断前进。小说是通过许多平凡小事、生活细节来描写人物性格的。琴姐热爱生活，是一位闲不住的人。自从她来到"我"家，每天一早就把大杂院打扫得干干净净，还开了个小菜园，一有空就松土、拔草、浇水。每次吃饭，一端起碗，她就想起了家乡的亲人，便说："你知道，咱家乡过年才吃顿好面；这大地方，天天是过年的茶饭。你的命好，早早就到这大地方，享上了社会主义的福。咱山圪崂，何年何月才能看见社会主义呀！"② 她讲的是实话。琴姐善良、单纯、心直口快。当孩子在说笑中把稀饭吐了一地时，她板着脸说："造孽不！""你们知道庄稼是怎样来的？粮食是怎样打下的？"③ 孩子把面条掉在桌上，她便揽起来用水洗净自己吃了，并说："我们山圪崂，怀抱娃娃也吃不到这么好的面食。"她批评我忘了过去，"把孩子惯坏了。"只有劳动人民，才有这样的感情。琴姐为了三个孩子长大成人，尝尽了人间的辛酸，生活的重担没有压倒她，三个儿子就是三只虎，健康成长，在她心里比百万富翁还要满足。她曾说："年轻的时候，把世事想成金枝玉叶，谁知道只是一场梦！"她有过梦想，但历史没有让它变成现实。她苦中有乐，乐中有苦地生活了一世，最后似乎满足地告别了这个色彩变幻的大千世界。

贺抒玉一贯认为："作家应该是诚实的人。"（《我的路》）当时文坛上以塑造"高大全"的男性英雄为主，但，贺抒玉在任何时候都忠

---

① 杜鹏程：《读〈女友集〉——略读贺抒玉的作品》，《延河》1986 年第 3 期。
② 贺抒玉：《女友》，《延河》1960 年第 2 期。
③ 同上。

实于生活，真实地描绘现实生活中实实在在的普通人和事，从中发掘真善美的内涵，提炼出社会和时代的某些特质，而不去追风逐浪。《琴姐》相比较其他作家作品，显得内敛、淳朴，缺乏恢宏壮丽的表演，主人公是一个勤勤恳恳、任劳任怨、简朴节省的农村妇女，革命的风潮根本没有在她身上打下烙印。可是，仍然在当时的文坛引起关注。别林斯基说："风格是在思想和形式密切融汇中按下自己的个性和精神独特的印记。"① 贺抒玉本人保持了对生活原汁原味的观察、记录的习惯，才写出了这个感人至深的形象。

《隔山姐妹》是她的另一篇引起高度关注的作品。小说中，写了一对姐妹命运的逆转。在幼年受到宠爱的妹妹，却碰上一段不幸的婚姻，在逆境中她气不馁，志不堕，最后时来运转，获得了充实的生活；在幼年受刁难的姐姐，却嫁到了满意的家庭，在顺境中她志得意满，却厄运降临，自己也身患绝症，倒是妹妹照顾了她，解脱了她，使她在有生之年也领略到一点人间的温暖。表面上看似命运在作怪，实际上是精神情操的分野。过于注重世俗之情的，到头来反被此情所累，那种在自己的爱情生活中，不单纯满足于男欢女爱，而是培养灵魂的默契与事业的奋进的，不会为不幸而颓丧，不因顺境而自得，处处以善良、挚爱和关怀去待人，就不会被命运所折磨。贺抒玉以徐缓的笔调和无限的遐思构思这两重的女性世界，不仅充分表露了女性世界那种婉约的内在美，而且警示：在社会生活和时代风云中，有追求、有精神成长的人，才能驾驭自己生命的小舟，抵达幸福的彼岸。

贺抒玉五万字的中篇小说《爱情这根弦》，让读者重新发现她历史记忆中的那些尚未开掘的光彩熠熠的文学资源。这篇小说主要写了五个人物：顾青、如燕、赵彬、安妮、侯健。顾青和如燕是最重要人物。这一对在革命艰苦年代结成的夫妻，到了和平年代，进了城，却又分了手。表面上的原因是如燕没有为顾青生下一个孩子，而事实上，这只是一个借口，个中真相是人变了。人为什么变？原因在社会。实

---

① 转引自以群《文学理论基础》（上），高等教育出版社1983年版，第278页。

质上是人性的好色冲动。小说一开始，作者就说，爱情这根弦，可以弹奏出最美妙动人的悦耳音乐，也可以发出最强烈最沉重的悲吟。这是说爱情可以有两个结果：甜蜜的和苦涩的。小说的背景大约在"文化大革命"之前，但也很像20世纪末的90年代，因为像顾青那样具有相当资历的局级干部，竟然能毫无精神约束地与自己手下的一个年轻美貌的青年女子同居并让其怀孕，若不是在这个年代是很难理解的。但是，小说具有现实的价值，因为自从我们的社会突然被宣布为"初级阶段"之后，社会精神急剧发生变化。顾青是一个伸手掌柜：衣来伸手、饭来张口，永远是坐在沙发里的"大丈夫"，而如燕是一个包揽一切家务、对丈夫体贴、温顺得到了逆来顺受的女人。因为她对丈夫太好，而获得了一个绰号"绵土"。可是，就是这对很少红过脖子涨过脸的革命夫妻，丈夫早就和她同床异梦了，所以在她过40岁生日的第二天，便向她提出了离婚。好离好散，他们顺顺当当离了婚，这个苦果对于如燕来说虽然很难吞咽，但为了顾青的前途和面子还是吞了下去，这个五雷轰顶的打击，最终她还是承受了。无奈分手之后，善良的如燕还是处处想着他。最典型的，莫过于这个情节：当顾青没有离婚就和那个为了"吃得好、穿得好、要个男人地位高"的小孟未婚先孕而要生孩子的时候，到医院照料她的竟然是如燕。诚如自私的顾青所想："如果他真的有了困难，如燕是会伸出援助之手的，她永远不会记仇，她的心永远像流水一样，要多软有多软。"① 也许世上的事真是一物降一物，如燕说："他大概是把我降住了。"

把男女关系的破裂归于时代原因，是很多作家都使用的模式，但是，贺抒玉却从"一物降一物"的传统价值观念，重新解读如燕和丈夫顾青的关系。既有埋怨如燕愚昧的倾向，又有申诉男人"欺负"弱势女人的污秽。总之，贺抒玉是不甘心落入众人俗套的，尽管文章的语言有些单调，但探索人性缺陷、文化瑕疵的努力，也是显而易见的。

发表于2001年的中篇小说《咀嚼岁月》也像贺抒玉的其他小说

---

① 贺抒玉：《爱情这根弦》，《延安文学》1989年第3期。

一样，是她早年生活的丰富积累与当代生活水乳交融后的一个成果。小说从白雪的回忆开始，或者说是从80岁的主人公雷智在医院插管子打吊针、其前妻白雪去医院看望他开始，以回忆穿插，正面咀嚼岁月，讲述人生。"文化大革命"开始，雷智"奇迹"般地作为一个"指标"被补进了右派名单，于是他的心滴着血，不得不离开倔强而可爱的妻子和女儿，来到木材厂劳动改造。白雪是一个不能接受任何政治污点的贫民女儿，于是以鲜明的阶级立场与之划清界限，坚持离了婚，自己带着孩子到郊区纺织厂先后当女工部长和工会副主席。正是白雪的幼稚，使她在20世纪的反右斗争中失去了婚姻和爱情。原本一个幸福的家庭，一对整整十年的恩爱夫妻，不是因为感情的破裂，而是被一场政治风雨打散了。从此，他们天各一方地承受着不同的欲哭无泪的辛酸岁月。时光慢慢地改变着人，人们暗地里把白雪叫作"白认真"，她六十岁离休，一个人孤独地生活着；而雷智，在工厂领导与工友的关怀下，与一位吃苦耐劳又能体贴他的女工兰玉结了婚，平反后又回到自己的工作岗位。小说的主题，已经不是单纯地把爱情悲剧归咎于时代或者个人私欲的选择，而是阴差阳错的缘分和爱情玩具的内在因素在起作用。雷智这个由于"右派"的原因而虚掷一生的人，到了风烛残年还在修改两个女人不同命运，一个女人只知道收获爱情不知道付出；另一个女人真诚播种爱情，最后也便真正拥有了爱情，成为幸福的女人。这个命题纯粹是个人性格的缘故，无关时代，无关个人，是命运和爱情的合作，是对人性探索的收获。

　　可以说，贺抒玉的小说与其他作家的作品进行比较，还是十分有个性的。当大家都在描写"革命＋爱情"的情节的时候，她反对仅仅是歌颂的态度，她相信爱情在时代中是变化的。当大家都描写"改革＋女色"的时候，她逆向而行，仍然执着探索：女人在哪里与爱人擦肩而过？最后，百花齐放、百家争鸣，贺抒玉还是坚持自己革命者的角色，描写革命背景下的爱情。但是，她已经不是单纯的革命的参与者，而是经过历练，有思考高度，从纵深开掘这个主题的女作家，所以，她的作品，越写越深，越写越丰富，最终赢得多方面的关注。

第二节 贺抒玉小说的艺术成就

一个作家能否把握时代的特征,洞察这个时代与其他时代产生差异的原因,是他能否正确地认识生活并表现生活的根本性前提。贺抒玉能够捕捉住具有时代特征的社会矛盾,并使之在作品中得到鲜明的表现,这是她最大的艺术收获。

从小说创作的时代上看,新民主主义革命胜利使生产资料回到人民手中,中华人民共和国成立后,毛泽东在《在延安文艺座谈会上的讲话》中都要求作家走人民创作的道路。为了响应号召,贺抒玉写过农村战天斗地的事件,也写过城市热火朝天的改造,即便是后来,她已经捕捉到女性世界的个性化风格,仍然对一些党内和社会上的不正之风和陈规陋习进行批判。不过,自始至终,她都关注底层百姓的命运,表现一般百姓的人性体验。在《琴姐》中,琴姐浑身的质朴、善良、勤俭持家都是"我"的一个对照和榜样。《我的干姐妹》写出自己要向农民大姐学习的态度。《赶脚老人》和《红梅》也充分歌颂新中国人民当家做主唤起的老人和女性献身社会主义的热情。作品对于洋溢在老人身上的勤劳、坚韧、高大的情怀,给以深深的赞美。"为无产阶级写作"的创作原则在贺抒玉的作品里,也得到了一定的体现。

另外,贺抒玉在塑造人物形象方面也取得一定的艺术成就,尤其在塑造女性精神的崇高和伟大方面,她擅长于设置悬念,一曲三折,委曲有致地叙述事件,造成艺术氛围的澄澈、明朗。比如《槐花盛开》中的大妈。她曾经有恩于自己的小叔子,如今仍然过着清贫的山村生活,而小叔子已经是生活富裕的领导干部,大妈并没有羡慕小叔子,也没有向小叔子的家庭乞求什么。但是,小说最后揭示:大妈的丈夫死于解放战争的战场,她一点都没有因为个人的忧伤而影响大队的工作,她处处为别人着想的善良心肠,特别是她那不求于人、甘心奉献的独立人格,蕴含着新中国女性将苦难熔铸与个人胸怀的品格。

又比如《星的光》，作家通过一个作家的女儿的眼光，去体验和理解一个作家的情怀，展开和女儿人生、爱情、理想的商榷。这种写法具有一种稚气而真切、单纯而澄澈的情韵。其他像《我的老师》中，也是通过儿子女儿不同的眼睛，从不同侧面去观察老师，书写那位把青春和生命全部奉献给教育事业的老师，感人深切的不仅仅是老师的行动，还有一种对事业赤诚、对社会奉献、对私利超然的精神以及这种精神给下一代精神上的感召和升华。

从叙事学的角度看，贺抒玉善于通过那些具有内在美的女性视角，去捕捉、观照周围世界，在熙熙攘攘的生活中，开掘出滋润人们心田、升华人们精神的真善美。这也正是贺抒玉通过她的艺术构建奉献给人们的一份精神食粮。

还应该注意到，贺抒玉的创作风格，十分的清新淡雅，富有浓郁的乡土气息。她善于汲取有个性、生活化的语言，来表现生活自身，活灵活现地刻画了关中的风土人情。贺抒玉在下放的时候结识了一群善良淳朴的农民，她就以农民的视角来表现他们的生活，比如，在《福泰两口子》中，"福泰大婶见老汉吃得又香又蕆"，赞扬说，"今年咱队的务菜的越发好了。""蕆"和"务菜"就是陕西方言，非常符合人物的身份。类似的例子还很多，如"一搭""天麻麻黑""絮叨絮叨"等。《山乡情》更是以黄土高原为背景，描写特定时代人与人之间情感交流的方法。作家更愿意在平实温情的叙述中，挖掘潜藏在普通人心底真诚美好的情愫，从而勾勒出普通人朴实刚毅的剪影。

另外，贺抒玉作品中有丰富的景物描写，但是从来就不是就风景论风景，而是以风景来衬托劳动人民积极向上的激情。在《晨》这篇小说中，作者写道："一轮红日，从地平线升起，把阳光洒满渭河平原。远处，一列火车正奔驰而过，刚刚收割过的土地，更得又松又软，桂婶觉得自己仿佛年轻了许多。"[①] 短短几句景物描写，把桂婶当选为妇女主任的喜悦之情跃然纸上。《赶脚老人》的结尾："李大伯赶着毛

---

① 贺抒玉：《晨》，见《贺抒玉短篇小说选》，太白文艺出版社1998年版，第106页。

驴朝东关方向走去,我顺着老人的方向望去,一眼就看到了宝塔。我突然觉得,它是那样庄严雄伟,更像一个忠实的卫士,不怕战火,不畏严寒,永远守卫着她心爱的延安和英雄的人民。"① 王国维说:"一切景语皆情语。"对景物的描述,实际就是侧面烘托人物的感情。贺抒玉小说中,出现最多的意象有金光万丈的太阳、茁壮的玉米田、连绵起伏的黄土高原和绿色的田野,这些大气而浑厚的景物描写,同样洋溢着生命的活力和激情,象征了无论外部环境多么险恶,作者看到的都是奋发有为和勃勃生机的景象,都是从内而外的生命的热情和能量,是不可遏制的激情。另外,包括作者给自己小说人物取名:红梅,永生、爱舍、兴旺等,个个都是精神气十足,带着乐观向上的寓意。

此外,激情是社会前进不可缺少的精神力量,也适合于小说创作的基调,它既继承了解放区文学的优秀传统,又蕴含了对新生活的热情体验。贺抒玉小说充满了激情。这种生活积淀,赋予她的作品以强烈的理想主义色彩和饱满的时代特色。正是那种激情澎湃的驱动力,贺抒玉才描写出了中国的革命和新中国的建设,谱写了改革和开放的辉煌篇章。比如,在前期作品中,描写社会主义的改造故事;在改革年代,写变革中的风云事件;在世纪末,写传统文化的沿袭和创新。不同的故事,共同的激情和勇敢,林林总总的人物画廊,一步三折的故事情节,引人入胜,真挚感人,显示了作家非凡的文学表达力。

最后,在人物形象塑造上,贺抒玉喜欢讲述普通人的生活故事,挖掘人性的真善美,鞭挞假恶丑。她的小说大多都是从童年记忆出发,结合自己的乡村经验,努力挖掘朴素生活中令人难以忘怀的人和事,或颂扬、或批判,随意而自由的写作,令人感觉亲切随和。她的很多作品,都是西北人生活的原生态展现,比如西北人的性格特点和生活状况,西北农村生活的黄土地劳作,等等。贺抒玉小说,正是在倾情黄土地的基础上,歌颂广大劳动人民的善良、坚忍、顽强无私。她不使劲、不刻意、不营造、不骄情,一个让文学回归到平民心的作家,

---

① 贺抒玉:《赶脚老人》,见《贺抒玉短篇小说选》,太白文艺出版社1998年版,第207页。

她的作品的艺术性,正是从泥土里刚挖出来的土豆的气息。著名文学评论家雷达在《贺抒玉的创作个性》一文中说:"她的人物朴实,情致朴实,笔调朴实,人物的行动和对话也朴实,就像陕北高原的山水一样,有一种率真朴实之美。"①

贺抒玉的小说创作,还有一个明显的特点,就是她善于将自己的情感和心理完全融于生活中普通人物的世界里,矮姿态关注,低视角观察,不加扭曲地真实表现,忠于现实生活和他们的灵魂,冷静描述,平面展开,立体塑造,不人为地制造故事,不动声色地把他们的喜怒哀乐原原本本捧给读者。《我的干姐妹》,写她真实的生活经历,文字细腻、质朴无华、干净利落,几乎没有多余的词句,感情真挚动人,初步展示她的艺术风格,这篇小说塑造的银妞和巧玲,在人民公社刚刚建立时,要求进步,巧妙地与封建落后的旧传统旧习惯进行斗争,顽强地要自己掌握自己命运的故事,同时也写出她们对以红英为代表的人民军队的深情厚谊。当红英教了她们两个月的文化课就要离开的时候,她们提出要与她结拜成干姐妹,还送红英一首情真意切的《信天游》。"羊羔羔吃奶双圪膝膝跪,咱们结成了干姐妹,记忆里花开黄蜡蜡,红英要走我灰塌塌。"小说用第一人称展开,叙述如行云流水一般,在人物刻画上,也不事雕琢,作者采用我国古典小说的传统手法,有白描,有对比,用笔朴素自然。比如,作者这样描写巧玲:"巧玲长得壮实,红脸蛋,短眉毛,圆脸盘,大眼睛,说起话来嘴厉声高,一点也不拘束,银妞说话声音很轻,又慢,老是眯着那对会说话的单眼皮眼睛,身子依靠我,老是像说悄悄话,她那细细的像柳芽儿的眉毛和鸭蛋脸,虽没有巧玲壮实,但很秀气。"② 人物的性格,就在这朴实的叙述中显露出来,字里行间,不乏生动的细节描写,如写巧玲梳头:"她用木梳子梳头的狠劲儿,好像头发不是长在自己头上似的。"只此一笔,其性格便跃然纸上。小说的结尾,以浓郁的抒情

---

① 雷达:《贺抒玉的创作个性》,《延安文学》1996年第2期。
② 贺抒玉:《我的干姐妹》,见《贺抒玉短篇小说选》,太白文艺出版社1998年版,第117页。

之笔，收束全篇，把读者引领到深深的美好回忆之中："（她们）离开我的世界，已经很久很久了，我不会赞美她们那纯真、聪慧的心，也不会描绘她们那真挚的友情，但是，我心里铭刻着她们的歌声，我时常想起巧玲，那散乱的短发和那清脆的口音，时常想起银妞，那细细弯弯的眉毛和说话时总爱依偎着我的神情，我惦记着，苗家圪塔的许多姐妹们，记着那清澈的小河，惦记着那一眼望不到边的黄土高山。"① 这些轻描淡写之外的亲切温和都是作者低姿态描述、原汁原味表现生活、达到的艺术境界的明证。

总之，对于女作家贺抒玉来说，她走过一段生命的坎坷，品尝过一段生活的苦辣酸甜，对于人生的价值体悟深刻独到，因此，使命感催促作家贺抒玉拿起笔，写出了贴近生活，贴近现实，讴歌光明，呼唤正义的主题，这些谴责丑恶、鞭挞邪恶的作品，因其优美的艺术成就，今天读来仍有意义。

第三节 贺抒玉的女性意识

作为早期的陕西女作家，贺抒玉所有的作品，都把自己的性别身份代入故事中。有的直接就是"我"的称谓，有的借用第三人称但个人身份明显。所有的作品都以塑造女性形象为主，刻画出的有农村妇女、下层女干部、女知识分子、都市女性、女医生、女教师……不一而足。虽然，她并没有系统学习女性主义理论，在刻画人物的时候，也以朴素的、温和的、善良真诚的创作心态去创作，但凭借人道主义的价值观，塑造出各种新的女性形象，是陕西文坛上比较早的具有独立的女性意识的作家。

首先，贺抒玉致力于开掘一个美好的女性世界，以至情纯美、有精神追求的女性眼光去观照世界，她并没有局限在对真实的凝视中，而忽视了长期以来由于封建主义男权社会以及资本主义视女人为附

---

① 贺抒玉：《我的干姐妹》，见《贺抒玉短篇小说选》，太白文艺出版社1998年版，第117页。

庸的旧秩序、旧观念所带给女性的忧患和痛苦，相反，她大力批判这些观念。

其次，在她的小说中，通过对比表现独立的女性人格与传统妇女人格，来证明独立精神对中国妇女解放多么重要。像《车厢里发生的故事》中那位因丧偶而悲痛不已的老年妇女，其所以怆然于怀、精神濒临崩溃，无非是一种旧有的传统的依附心理的表现，而这位妇女还是参加革命多年的干部，看来革命理想并不能挽救根深蒂固的传统性别上的依赖观念。《她》中，作者写那位离休干部老冯，因参加革命与原配夫人离异，重新结婚，现在夫人死了，却又把原配夫人接来照顾生活，而这位夫人也就泰然处之，安之若素。原配这样的心态，是长期受封建礼教熏陶的结果。作者把两篇文章收集到同一本小说集里，对比、批判的态度很鲜明。

不过，也许是贺抒玉出于对纯美女性的专注，即使在写到那些被旧的传统的性别观束缚和扭曲了的女性时，她也没有过多渲染她们的悲剧命运和被压抑的心态，而是通过另一类女性的感召和启示，通过作家的叙述，使这些妇女们意识到，在社会生活中应该保留自己的独立人格，汇入创建新时代的历史潮流中去。《在车厢里发生的故事》就写了另一位也是丧偶的老年妇女，她就没有被悲痛压倒，也没有因为失去对方而空虚颓丧，而是在自己的事业中、在不断完美自身能力的精神追求中，感到生活的平静、恬淡、富有生机和活力。这就使得那位痛不欲生的老妇人体味到自己的依赖精神不正确，重新燃起热情，充实地生活下去，对未来充满信心，终于在精神上站立了起来。《她》，通过子女的眼光，衬托出那位被封建礼教束缚住的老太太的不足。虽然她有了安定的生活环境，但仅仅起到一种照顾老伴生活的作用，忽略自己的幸福的追求，其悲剧的命运是传统性别观所致，但作者仍然用温暖的笔调讲述她的命运，宽容之情，溢于笔端。

这当然不是说，长期以来封建主义、资本主义男权社会加给妇女的压迫，带给妇女的悲惨命运，不需要妇女们大声疾呼，义愤填膺，甚至奋然抗争。但只有妇女们呐喊斗争，没有传统文化的调整，特别是在妇女人格上的自尊、自重、自强的教育,那些呐喊和斗争,终归还只是起到了冲决旧有牢笼的作用,不可能建树起一种至美至情的、和男性世界平等的社会。从这一点看,贺抒玉所勾勒的女性世界,尽管在社会矛盾和历史冲突上尚有待于深化,但她钩沉出女性世界的片面性,自有其特殊的价值所在。

不过,贺抒玉着意营造的这个美好的女性世界,是不能和中国社会历史的进程剥离开来的。她笔下的这个女性世界,之所以给人的精神感召和感情触发,正是因为时代为妇女解放创造了条件。如果把贺抒玉小说中的女性形象罗列起来,就会发现:凡是那些具有理想追求和高尚情操的女性,大半是参加过革命工作或者经历过革命风暴的新女性。像《槐花盛开》中那位刘大妈,虽然生在山区,长在农村,文化水平确实不高,但她从家乡的革命变化中,从自己那出生入死为革命而献身的丈夫身上,所感受到的革命情操和美好素质,使她早已脱离一个农村妇女的狭隘,在文化心理上形成了对社会生活、自身价值的新尺度和新标准,因此,她才能默默奉献,用善良的心灵去抚慰世间的不平,用纯洁的理想去感召周围的人们,始终保持着自己独立的人格。在大妈的言谈举止中,我们听不到慷慨激昂的革命词句,但从她的行为里,你会分明体察到革命带给妇女的精神解放,这是大妈投身新时代建设的原动力。山村里的大妈都是随时代进步的,更不用说《隔山姐妹》中的妹妹,《车厢里发生的故事》中的那位丧偶后仍能振作起精神、执着于事业和理想的老妇人,她们本身就是走出家门、参加革命工作、投身社会历史洪流的楷模。也正因为这些女性,贺抒玉笔下的清澈而美好的女性世界,才不失为由美好和独立建构起来的理想世界。

很明显,贺抒玉的小说塑造了由活生生的有血有肉的新女性所构成的现实境界,其原因和作家的人生阅历息息相关。贺抒玉生长在陕北,从年轻时就受革命思想熏陶,到后来参加革命工作,一直和人民解放事业休戚相关。她的小说创作选择革命女性为主体,是和她亲身经历有关。但是,革命历程仅仅是她小说创作的一个动力,现在从贺抒玉在艺术上的追求来看，她还是十分忠实于自己的性别审美观照。就在《命运交响曲》这本小说集里，她也揭示过不少在人生之旅中的颠簸之苦，心理上充满对压抑的女性命运的同情。另外，她怀着对理想的赤诚、对真美的向往、对保持人格尊严的信仰，把笔触深入到那些有理想、有追求、有自信的现代城市女性心灵中去，以此来重新建构她对当代女性自立、自强的期望，正像当年黑格尔所希望的："她的优美驱散思想中的恶魔；在她的脸上，我们看到的是温情和信任的目光。"从这一点看，贺抒玉笔下的女性意识，不仅是开掘出了当代女性精神所具有的时代美，而且也为这扰攘的世界提供了一种女性解放的精神境界的风范，这也正是贺抒玉的小说的性别理论的价值所在。

最后，贺抒玉小说中的最重要的女性形象即女作家形象，是贯穿了很多小说中的主要线索。《女友》中的艾米霞，《我的干姐妹》中的"我"，《隔山姐妹》中的惠美等，都表现出女知识分子的性格特征。她们具有独立的思想和价值观念，不虚美、不娇狂，朴实善良、多思温和，有比较高的思想修养，却含蓄淳朴，能够用理想武装自己的头脑，学习知识，勤谨工作。《琴姐》中"我"看到琴姐把售货员多找的两毛钱，私自昧下，心生嫌弃；可是当"我"看见当她看见乞丐时，她又动了恻隐之心，重新取出钱来，给了乞丐，"我"又被琴姐的无私情怀深深打动。虽然重点写琴姐，但在故事情节上"我"和琴姐是同步的。《女友》中的艾米霞，在政治风潮下，和自己所爱的袁峰离婚，结果，"文化大革命"结束，袁峰恢复工作，她的人格尊严使她不能向袁峰主动提出复合。爱情和时代风潮的纠结关系，一直困扰着艾米霞，也一直困扰着作家自己。"我在哪里丢失了你？为什么？"这样的反思，在她的后期的作品里被反复提出，不断探索。这种理性思维、科学分析的态度，尊重现实，客观真实，认真执着，是女知识分子的人格，也是革命者的勇敢。这种经历各种人生、阅读各类书籍、思考各种问题的"我"，是中华人民共和国成立后，陕西第一批女作家的形象，是贺抒玉作品中塑造的最丰富、最真实、最具有进步精神的女性形象，也象征着当时陕西女知识分子精神解放的高度。

　　总之，贺抒玉的小说，在塑造陕西女性形象上颇具开拓精神。她尊重传统女性性格的隐忍和宽厚，也创造了新女性的智慧和理性，在推动女性独立的基础上，刻画了未来陕西女性发展的趋向。她是优雅而知性、宽容而睿智、独立而先进的女知识分子的形象。这样的形象，与全国的女作家性别意识相比，笔力相当，成就卓然，是陕西文坛上绚丽的一笔。

第八章 叶广芩小说的创作论

叶广芩是陕西女作家小说创作中的领军人物。她的小说从题材上看包括日本题材、动物题材、家族题材、历史题材等，每一种类型的小说出版，都会引起文坛的震动。日本题材，率先涉及日本遗孤问题的文化转换；动物题材，是中国当代生态小说的较早的作品；家族小说，虽然并非新创，但其表达贵族家庭文化的没落上，其艺术成就是首屈一指的。她的每一部作品都可圈可点，是陕西文坛的经典代表，也是全国文坛上闪亮的明星。

第一节 叶广芩日本题材小说创作论

叶广芩，1948年10月生于北京市，满族，姓叶赫那拉氏，中共党员，是西安市有突出贡献的专家。她中学就读于北京女一中，后考入北京七二一护校，1968年分配到西安，在黄河厂卫生科任护士。1983年调入《陕西工人报》，任副刊部主任，同年进入中国人民大学新闻专业函授部学习。1990年至1992年，在日本千叶大学法经学部学习。1995年调入西安市文联，在创作研究室任专业作家。现为中国作家协会会员、陕西作家协会理事、西安文化艺术联合会主席、西安作家协会副主席。她的《战争孤儿》《注意熊出没》《风》《雾》《雨》均是日本题材的小说。

一 叶广芩写作日本题材小说的原因

叶广芩的日本题材小说是她到日本访学时学习历史的收获。她在日本千叶大学学习，研究战争遗孤的科研课题，逐渐关注到日本遗孤的问题。

她的很多作品都是自己亲身经历的记录。她是敏感的，也是理性的，更具有作家的缜密和好奇。"叶广芩的小说选取了一个危险的题材。对作者来说，这是一个新的观点，要有勇气将目光移向一个以前是禁区的反面人物身上。作者以一种纤细的感触，恰如其分地描写了如风一般无法捕捉、无法看到的现象。这些小说，贯穿着对这一段历史细部的再检讨，以及向旧有价值观挑战的大胆尝试。小说有一种深度感，似乎能从中听到时代深处的声音。"① 叶广芩自己也说："我出生的时候，那场捍卫民族生存的漫长的战争，已经灰飞烟灭，东海将中国和日本远远地隔开了，彼此几乎没有来往，我们这代人是从文艺作品中了解那个时代的。"② 她从中国的文学作品中了解到了中日战争，也激发了自己去创作这类作品的冲动。"作为研究日本社会问题的外国人，我想对于日本民族性的透视应该是社会的、文化的，更是历史的。"③ 描写出日本现代的社会、现代的文化，描写出日本的历史观，是这位女作家，在创作上的执着的追求。

叶广芩有意识的素材收集、探索。在写作日本题材小说期间，叶广芩不仅在日本进行大量艰辛的采访，还特意到我国东北地区，走访了留在中国的残留儿童的家庭，小说中的人物都有原型，所说的故事也都是当事人亲身经历过的，叶广芩将这些真实的材料加工连缀起来，就能够反映出"孤儿"在日本的现实生活。"叶广芩这些涉及中日战争题材的小说，重在凸显战争给两国百姓的生存和灵魂带来的巨大创伤……它以普遍的人类情感，批判中日两民族人性中共存的冷漠与残

---

① [日] 荻野修二：《小说和中国的"现在"》，心庸译，《小说评论》1997年第5期。
② 叶广芩：《日本故事序言》，昆仑出版社2005年版，第4页。
③ 叶广芩：《谁翻乐府凄凉曲》，新世界出版社2002年版，第366页。

忍，对战争中饱受摧残的生命与灵魂投注了深切的悲悯与关怀。"① 这句话精当地评论了叶广芩日本题材小说创作的目的。

叶广芩对于战争孤儿的思考，尽管力求态度中立，但仍然是站在中国人的立场上，她对于日本题材小说的关注，也带有批判日本民族性的倾向。"大抵批判一个历史民族，不在乎说它的好坏，而只要问它一个究竟'是什么'和'为什么'这样的一个答案就够了。"② 虽然是这样说的，叶广芩仍然花费大量笔墨描写日本民族的黩武心、耻辱感，从深层次挖掘日本侵华的民族文化动机，并警醒中国当代人的警惕性。"挂历的照片是被雪覆盖着的靖国神社，右侧空白处是选登的阵亡将士遗书……日历的2月份，图案是东京神保町附近的九段街……二次大战或者更早的时候，这条街是军人们聚集的场所……3月，图案是黄局河边挺立的军人骑马雕塑，……4月，图案是一群洁白的鸽子在靖国神社挂着黑色菊花帷幕的大殿前徘徊。别的地方，你见的鸽子都是灰的花的，唯独这里的鸽子是雪白的，日本人说他们是战后死者灵魂的化身。5月，日本战殁者墓地……6月，靖国神社前高大的浮雕灯座……"③ 从1月到12月，这幅挂历的内容都和日本的军国主义战争场面有关。这些给中国带来巨大灾难的恐怖场景，就出现在像本田老太太这样温和的日本平民的卧室的墙上。这些小说的细节，充分证明了，日本民众对伤害中国人的战争并没有真诚的忏悔。

另外，对于靖国神社的描写，也是再现作者价值批评的一个焦点。靖国神社，对中国人来说，是一个充满了血腥气息的安葬之地，是日本军国主义思想未曾熄灭的有力证据，但是，在日本人的心中，它是神道教举行慰灵、祭祀等宗教仪式的场合。《战争孤儿》中，叶广芩借金静梓在毫不知情的情况下随他的父亲吉冈龙造之参拜靖国神社一事，向我们展现了中日两个民族围绕靖国神社这一敏感地带，产生的激烈冲突。作为在中国生活了四十年的金静梓，参拜这个供奉着侵华

---

① 李春燕、周艳芬：《行走与超越——叶广芩创作论》，《小说评论》2008年第5期。
② 叶广芩：《日本故事·序言》，昆仑出版社2005年版，第3页。
③ 叶广芩：《注意熊出没》，山东文艺出版社1998年版，第196页。

战争战犯的罪恶之地，终究是勃然大怒。在金静梓的眼里，父亲是黩武的、残忍的，毫无悔罪之心的。在父亲看来，金静梓中途逃走的行为是不懂人情世故、义理道德的。

作者通过日本题材小说，还描写出一批丧失了灵魂的"战争孤儿"和一群中国留学生。日本的经济比中国的经济发达，灯红酒绿的物质诱惑对很多人来说都是难以抗拒的。《战争孤儿》中，李养顺的女儿卫红，到了日本后，一直待业在家。她无法忍受打工的辛苦，最后选择了去酒吧做陪酒女郎，这是一种既轻松又赚钱多的工作。她不愿吃苦、贪图安逸的性格缺陷，使她在日本生存中丧失了灵魂。李养顺的小儿子三儿，到了日本后，被日本商店中的黄色书籍深深吸引，禁不住诱惑的他，最终沦为小偷。《雾》中的中国留学生被日本的富裕生活所吸引。"她不属于任何学校，也不要再写任何指示，她只是要挣钱，大大地挣一笔钱，腰包鼓鼓的回到国内，干她想干又爱干的工作。"① 最终她作为一个有文化有头脑的知识女性，却选择了一份与妓女无异的工作，这是她认为积聚财富最快的一条道路，但最终也说明她是一个丧失了尊严的人。

叶广芩的小说暴露了一些日本战败之后的真实事件。比如，日本战败后集体自杀；又比如，把妇女和儿童，赶到火车轨下，让火车跑过去轧死他们。"全体人员被赶下火车，聆听天皇颁布的投降诏书，人们一边听一边掉泪，轰轰烈烈的一件事，就这么一下子完了，彻底完了，包括他们的生命。有几个青年军人，当场跪在铁路边，将锋利的刀扎进了肚子，有一家人紧紧抱在一起，母亲拉响手雷，烟消人散，什么也没留下，地上只有一个坑。友军人员，机关枪向人群扫射，人群一片片倒下，脸上竟溢出感激之情……"② 这些残忍的事情，如果不是叶广芩的小说，那么，也许会永远被大家遗忘在历史的风尘中。恰恰是她直面历史、尊重事件的真相，才把日本战败、撤离中国的最后岁月，做了完整的补充。"站在背后，瞅准第七颈椎的位置，落手

---

① 叶广芩：《日本故事》，昆仑出版社2005年版，第36页。
② 同上书，第219—221页。

要迅猛,进刀与锁骨呈17度角,几乎不费什么劲儿,头颅就横推下来了,游刃有余,连骨碴儿也没有,干净漂亮,有斜劈、直劈、灌顶劈,血雪压梅花,苍鹰取兔,仙人分水……名目多了。"描写日本人荼毒中国人,只有叶广芩写得入木三分,真实恐怖。

另外,她的日本题材小说还试图告诉中国人,至今还有一部分日本人,沉迷在日本无罪的论调中。"当初日本发动那场战争的目的,是想建立亚洲人的亚洲,为解放东亚,日本民族付出了巨大的代价,东南亚各国多为强国殖民地,日本这样做一方面是为了自己的生存揭竿而起;另一方面是为了解放东南亚各国殖民地,以确立大东亚共荣圈,与其说是侵略战争,不如说所有亚洲国家由此而从欧洲殖民统治下获得了独立,只不过五十年,整个亚洲便出现了经济繁荣,民族空前独立的好形势……"① 在日本,持这种论调的人不在少数,他们甚至要把这种论调灌输给下一代的日本年轻人,作者在作品中直言不讳,提醒中国政府警惕日本军国主义的狼子野心。

叶广芩的日本题材小说,还涉及了广岛原子弹爆炸幸存者的生活细节,描述爆炸给他们的心灵带来的巨大阴影,还描写了战争孤儿孙树国的生母石川秀子回到中国探望儿子的故事,写到这位日本妇人在抗日英雄的坟茔上,洒酒祭奠,痛哭忏悔。后来,她还冒天下之大不韪,在中国的土地上,祭祀了自己的同胞——那些死在中国的日本侵略者。这些细节,都是艺术真实性的表现,作者并不一定有多么高深的理论价值,却充满了人性悲悯的高尚思想。

总之,在日本的学习和生活经历,对于叶广芩的创作来说十分重要。"到日本去,实际上就是一个催化剂,保留了我身上生活化的入俗的东西,开发了内心深处沉默的悲凉的东西。"② 正是因为"内心深处沉默的悲凉的东西",使叶广芩在创作日本题材小说时,"老老实实从头道来"③。使得该类小说,具有了超越中国人的立场,采用比较中

---

① 叶广芩:《注意熊出没》,山东文艺出版社1998年版,第209页。
② 周燕芬、叶广芩:《行走中的协作——叶广芩访谈录》,《小说评论》2008年第5期。
③ 同上。

立的态度对日本民族性进行了深刻透视，为中日文化在 21 世纪的交融，提供了探索性的反思和瞻望。

二 叶广芩日本题材小说的内容

日本侵华战争失败后，近万名日本儿童，被遗弃在中国东北地区，这些孩子受到中国百姓的悉心哺育，存活下来，并且，在中国的土地上长大成人，有的还接受教育、成家立业。1981 年，日本政府开始接受中国残联儿童回国认亲，也使这些作为中国人生活了近四十年的战争孤儿，回到了他们的祖国日本寻找自己失散多年的亲人。这些战争孤儿，从 20 世纪 80 年代末，到他们回到日本生活开始，就处于两种文化的夹缝中，而且，他们还要直面中日战争，受到价值观判断混乱的冲击。除了在《注意熊出没》中王立山夫妇，面对中日文化交锋不得不妥协的痛苦，在《战争孤儿》中，作者暴露的是中日两国价值观的冲突，以及人性在面临选择时理性与放纵的纠葛。

《战争孤儿》里的金静梓，是一位在中国生活了四十一年、经历过"文化大革命"十年浩劫的、有思想、有自己主见的女性。她回到日本，回到自己的生父吉冈龙造之身边后，成为被关在笼子里的金丝雀。这使她的思想深受打击。她深深地因为自己成为一个剥削者而痛苦。当她得知父亲当年在中国所犯下的罪行后，精神陷入深度迷乱，最终在父亲面前爆发了怒火。她当面斥责父亲的残忍和黩武，声讨他在中国犯下的罪行，斥责父亲的残忍导致自己生母的死亡。金静梓接受了中国文化的教育，始终不能忘记自己的中国人身份，对于日本人犯的战争错误无法沟通和妥协，她不能忍受自己恬不知耻地生活在双手沾满中国人鲜血的父亲身边。最后，父亲的冷漠，继母的恶毒，与哥哥信彦的不伦之恋，使她每一天在日本的生活都像生存在地狱里。她的好朋友枝里子的自杀身亡，令她最终精神失常，投身于飞驰的高速路的车流中，与世作别。

《注意熊出没》是一篇得到日本批评家荻野修二肯定的中日题材小说。"我认为这是第一篇洞察归国子女内心世界的小说。以前写鬼故事、女人的作品，只不过是对人物行为进行外在描写的作品。……叶广芩的《注意熊出没》与此不同，对人物的刻画是内在的。而且，小说对日本情况的描写是准确的，没有胡乱猜测，对中国情况的描写也是准确的。……小说成功地抓住了归国子女们游离于日本社会的实态。不仅如此，小说很敏锐地抓住了日本人的差别观和憎恶感，这可是一篇对日本态度严峻的小说。"① 作者在刻画人物形象之前，花了大量的笔墨，描写了日本的自然风光、风土人情。在热闹的停车场食堂里，我们见识了日本卡车司机的热情，在本田老太太的旅馆里，我们能够嗅到日本温泉那略带硫磺味的水汽，在甲田山寂寞的山林里，我们见到了传说中会泡温泉的日本猴子。美丽的北国少女大田玫带为我们讲述日本"隔山换季"的说法，热情的柴田老爹招待我吃热气腾腾的御殿……好一个自然环境优美、人情风土和谐的画卷！但是，图尽匕首现。看林人柴田出现了，他并没有认识到日本发动侵华战争的罪恶本质，将自己父母的血债，推到被侵略的中国人头上，对从中国回到日本的"孤儿"王立山夫妇，冷嘲热讽，打击报复，最终使他们不能够在故乡落脚，双双逃亡到遥远的东京生活。接着，生活在这里的日本人纷纷上场，对于王立山夫妇的行为极力嘲笑和妖魔化。窥一斑而知全豹，尽管王立山夫妇从来没有上场，但是，我们可以想见夫妇二人在这里生活得多么艰难。

　　战争是所有文化尖锐对立的焦点，尤其是中日关系。一衣带水，造成两国的文化碰撞。抗日战争又造成的两国截然不同的战争性质判断。"战争孤儿"是这两种价值判断尖锐对立的特殊人群，一边是养育自己的中国方，一边是自己的故乡日本方。因为这种价值观念的不可协调性，使很多作家在创作上都回避了这个主题。但是叶广芩通过自己的亲身体验，大胆突破创作"雷区"，从人性的角度，刻画了"孤儿们"的生存不易，精神挣扎，思想混乱。一方面回避了对他们价值观念的偏激的判断；另一方面对于他们夹缝中的生存给予深深的

---

　　① ［日］荻野修二：《小说和中国的"现在"》，心庸译，《小说评论》1997年第5期。

同情，节制而坚忍。既表现了中国女作家的素养，也提升了文学的表现力。把握准确，描绘精当，是当代文坛上突破敏感题材，反映丰富民族精神的重要部分。

另外，在内容上，叶广芩的日本题材小说，是对于历史记忆的复杂性的书写与剖白。两国复杂性的价值体系关系，主要是因为战争的存在造就出来的。驾驭如此敏感的历史题材，不仅需要作者具有高度敏锐的感受力，时刻保持理智的头脑，还必须避免在叙述技巧上，单纯地就事论事，所谓空洞干瘪的翻案。必须要在两国价值冲突的内容上推陈出新的，具有普世价值的主题才能够吸引读者。她提供了一种新的思考角度，这种角度，是其他抗战小说中极少涉及的。它超越了民族国界的限制，放弃了战争的正义性与非正义性的评判，从人性角度，重新建构处世是非准则。比如《雨》中"我"与日本一对老姐妹们的交往，通过日常生活的平静，揭示出广岛原子弹爆炸给她们带来的致命的影响，作者并没有正面写原子弹爆炸造成的恐怖的死亡场面，而是以女性的允许值区，控诉原子弹爆炸给人类的种族繁衍造成的毁灭性打击，说明战争对于人类生存发展的戕害。为了反对战争，她借丈夫的口来陈述主流的价值观念，"没有这颗原子弹，就没有这14万人的牺牲，'二战'能停下来吗？没有这14万人的牺牲，中国以及世界上许多国家不知道要牺牲多少个14万！"① 这样的情节的出现，并不是宣扬原子弹爆炸有理，而是表达女作家站在人类种族发展高度，对战争造成苦难的控诉之情。

在主题上，叶广芩超越了狭隘的民族观念，从人类生存的高度，为战争中遭受苦难的所有生灵扼腕叹息。女作家在写战争的时候，往往与男作家不同。丁玲在《我在霞村的时候》中写民族战争给女性的身体造成的伤害；茹志娟在《百合花》中，为冷酷的战争抹上了一缕女性的温情的色彩。叶广芩的《雨》里，流露着对苦难者的同情，表现出人类的终极关怀精神。这都是女作家，在描写战争题材时，她们

---

① 叶广芩：《雨》，载《日本故事》，昆仑出版社2005年版，第16页。

的性别意识使她们有别于男性作家文学创作的视角。直接、正面地写战争，不是其描写的主要写作方法，而在作品里，她们尊重女性正常生活轨迹，为战争的非正义性作了历史判定。用女性的思维方式，解释时代风云给两个民族带来的灾难，以实现深刻彻底的战争反思。

鲁迅说，"写什么是一个问题？怎么写又是一个问题。"叶广芩能够从容的处理文本中错综复杂的人物关系，跟她的"怎么写"是有密切关系的。她的日本题材小说，战争教训与现实诉求、国内状况与异域民情、加害者的心态与受害者的坎坷命运，多种线索交织在一起，在平淡自如的叙述下，缓缓展开，渐渐清晰，就是因为她独特的叙事策略。在大多数情况下，第一人称的叙事者"我"呈现出一种超越的姿态，含蓄而有节制，并不过多地影响主体故事的建构，但同时作为故事的次要人物或旁观者，在讲述别人故事的同时，也将自己的心情直接地展示。这种叙述的好处，就是"我"能够随意地走进走出，是作品在最大限度上，融入自我的感受，同时又保证自己不陷入过重的私人化情绪渲染，冲淡历史的情感分量。比如在《注意熊出没》中，"我"是从中国来到日本做研究的学者，到北海道附近的原始森林访问一对"遗孤夫妇"，但王立山夫妇一直没有正面出场。整个故事是在寻访主人公路上的偶遇之人"传话"建构出来的。在讲述着一个中日文化冲突造成的命运悲剧中，作者没有成就王立山夫妇个人遭际的故事视角，而是不断用日本历史发展事件，打破直线型叙事方式，插入了类似"瑞穗开拓团"的情况介绍，以及中间人时姥姥的口述记录，这种被打乱的叙事策略，其目的就是想把个人视角嵌入历史发展中，吸纳更多元素，比如战争元素、李时珍像（中日共同的药圣）元素、中日两国文化差异元素等，实现对庞大历史叙述背后细节的真实表现。

"叶广芩的日本题材小说，既不绝对陷入原生态，也不陷入个人的内心思绪，而是将民族文化的探讨加入了更多复杂的思考，将抗日题材创作推向纵深。"[①] 它关注人类的文化接受和民族冲突问题，把遮

[①] 屈圣琪：《根植于传统文化沃土的精神家园——叶广芩小说创作研究》，硕士学位论文，华中师范大学，2001年。

蔽的观念剥茧抽丝，披沙拣金，一一展示在世人面前，其大胆和深邃，价值永存。

三　叶广芩日本题材小说的艺术技巧

在叶广芩的日本题材小说中，她经常采用着类似的艺术技巧：最初设置种种悬念，渐渐到层层谜底的揭示，一步步引诱着读者进入似乎很熟悉又相对陌生的故事空间。与此，破碎凌乱的细节和个人模糊的记忆，拼成一幅幅真实的生活场景，在断裂的历史缝隙中填进些许质感的片段。她在获得较长的时间跨度和纵深的历史感时，把战时的故事和现在的生活，做多维度的叙事空间的开拓，构成独特的叙事技巧。

《雨》中山本两姐妹就住在"我"的对面，一开始她们就显得与众不同：她们没有丈夫和子女，唯一相伴的就是一条名叫贺茂的秋田犬，定期会有一个陌生的男子，到她们家里来拜访，他把两位老太婆都叫妈妈，叫人猜不出他们是什么关系。更奇怪的是，山本姐妹俩在不同的天气情况下，生活方式有极大的反差。阳光灿烂的时候，她们生活讲究，充实而忙碌；阴雨绵绵的时候，她们"便会不出声息地闷在屋子里""再重要的活动也不去参加。"① "我"充满了对这一对姐妹的生活方式、历史遭遇等方面的好奇。伴随着"我"对老姐儿俩的观察和分析，读者的好奇心也在不断地被调动起来。故事情节继续推进，似乎并没有解开这些谜团，反而将其置于更多的神秘气氛之中。最终，在小说结尾处，圣诞节晚会上，老太太们的回忆，将故事之谜揭开：她们是经历了广岛原子弹爆炸后的遗存者。原子弹爆炸毁坏了她们的身体，镌刻了她们心灵的创伤，毁坏了她们精神的支柱。故事在达到终点的时候，谜底豁然开朗。个人生活的悲喜与历史事件的纠葛紧密地联系在一起，把宏大的历史事件通过精致的人物命运的细节达到事实真相的再现。这种"设置悬念—揭开谜底"的写作技巧，形

---

① 叶广芩：《雨》，载《日本故事》，昆仑出版社2005年版，第9页。

成叶广芩日本题材小说的阅读内在驱动力,也是作品把主题思想推向纵深的主要方法。

《雾》也是一个文学技巧十分高超的作品。小说开始采用了两条线索交叉进行的叙事方式。一条线索是中国留学生小雨在日本的生活;另一条线索是八路军女干部张英一生的坎坷经历。悬念就在两个完全不可能产生交集的地方产生了碰撞。留学生小雨为慰安妇张英当翻译,为张英的慰安妇经历伸张正义。但是故事发展到结局,我们吃惊地发现:张高氏(张英)是当年迫于无奈沦为日本男人的性奴隶,而小雨是为了赚钱,自愿成为日本男人的玩物,充当了现代慰安妇的角色。"她(小雨)不属于任何学校,也不需要再学习任何知识,她只是要挣钱,大大地挣一笔钱,腰包鼓鼓的回到国内,干她想干又爱干的工作。"[1] 作为一个有文化有头脑的知识女性,小雨却选择了一份与妓女无异的工作,仅仅因为这个是她积累财富最快的一条道路。这样的结局实在令人意出天外。

《风》一书中充满着诸多的悬念。故事讲述者"我"是日本东京一家研究所的外国人员,名义上是研究日本战后的经济和法律,实际上,"我"想从中找出自己的叔父被日本人杀害的真相。故事从"我"在临州的调查开始,一方面,日中友好人士西垣秀次要求"我"到临州打听史国章的下落;另一方面,"我"借这次临州之行要查出叔父遇害的真相。一个是汉奸,一个是八路军干部,这两个身份截然相反的男人,在1943年的日军华北大扫荡中究竟走了怎样的命运之路?他们在这个故事中又会有怎样的纠葛?这是第一个悬念。接着,"我"从临州老汉陈士元口中收获了一条有价值的信息:汉奸史国章是在临州大屠杀之后被日本人凌迟处死的。那么一个为鬼子卖命的汉奸为何遭受如此残忍的对待呢?这是第二个悬念。冒充史国章后代的葛小利给我提供了关于史国章的另一个信息:在1943年5月14日,临州大屠杀发生的那天上午,史国章应该已经跟他的保安队,一起丧生在日

---

[1] 叶广芩:《雾》,载《日本故事》,昆仑出版社2005年版,第37页。

本人燃起的大火里了。那么，史国章是如何把他刚刚从赵银匠手里拿到的银筷子，交到西垣秀次的手中呢？这是第三个悬念。在故事情节一步一步逼近真相的时候，悬念也一个又一个设置。断裂的历史终究还是在当事人西垣秀次那里被接上了——史国章的真实身份是八路军的情报员，西垣秀次早就意识到了这一点，但他还是在日军去临县大扫荡之前，把这条信息透露给了史国章，所以才有了日军围临县的失败，有了日本人报复性的临州大屠杀。史国章原本已经从保安队的大火里死里逃生，但是为了还西垣秀次的人情，不让他因泄露军情而被别人发现，他自愿地踏入了日本为杀他而设的陷阱，最终被抓住并凌迟处死。谜底至此全部被揭开。叶广芩的日本题材小说，恰恰印证了一位学者的反思。"历史一般所记载的是民族生命的过程，是世界运动的过程，虽然这一切都离不开客体的生命运动，但在历史的宏大叙事中，个体生命的真实实在算不了什么。一场战役过后，将帅们写的回忆录里只有事件过程，军事家的评论里只有科学分析，而一个个活生生被毁灭的生命，则永远化为乌有，唯有天荒地老的时间守护者他们。"① 叶广芩小说中的探访者寻觅之路，实际上就是一个个悬念的设置和一个个答案的出现。在探索中揭示历史与个人生命体验的衔接之规律，还原着一些普通人在战争年代的命运沉浮，还原他们生命历程中无形无色、飘忽不定的坎坷和艰难。

另外，叶广芩的日本题材小说还充满了细节的真实，使那些没有亲身经历的作家不能达到的真实的艺术高度。比如，在《战争孤儿》中，从中国回日本的李养顺一家，总是不能融入生父的家庭里。因为在日本家庭的神龛前供奉着一把日本军刀。李养顺觉得，这把军刀是自己不能与弟弟推心置腹相处的障碍。在弟弟次郎心目中，父亲留下的这把军刀是全家的骄傲和守护神，是战死在中国战场上的父亲的灵魂的寄托，而在李养顺看来，这把战刀屠杀过自己的血肉同胞，绝对是恶魔留在人世间的不灭痕迹。"战争孤儿"对日本军国主义的厌恶，

---

① 曹文轩：《二十世纪末中国文学现象研究》，作家出版社2003年版，第277页。

就通过这个细节生动传神地表现了出来。在《注意熊出没》中，作者花了大约八百字的篇幅，描写了日本本田老人卧室墙壁上的挂历。这是政府管理军队的安排，从1月到12月，真实地再现了日本军国主义制造恐怖战争的过程。包括日本士兵的饮酒、屠戮，还有飞翔着白色鸽子的靖国神社。这些图片，不言而喻，隐藏着一个中国记者在目睹日本战前动员的惊心动魄以及潜藏在这些细节背后的愤怒和控诉。

总之，叶广芩在创作日本题材小说使用的艺术技巧，不仅能够清晰表达故事内容，更能够吸引读者阅读兴趣，在情感淤积、宣泄上也有四两拨千斤的作用。无论是对日本军国主义的控诉还是对"孤儿"们回归日本价值观的碰撞，作者都在复杂的思想纠葛中摇摆。一方面，她要对造成痛苦的凶手加以批判；另一方面，她又对饱受军国主义思想蒙蔽的日本民众抱以悲悯。这样的创作手法，从现代人的接受视野上看，是极其有深度的。

第二节　叶广芩家族题材小说创作论

叶广芩的家族题材的小说有《采桑子》《本是同根生》《谁翻乐府凄凉曲》《黄连厚朴》《全家福》《乾清门内》等。这些作品带有明显的自传性，讲述民国以来满族贵胄后裔生活的故事，是一幅幅描摹人物命运、充满文化意蕴的斑斓画卷，是一曲曲直面沧桑、感叹人生的无尽挽歌。清朝已降，大宅门儿里的人四零八散，金家十四个兄妹及亲友各奔西东：长子反叛皇族当了军统；长女为票戏而痴迷；次子因萧墙之祸自尽；次女追求自由婚姻被逐出家门……一个世家的衰落，一群子弟的遭际，形象地展现了近百年间中国历史的风云，社会生活的变迁与传统文化的嬗变，令人思绪绵绵。

一　儒家家庭伦理道德的文化特征

家庭是人类生存和居住的处所，家庭中的每一位成员都希望在这个环境中不仅享受睡具、食物等物质上的提供，而且希望能够拥有安全、融洽、温馨、幸福等精神上的放松。而家庭又是人们生活的基本单位，家庭成员的基本关系是形成家庭道德的基础，尤其在中国，国家的伦理道德是在儒家家庭思想的核心价值观念的基础上建构的，家国同构的思想是家庭伦理道德成为中国传统文化中最重要的一环。

在以宗法血缘关系为基础的古代中国，家庭伦理道德是调整家庭关系的主要规范。在中国封建社会中，人与人之间的关系有君臣、父子、夫妇、兄弟、朋友"五伦"，其中父子、夫妇、兄弟"三伦"就属于家庭伦理的范畴，这"三伦"中，"父慈子孝"又是传统家庭关系的轴心，由于中国传统家庭的宗法等级结构，父与子的关系有严格的尊卑之别，即所谓"父为子纲"。这就规定了"孝"处于更为突出的地位，成为家庭伦理规范体系的核心。在他们看来"百善孝为先"，"孝"为"立身之本"①。另外，所谓"父子之严，不可狎；骨肉之爱，不可以简，简则慈孝不接，狎则怠慢生焉"②。即亲子之间，既不能过于亲昵，也不能过于简慢、严肃，而应以严正慈，以慈辅严。

再有，要兄友弟悌，长尊幼卑。"友"是为兄者之德，"悌"是为弟者之德。在中国传统文化中，兄弟称手足之亲，兄弟和睦与孝顺父母是并重的事情，二者并称为"孝悌"。兄弟和睦是巩固家庭、维持社会秩序的一种基本道德力量。

父子、兄弟和合安顺，则家庭的稳定、血脉的凝固基本上安置下来。加之夫唱妇随、男耕女织、相敬如宾、琴瑟和谐的夫妇之道，一个十分成熟的道德体系也随之建构，形成了丰富多彩的家庭伦理规范德目。这些道德在现实生活中，经过长期的封建机制的宣传，具有强烈的认同感与实践性。对家庭关系，有稳定作用；对人间亲情，有加强作用；对人的道德修养，有提高作用。

另外，中国古代文化，特别是儒家文化，不仅在"家国一体"的

---

① 周秀才：《中国历代家训大观》（上），大连出版社1997年版，第12页。
② 颜之推：《颜氏家训》，岳麓书社1999年版，第6页。

宗法等级的基础上形成了一系列伦理道德规范,而且形成了一整套以"家国一体"为基础的道德教育模式及方法。儒家强调人生在世,要以"立德"为本,而"立德"要以"孝"为本。在家为"孝",在国为"忠"。以"孝"促"忠",以血缘关系促社会等级秩序,以"齐家"作为"治国""平天下"的重要环节。孟子明确指出:"天下之本在国,国之本在家。"①从家庭的结构和文化内涵入手,要求亲情、友爱、善良、温柔的内在精神交流。这种家庭结构式的伦理理想,虽不乏片面的伦理说教,但可以演化为强烈的爱国之情、报国之志和民族气节,成为中华民族爱国主义思想的重要组成部分。

儒家家庭伦理文化在长期的封建专制的倡导下,以水银泻地一般的强势渗入人们的日用伦常中,表现出普世性质的文化价值,成为《采桑子》等叶广芩家族小说的潜在的、稳定的阅读交流心理平台。

但是,儒家思想的这种内省式的伦理完全不能够消弭外部世界对于个人精神苦难的冲击,任何的精神世界的超越仍然要在现实世界的存在中找到道德反馈的信息,儒家的协调性的伦理在强大的外界苦难的压迫下,就表现出一定的妥协性。比如:国家灭亡的时候的苦难,个人命运遭受遗弃的痛苦。在这种情形下,中国人又采取忍让、圆通的生存态度。这种妥协在某种程度上是伦理道德的撕扯和纠葛。叶广芩的《采桑子》就是这种家庭伦理面临的尴尬挑战而妥协的再现。

可以说,这是《采桑子》《全家福》等家族文学创作和读者期待视野中的潜意识,也是金氏家族解体表达的潜在的伦理道德。

二 叶广芩家族小说儒家伦理道德的失范

叶广芩成长于有着浓厚的儒家思想色彩的封建贵族家庭,虽然家族的特权在她出生的时候就已经丧失,但是,她成长的环境仍然受浓厚的儒家思想的影响。可以说儒家家庭伦理道德的思想意识是深深地植根在她的心灵深处的。所以,在描写家庭伦理道德的失范的前提下,

---

① 《四书五经》(上),岳麓书社1995年版。

是存在着一个理想的儒家家庭结构及文化内涵的,因此,她的陈述才显得沉痛、酸辛、难堪。

(一) 金氏家族按照儒家家庭伦理建构的伦理秩序

历史上,满族统摄中国后,深感本民族文化根底的薄弱,因此,吸纳汉人儒道文化成为清代文化守成与勃兴的主要哲学基础。相对于儒家思想与家国同构,家庭结构是封建权威文化的一个缩影。因此,金氏家族的伦理秩序是按照严格的儒家伦理秩序建构的,当然也包括对于儒家文化"德性"的内涵和权威的结构。纵览叶广芩的家族小说,一个以父亲金载源为家长、环卫以14个子女的家庭结构就呈现了,在这个家庭的外围是七舅爷、侄儿、外甥、表姐等同一血脉旁逸斜出的一整套亲戚,共同建构出了类似《红楼梦》贾府一样的复杂的伦理关系的艺术世界。首先这个庞大的家族严格按照父父子子的伦理要求,建构出了或疏或近的亲情关系。比如,父亲对于"老五"的惩罚,令他脱光了衣服在院子里"晾",老五老老实实、白条子一样站在那里,一直要等到父亲离开,才敢穿上衣服。尽管父亲的要求在今天来看是侮辱人格的事情,但在当时,儒家的伦理秩序用铁律一样的思想,要求了父亲,也束缚了儿子。

其次,金氏家族整套烦琐的规矩礼仪更是按照儒家伦理秩序建构出来的。"规矩礼仪不是外在于生命形态的程式,它本身就是特定群体生命形态的表征和内化。贵族世家通过严格地执行世代相传的规矩礼仪,传达某种文化理念,显示某种家族气相,维护家族的等级尊卑,稳定家族的差序结构,培育子弟的习性,养成子弟为人处世的品格。"①大宅门里严整的旗人礼仪和人伦观念作为一种人文景观也彰显了金氏家族的伦理特质。比如,金家严守旗人的规矩礼仪。叙事者舜铭很在意晚辈是否称她为"姑爸爸",是否按旗人的规矩请安。完美的家庭理想存在于备受儒家理想家庭结构熏陶后的作家的潜意识中。

另外,作者在叙述中体现出的家族优越感也是儒家家庭伦理秩序

---

① 李永东:《异质因素与贵族世家的解体——评叶广芩〈采桑子〉》,《理论与创作》2007年第6期。

思想意识的一个折射。中国传统的家族文化中，家族的优越与卑微和封建社会的社会伦理秩序同构，因此，在叙述家族变化的过程中，叶广芩不由自主地一直保持着这样的精神优越感，在显赫儒雅的金家与市井俚俗家族之间画出了一条界限。这种对于贵族风范的敬仰态度在某种程度上暗示了她对于已逝的旧有家族文化的肯定和认同。换句话说，她对于按照儒家伦理道德建构的贵族伦理秩序和伦理内涵是认同的，并且在潜意识中认为贵族家族关系的完美存在。

总之，叶广芩家族题材小说潜在的文化机制上仍然遵从中国传统文化中家国同构的模式，所以家庭结构的变异对于儒家伦理道德的文化走向来说是影响巨大的，而叶广芩的家族小说从家族嬗变的角度来开拓，四两拨千斤，开掘出民族文化和儒家思想的深度和广度。

（二）儒家家庭伦理道德的失范

"盛极的金氏家族只是小说的背面，而'衰'才是小说的主题。"[①]叶广芩冷静地把金家的伦理演变放在政治、经济、文化的历史大变动的历史背景中，特别注意提炼贵族世家的文化品格、道德教化、生命形态的延展和变异形式。在沉与浮、常与变中对贵族世家的命运做出了自己的思考。应该说，在历史的变动中，每一个中国家庭都难以完全逃脱家族文化式微的阵痛。而皇亲宗室后裔的金家子弟，比普通的中国人承受着更为沉重的心灵涅槃和重塑自我的艰难历程。因此，描写贵族金氏家族的文化观念演变，也可以说是按照儒家的伦理秩序建构的最正统的家族文化范式的解构和嬗变，是真实再现中华民族文化走向的"捷径"。

在表现家族衰微的主题中，作者的重笔在于表述对满清贵族世家命运沉重的讲述、对传统家族文化流失的反思，并在分析贵族家庭分崩离析的原因的同时，思考中国儒家家庭文化意识如何发展的重要命题。于是所有的故事都是从辛亥革命开始，国家的大变革来临，家族的秩序无以为继，家族的伦理内涵也开始变异，在经过辛亥革命、

---

① 李永东：《异质因素与贵族世家的解体——评叶广芩〈采桑子〉》，《理论与创作》2007年第6期。

"文化大革命"时期、改革开放三次大的历史事件之后,儒家文化的现代性成为迫在眉睫的、必须解决的哲学问题。

首先,家族的衰微,是以父亲为主体的家庭中心结构的解体为特征。"父亲"的缺席是家庭变异的尴尬。作者不止一次的谈到这个问题:"在金家,谁都知道父亲是个不管不顾的大爷,他搞不清我们院有几间房,搞不清他到底有多少财产,更搞不清他十四个孩子的排列顺序和生日。"(《梦里何曾到谢桥》)"……我现在想,我的父亲除了他的事业和他的玩乐以外,对我们这个家其实并没有担起一家之主的责任。应该说,他对于他的妻子、几个母亲和他众多的孩子们没有起到一点丈夫和父亲的实际作用。对于金家,他不过是个点缀,一个辉煌的点缀。"(《谁翻乐府凄凉曲》)父亲的"家庭点缀"位置,从浅层次上看,是家庭成员角色的淡化;从深的文化层面上看,是儒家家庭文化缺乏捍卫者和执行者的表现。上行下效,在父亲捍卫儒家家庭伦理道德的乏力下,"孝悌"更无从谈起。大格格金舜锦兰心蕙质,端足了侯门小姐的架子,在家中娇纵蛮横,并不知关爱兄弟姊妹;大哥金舜琤更是一个心狠手辣的角儿,他亲手杀害自己的妹妹,抢夺弟弟的爱人,还有《采桑子》中,金舜锫与儿子金昶合谋鉴玉骗钱,在玉器鉴定中将文化人的铮铮傲骨形象与皇族后裔形象彻底毁灭;在《醒也无聊》中,老三对于金瑞(自己的侄儿)财产的侵吞……可以说,虽然,作者时刻在描写家族成员的悲剧命运,但是,更准确地看来,是她在描绘内心深处理想的家族伦理解体的过程。它在浓浓的悼古慨今中隐匿着审慎的反思,对本民族文化的反思通过家族解构的书写淋漓尽致地展现出来。"这个贵族之家的败落,留给他的飘零子女们的真正遗产不是亲情,而是冷漠。"(《醒也无聊》)

其次,《采桑子》等家族小说充满着颓废的情调。每一个家族成员在面临家族苦难的时候,都表现出颓废、无奈、品德堕落的皮相。中国传统文化中,要求"天行健,君子以自强不息",要慎、敏、庄、肃,每一个家庭成员都要"弟子入则孝,出则悌,谨而信,泛爱众,而亲仁。"(《论语·学而》)"孝悌也者,其为仁之本与。"(《论语·

学而》)但是,三哥、四哥、五哥在波谲云诡的政治风云变幻中的猜测、反目、仇恨,既不孝悌,也不自强。大姐金舜锦的悲惨命运,既不"言孝思,孝思维则",也不"守,孰为大?守身为大。"二姐与家庭断绝来往,三姐被大哥杀害的痛苦,父亲不忠诚妻子的过节,"舅太太"和"姨太太"的落寞、孤单的准死亡式的生活……可以说,每一个家庭成员在作者的笔下都是"各色"的、无奈的、悲惨的。实际上这也就拆解了中国家庭伦理"以仁为本",以"孝悌"为用,提倡"以和为贵"的家庭伦理内核。破败的颓废气象使这个家族已经是"大难欲来各自飞"了。

没有兴旺的迹象,却不乏解体的痕迹。儒家家庭文化中,最提倡仁义孝悌,其目的是加强家庭凝聚力,稳定家庭秩序,追求和睦温馨的家庭氛围。但是,就叶氏家族小说来看,每一个家庭都是矛盾重重,苦难百结的。不仅"仁义""温良恭俭让"的个人品行无从查找,就连"修身""爱人"的伦理基点都踪迹难觅了,更不用提"己欲立而立人,己欲达而达人"的完美境界。封建家庭伦理内核中,个体社会责任的角色化内涵已经发生严重的变形。

最后,家族解体是叶广芩对中国儒家家庭伦理道德的大胆质疑。叶广芩家族小说中对于儒家家庭文化的解构式描述,不仅是对家族文化难以为继的文化失范现象的强调,更是对儒家思想的伦理文化内涵的质疑。在大的社会变革中,每一个家族成员的生命历程在"守"与"变"的挣扎中,割裂了贵族世家的家族文化与国家的伦理道德诉求一致化的传统,家与国之间在文化精神上不再是直接沟通的。家不成其为家,国也就难以为继,所以贵族之家的沦散、崩溃,是民族文化丧失凝聚力的侧面表现。帝制倾覆,民国建立之后,尤其中国改革开放,金家在文化精神上一下子被从传统根基上割断,这样儒家家族文化的范式和观念在面临新时期核心家庭结构和文化范式的挑战下,就陷入一种难以为继的尴尬局面。可以说,儒家家庭文化无可挽回的凋残与零落是作家创作中自觉进行文化展示的诱因。

三 叶广芩家族小说中儒家思想的理论意义

在当代小说家中，再也没有谁对于家族流离失所的解体给主体造就的伤痛能比得过叶广芩的。当然，家族小说的创作并不是自叶广芩始，在她之前老舍、邓友梅等都写过家族小说，尤其是老舍，《四世同堂》成就卓著，但是，他还是沾了宏大的历史叙事的光，异族入侵，满汉要齐心协力对付入侵者，无论如何也比这种和平的环境中的家族叙事富有传奇性。更何况，叶广芩的家族面临的是贵族阶层的拆解，是满族带有保持自己种族的抗争，是和平环境下，儒家思想面临西方文化挑战的"和平演变"的陈述，所以，她的家族小说中带有明显的时代转型的特色。

叶广芩所有的家族小说就像在拼七巧板，一个中篇一个中篇地连缀起来，家族的风云流散渐渐呈现，她关于儒家家庭伦理道德失范的思考也渐渐浮出水面。她深深地明白，历史流程的前进性是个体不能左右的事实。晚清政治、经济与文化的病入膏肓必然决定它在整个世界的现代化面前陷入生存危机，由一种新的统治力量代替满清乃是大势所趋。叶广芩的作品中有对儒家文化特征中家庭结构的文化内涵衰颓的眷恋、叹息，也流溢出对这种改造过程的理性观照。因此，家族文化反思作为叶广芩的写作视点之一，体现出了她对自身家国生命体验和对儒家家庭文化衰落的理性态度，对自我处境的整体性文化语境的理性思考。这种思考有助于儒家文化的现代化发展。

第一，叶广芩对于家族衰败的反思表现在对封建家族等级制度的拆解上。满清政权的建立就奠定了儒家家族伦理道德的基础，为了保证自己阶层的优越性，在清朝建立伊始，就规定：在保证旗人衣食无忧的前提下，旗人只习文练武，专事统治事务。该旨意为儒家思想渗入旗人的生活方式提供了政权上的支持，它提高了旗人的文化素养，强化了旗人家庭模式的"儒"化，同时也彻底断绝了旗人在游牧文化中培养出来的生存技能。因此，"几百年后大清朝一垮台，特权一丧失才发现后学的本事换不来口粮，换口粮的本事又都不会了，一下子从人上人跌落到了窝囊废地步!"① "优越的文化是建立在丰腴的物质基础上的。"② 没有了丰富的物质作支撑，金氏家族的每一位成员都人心惶惶，失去了祖先的从容、淡定和文化操守，尤其在大的苦难来临的时候，缺乏物质生产力的皇族贵戚，一下子就成为"文化的巨人，生活的弱智者"。③ 优越的社会地位和丧失生产能力使金家家族成员日益委顿的主要原因，因此，贵族气息弥漫全文，颓唐氛围笼罩所有的家族小说。

第二，叶广芩解剖儒家的文化内核，从中发现家庭伦理提倡的妥协和随缘任运，使苦难来临时，缺乏应对的强硬态度和执着精神，以至于，异质文化因素侵入时，金氏家族成员缺乏强大的内心信念的支持，而委以猥琐、懒惰和懦弱，这也造就了儒家家庭伦理文化失范的结果。儒家的伦理道德提倡和光同尘的生存态度，"不偏不执""中庸"都是忍受苦难的哲学根基，面对历史变革、政治的风云、命运的多舛，"有德行的"文人要"韬光养晦"，要"持中守正"。主要是，面对外界的强硬的压力，儒家思想提倡加强内心的修养，协调精神境界，持不作为的态度。

因此，在《本是同根生》里，老七面对长兄的"夺情人"之举，没有强烈的反抗；五姐夫完占泰，在面临强大的解放军进驻北京的境况下，能够坐在西墙根下晒太阳。总之，父亲的放逐，手足之间的相互戕害、姨祖母"随风"的遭遇、"文化大革命"中友人的邂逅等重重事件的纠结，与其说是对大宅门和谐生活表象的揭露，不如说是对特定历史阶段儒家思想的无奈追忆和反思。中华民族传统礼俗的雅正与虚伪历经千年的洗礼已经互为吸纳，昭显着它对人伦规范的负面影响。这种反思有助于中华民族传统文化与伦理道德的自省、更新。

---

① 邓友梅：《沉思往事立残阳——读叶广芩京味小说》，载《叶广芩·采桑子》，北京十月文艺出版社1999年版。

② ［美］多诺万：《女权主义的知识分子传统》，赵育春译，江苏人民出版社2003年版，第16页。

③ 同上。

第三，辛亥革命后，时代的文化气候在许多方面不再与贵族世家的文化品性有同一性，更多的是处于一种对峙状态。如政党斗争的激烈、商品价值观念的兴起、血统门第观念的突转等，都从反面起到了解构贵族世家的作用。① 在文本中，我们可以发现作品中的人物经历背景大都从1949年前的民国末年开始，一直到1949年后的"文化大革命"，再到改革开放。在这段时期内，中国经历了几次重大的政治动荡与不安。在这样的背景下，小说中家庭伦理结构的文化观念的断裂、分化得到了更为集中的展现，而文化的悲剧性命运有了合理存在的大环境，使家庭文化的悲剧与时代的悲剧具有了一致性。比如，作家对于传统上血浓于水的亲情在家国巨变中的消散、毁灭做了细致的披露。大哥金舜铻决绝地杀了与自己政见不同的亲妹妹金舜珏，又夺去老七金舜铨的女友，老三骗走了侄儿的"枢密碗"，贪婪之相尽露……作家把自己对儒家家庭文化的思索融入对清朝最后一代贵族人世沧桑的书写和对苦难压迫儒家道德的描绘中，这使她的家族小说具有独特的文化精神和历史观念。她让我们清楚地看到在时代的变幻中失去原有地位的满清家族，伴随着历史潮流滚滚向前的步伐必然走向没落的结局。

家庭文化败落的体验和冲动使叶广芩自然而然回瞥与感怀本民族文化的衰颓。这种衰颓是现代社会发展的必然，是家庭文化遭受新时期现代生活文明的强烈挑战的结果。毕竟，不断流转的岁月步伐，不断丰富的物质生活以及在物质文明伴随下被移植的西方家庭文明是历史车轮滚滚、不可阻挡的必然。回望历史，唱一曲文化挽歌，这既是对传统家庭文化机构的思考，也是儒家思想面临新挑战时采取应对措施的必要环节。

可贵的是，叶广芩没有沉迷于低回哀婉的情绪，更没有终止于贵族子弟飘荡在时代风雨里灵魂的揭露，而是从文化视点出发，力图采撷传统的儒家家庭文化失范的恶之原因，反观自己的家国文化，试图为儒家家庭文化的衰落寻找命运的出路。实际上，也就是儒家思想的

---

① 李永东：《异质因素与贵族世家的解体——评叶广芩〈采桑子〉》，《理论与创作》2007年第6期。

现代化转型问题。解决这样的问题，作者并没有站在现代西方家庭文化的基础上，对于中国传统家庭文化给以全盘的否定，而是采用了尊敬和仰视的态度保留了儒家文化的精华。比如，在叶氏等家族小说中，作者一直坚持用家庭成员的视角来讲述家庭的演变，行文用字，充满了对于家族历史的亲昵和向往，在《逍遥津》里，作者还改变了以前写家族小说轻视弱者卑微遭遇的思想，而采用诉求宗教大无畏的牺牲精神的境界来塑造七舅爷，使七舅爷身上的"痴"带着"赤子之心"的单纯和明净，展露出平凡人人格的尊严。这种写法的改变，可以说，是作者对于儒家随缘任运的新思考，不仅有同情弱者的人文意识，而且有拯救生命的理性思索，是对前期作品思想的一次大进步。

当代著名的儒学研究者杜维明先生，曾经就儒学思想的现代化问题做过精辟的论断。他认为，儒家思想的内省式的生存态度，尤其是儒家家庭范式的内在性、对等性和功用性，在相当长的一段历史时期中都是中华民族传统文化中很重要的一部分，它不仅因为儒家家庭伦理在中国有长期的生存历史，同时，还因为儒家思想的修身、守正的方式并不影响其他生命观念的接受，甚至，它可以帮助完善、补充其他宗教、哲学、道德的思想内涵，为塑造其他领域的优秀人才做最完美的思想境界的铺垫，因此，他认为：儒家思想在新的历史时期，不仅不会消亡，而且会随着它与其他哲学思想的融合而发扬光大。哲学家的睿智对儒家思想的走向作了严密慎重的分析，可惜，不知道这是不是叶广芩所要的结果。而《采桑子》对满清贵族世家命运沉重的讲述、对传统家族文化深刻的反思，是她持守的对中国儒家文化的执着与崇拜的表现，也是我们民族文化转型中值得骄傲的潜在民族素质。"中国几千年建立起来的道德观、价值观像一把无形的尺度，深入到我们每一个人的骨髓之中，背叛也好、维护也好、修正也好、变革也好，都是一种状态，唯不能堕落。"[1] 至少，她对于我们民族的文化还是饱含希望的。

---

[1] 叶广芩：《采桑子》，北京十月文艺出版社1999年版，第435页。

第三节　叶广芩小说的动物生态意识创作论

叶广芩的动物题材小说充满了时代的生态意识，这不仅表现在人与动物的密切关系上，而且，她的小说充满动物的生命挣扎、生存反应和价值伦理次序。她的动物题材的创作，集中在20世纪90年代，并没有随童话的意味走向虚构，也没有沦陷到同情的泥淖进入忏悔，而是用人伦的道德观念重新审视野生动物的生存危机。其代表作有《山鬼木客》《黑鱼千岁》《狗熊淑娟》《猴子村长》《老虎大福》《熊猫碎货》等。虽然作品数量不多，但是它们表现出的思想性、艺术性代表着中国动物题材的生态小说的高度。

一　生态美学的起源

恩格斯曾这样说过："自然界起初是作为一种完全异己的、有无限威力和不可制服的力量与人们对立的。"① 但是实际上，等到人类的生态文学提出的时候，这样的历史背景已经完全改变了。

工业革命之前的自然之于人类，不仅仅是养命之源、生存之源，更是人类的精神家园，它们之间有着水乳交融、一脉相承的血缘，这才是更本真、更本原的一面，工业革命之后，这种"不可征服的自然"已经成为供人类随时取用的资源，现代工业革命已经把人类的需要变成自然与人的关系的道德要求。胡塞尔在《欧洲科学危机和超验现象学》中明确提出，欧洲的科学已陷入深刻的危机中。这种危机并非具体科学自身的危机，而是因之而引起的文化危机、精神危机，是人自身的危机。人们被科学的表面发达所迷惑，盲目地相信科学会带来人类幸福的神话，致使科学同人的存在分离，人在对科学的迷信中失去了世界。由此胡塞尔率先倡导向生活世界回归，在生活中，人和世界保持着统一性，这是一个人类参与其中的、保持着意义和价值的

---

① ［德］马克思、恩格斯：《马克思恩格斯论文学与艺术》，人民文学出版社1982年版，第73页。

世界。接着，奥尔多·利奥波德出版了《沙乡年鉴》，首次提出了生态整体观及其判断标准，他主张从生态整体利益的高度去检验每一个问题，去衡量每一种影响生态系统的思想、行为和发展策略，当其有助于保护生物共同体的和谐、稳定和美丽的时候，它就是正确的；当它走向反面时，就是错误的。莱切尔·卡逊的《寂静的春天》是一部划时代的作品，使生态思想深入人心，直接推动了世界范围的生态思潮和环保运动的发生和发展。卡逊深刻地指出："我们总是狂妄地大谈特谈征服自然。我们还没有成熟到懂得我们只是巨大宇宙中的一个小小的部分。人类对自然的态度在今天显得尤为关键，就是因为现代人已经具有了能够彻底改变和完全摧毁自然的、决定着整个星球之命运的能力。"[①] 爱德华·阿比在《沙漠孤独》里激烈的批判了超越自然承载力的"唯发展主义"，即"为发展而发展"。他斩钉截铁地下了一个断言："为发展而发展是癌细胞的疯狂裂变和扩散"，"一个只求扩张或者只求超越极限的经济体制是绝对错误的"[②]。

20世纪70年代以来，随着人类越来越清晰地看到日益恶化的生态危机和生存危机，生态思潮越来越波澜壮阔，波及人类生活的各个领域，人类社会的各个角落。生态学开始与自然资源的利用、人口问题的解决以及人类环境问题的解决交叉在一起。生态学向经济、政治、技术、法律、社会、历史、美学、伦理、哲学、宗教等众多学科渗透，因而具有了哲学性质，世界观、道德观、价值观性质，这就有了生态哲学、生态人类学、生态经济学、生态美学、生态社会学、生态神学、生态心理学、生态伦理学、生态艺术、生态批评、生态文学、生态法学等。鉴于人类所面临的最严重最紧迫的问题是生态问题，随着生态意识和生态理解向各个领域的逐渐渗透，生态问题不仅引起了各国政府以及国际社会的普遍重视，各国在制定政策和发展策略时也开始考虑可持续因素，考虑生态平衡和环境保护。

---

① [美] 莱切尔·卡逊：《寂静的春天》，吕瑞兰、李长生译，科学出版社1979年版，第208页。

② Edward Abbey, *Desert Solitarie*, Ballantine Books, Reissued Edition, 1985.

2004年9月4日的《厦门日报》重点介绍了几位对生态美学建设具有划时代意义的学者和他们的著作，这些作品在生态文学创作领域被称为"绿色经典"，①在英语世界出版时引起极大轰动。

作为一种崭新的理论形态，生态美学对传统美学的冲击是巨大的，它直接动摇了传统美学的哲学根基——主客对立的二元思维模式，由此带来的是从理论基础到研究内容和研究方法的全方位的美学的调整与转换。

生态美学是以人与自然辩证统一关系为基础的辩证和谐美学，它以人类生存整体为出发点，以人与自然、人与社会、人与自身的和谐自由境界为旨归。总之，生态美学的出现，既是对人类现实困境的回应，反映了人类对完整的、幸福的人类生活的寻求，同时也是对现有美学理论的突破，更重要的是我们开始懂得自然对于人类的意义。

"生态文学"是生态美学的文学艺术化表现。这个词的主要含义并不仅仅是指描写生态或描写自然，不是这么简单；而是指这类文学是"生态的"——具备生态思想和生态视角的。在对数千年生态思想和数十年生态文学进行全面考察之后，可以得出这样一种判断：生态思想的核心是生态系统观、整体观和联系观，生态思想以生态系统的平衡、稳定和整体利益为出发点和终极标准，而不是以人类或任何一个物种、任何一个局部的利益为价值判断的最高标准。

传统的描写自然的文学大都把人以外的自然物仅仅当作工具、途径、手段、符号、对应物等，来抒发、表现、比喻、对应、暗示、象征人的内心世界和人格特征。"感时花溅泪，恨别鸟惊心"里的花和鸟本身并不重要，重要的是它们可以用作工具表达诗人的情感。这种写法是人类中心主义在文学里的一种典型表现。然而，在生态文学家视野中，非常反对人类纯功利地、纯工具化地对待自然。这一核心特征使我们能够在生态文学作品与非生态的描写自然的作品之间划出了一条清晰的界限。

---

① 转引自李艳妮《生态文学的美学之维》，《沈阳教育学院学报》2008年第2期。

生态文学是考察自然与人的和谐关系的文学。生态责任是生态文学的突出特点。生态文学对自然与人的关系的考察和表现主要包括：自然对人的影响（物质的和精神的两个方面）；人类在自然界的地位；自然整体以及自然万物与人类的关系；人对自然的征服、控制、改造、掠夺和摧残；人对自然的保护和对生态平衡的恢复与重建；人对自然的赞美和审美；人类重返并重建与自然的和谐等。在表现自然与人的关系时，生态文学特别重视人对自然的责任与义务，急切地呼吁保护自然万物和维护生态平衡，热情地赞美为生态整体利益而做出的自我牺牲。生态文学把人类对自然的责任作为文本的主要伦理取向。

叶广芩的动物题材的生态文学摆脱了将自然客观化的叙事方式，以动物生命尊严和道德伦理为表现的中心，把自然情感化，开辟出生态文学新的审美空间。在新的生态叙述话语下，以生态整体论的高度把人类置于生物的大环境加以内省，在与动物的平等的生存场域中审视人类精神的传承和迷失，反思人类发展的进步和遗憾，将中国的生态文学写作提升到一个新的高度。

二 叶广芩创作动物题材生态小说的原因

叶广芩创作生态主义小说，与她学者的经历有密切关系。叶广芩从身世到性格、学识、心理再到价值观念的形成，都为她走上生态主义小说创作之路准备了必要条件。

（一）生活历程

叶广芩出生于京城大豪宅，并且在那里长大。大家族的风云变幻，人生的跌宕起伏，使得她对文学有了敏锐的洞察力，这些丰富的生活阅历都为她后来成为一名作家积攒了大量的现实素材。

1968年，20岁的叶广芩离开北京，来到陕西农村插队，从此落户他乡。几十年来，她做过农民、护士、记者、编辑，20世纪90年代初在日本千叶大学学习时，开始翻译一些日本小说，渐渐发现自己也有驾驭文学创作的能力，便动手写作，产量颇丰，回国后任西安市文联专业作家。2000年以后，到陕西周至县挂职任县委副书记，长期蹲点秦岭腹地。叶广芩选择了老县城村为她的生活基地。而老县城村是道光五年在秦岭腹地建设的一座清代县城,城址夹在崇山峻岭中,山路盘迂,林深箐密,曾被人称为"高山峡谷的尽头"。由于地域的危险性以及治安的混乱,从民国初年以后,周至县城荒废了,人烟稀少,杂草丛生。1994年的时候,周至县在这里建立了动物保护站。

来到周至县的叶广芩,已经是富有创作经验和思想水准的作家,家族的变故,使她敏锐洞察人际关系的波谲云诡;出国的经历,使她眼界宽广,对于生态学有独到的感受,作为政府关注人类生态建设的官员,叶广芩带着知识分子的真诚和热情,清理和建造中国理想的生态森林环境。她与其他作家的不同也正在于此:她可以利用政府资源实践生态建设能够达到的深度和广度,凭借政治正义的力量凝聚各个阶层的有利因素,将生态文明宣传推向纵深。从生态美学的创造角度看,叶广芩的生态美学观,就代表着政府的策略和推进方向。俗话说:"言为心声。"作家叶广芩的作品,其思想高度、伦理建构、努力方向,都在生态小说中充分体现。研究她的生态小说,自然体现了当今中国政府的生态建构的部分意向。这是叶广芩创作的选择,也是中国历史的选择。

在周至县这个地方,用《老县城》里的原话说就是:"这里属天花山动植物自然保护区,一草一木均受国家保护,每只动物都是爷,许它吃你,不许你吃它;它吃你是生存,你吃它是犯法,把山民们整得整个儿没了脾气。"① 生活在充满了动物的地方,叶广芩不由自主地开始关注动物与生态保护。"我相信,任何动物都有灵性,都是能与人交流的。……我们应该像对待自己一样看待它们。"(《老县城》序)。很明显,叶广芩的生态主义思想,不是来自书本,而是来自她的基层的动物保护站的独特经验。自此后,叶广芩把文学创作的重心转移到了生态和动物的一边。从很多报刊文章以及电视台专题栏目中,我们可以看出介绍宣传秦岭山区和动植物保护已经成了叶广芩心中

---

① 叶广芩:《老虎大福》,太白文艺出版社2004年版,第95页。

的一个情结。

（二）女性特有的亲和力与包容心

当代中国文坛上，描写生态主义作品的作家很多。比如沈石溪、姜戎、徐刚、迟子建等。相比较与女性作家，男性作家的生态描写带有更强烈的功利心。他们往往把森林、动物、自然资源当成人类应该保护、利用、开发的对象，或者把人类的争权夺利投射到动物的世界，把生态主义的创作变成"成人童话"式的寓言描写。相对的，女性作家的作品，往往更自然、平和、亲切、优雅。从传统观念来讲，男性主导着社会机器的运作，社会功利心要强于女性；从心理学与生理学来说，女性更关注细节、真实、心灵，对于生灵延续更加深刻。"男性擅长于毁灭生命；女性重视保护和繁衍生命。"（西蒙娜·德·波伏娃《第二性》）西蒙娜·德·波伏娃的话语自然是带着性别的偏激，但也不是空穴来风，带着部分真理的体验。

作为一名女性作家，叶广芩以她柔软的心去刻画每一种动物，字里行间都渗透着对动物的温柔与疼惜。她将女性的关怀意识引申到对自然界一切生命存在的尊重和关爱，追求一种超越两性和谐之上的人类与自然的和谐共生。通过生动新颖的动物叙事对人性进行了深刻的反思和剖析，通过对理想之路的探寻来呼唤生态道德的完善，融注了她对生命的体悟与思考，这不单单是女作家细腻颖慧之心的呈现，也体现了古老的民族生态智慧和作家的文化视野。这不是一般"书斋里的革命"，这是一个有着敏感和宽厚心灵的女作家，在与动物和大自然的长期密切联系中，能够把自己伦理关怀的广度和深度进一步延展与推进，并赋予更多感性美学的必然选择。在她的作品中有很多地方都充分展现了人性的美丽，也体现了女性骨子里的那份温情以及对大自然的生灵特殊的关怀。正因为如此，所以作者可以把人与动物之间的感情写得很细腻。

比如在《山鬼木客》里，作者细腻地安排陈华给住在他窝棚后头的岩缝里的两只小岩鼠起了个很亲昵的名字，一个"岩岩"，一个"鼠鼠"。"鼠鼠比较含蓄，矜持而害羞，到他这儿来串门一般都比较拘谨；岩岩不行，岩岩活泼外向，坏主意也多，到窝棚来动辄就上桌，动辄就往他身上爬，很是没大没小。"① 有一只岩鼠沿着棚檐很自信地周巡了一圈，男主人公竟然认出它是岩岩，理由是，鼠鼠比这只岩鼠胖，"并且脑门儿上有两道棕色的毛，说话也不这样尖声尖气，更不会往罐头上蹲。"（《山鬼木客》）从这里我们可以看出主人公对动物的观察很细腻，言语之间是带有母性的宽厚与亲和。这种性别气质不仅把动物的活泼可爱给表现了出来，而且潜在地将生命的正义性也刻画得淋漓尽致。在她的笔下，没有战场硝烟，没有尔虞我诈，有的只是人与动物的和谐相处。

又如描写动物对人的"进攻"。其他作品中我们看到的是剑拔弩张，叶广芩笔下这个场面却显得那么淘气，甚至几分可爱："他的气味越来越清晰地传过来，他走近了，蚂蟥们兴奋又紧张地传递着信息，吸盘饱满地张开，身体努力地伸展着。近了，近了，它们清楚地看见了他那张熟悉的脸，嗅到了温热毛孔散发出的甜酸的气息，于是一个个身体由于激动而微微地战抖……终于，擦肩而过了，他好像早有所料，用棍把那几叶草茎拨开，很敏捷地迈了过去。立刻，草间响起了蚂蟥们死亡的呐喊，它们说这不公平，它们在这儿已经等了一个多月了，身体只剩下了一张皮。他朝蚂蟥们笑笑，想的是小玩闹们的思维太简单，几年来它们的埋伏地点竟然没有丝毫改变……"② 动物想吃人的血其实是很恶毒的一件事情，但作者却用她的包容心把这一举动写得温馨，让每一位读者感觉到动物和人一样有灵性、有幽默感，它们和人类一样也需要食物来维持生命，面对被捕猎的食物它们也会设埋伏等待，当然也有落空的时候。所以，其实动物世界和人类世界是一样的，它们和我们一样都经历着春夏秋冬、生老病死，不同的也许只是形体与生活方式。对于动物来讲，我们人类只是和它们生活在同一个自然界的另一种动物。我们人类总是要求和平共处互不干涉，那么我们为什么不能与动物和谐的相处而总是想尽办法破坏自然界？

---

① 叶广芩：《老虎大福》，太白文艺出版社2004年版，第89页。
② 同上书，第91页。

（三）知识女性的学养高度

"知识分子阶层是民族精神状态的最集中体现者，承担着通过辨明是非、引导开智、启蒙和提升民族精神境界的使命。伫立于市场经济大潮的喧闹中，知识分子应该始终保持一份理性，保持一份清醒，保持一份警觉，决不能随波逐流。"① 显然，知识能够给予一个人的灵魂引导是巨大的。叶广芩是中华人民共和国成立以后成长起来的知识分子，在日本千叶大学的学习经历以及从一个官方的县委副书记的资源保护视角的建立，使叶广芩超越了狭隘的人类利己主义和虚幻不实的生命伦理，站在了一个独特的高度来体察生命的真谛和开展实际的动物保护运动。

在长篇纪实性散文《老县城》里，叶广芩用历史学家的笔，生动记述了她在动物保护站期间所参与的实际的动物保护行动。她讲述了对大熊猫的寻访、对华南虎的探踪、对各种鸟类的正面接触等，甚至花费大量笔墨描写老县城破落后的景色。似乎人类的退却为动物的繁衍开辟出新的"乐土"，并且为这样的"乐土"而欢欣鼓舞。试想，中国文学中有太多的人类从自然拓展中退却的诗文，大多数人都在悲叹。"晚日金陵岸草平，落霞明，水无情。六代繁华，暗逐逝波声。空有姑苏台上月，如西子镜，照江城"（欧阳炯《江城子》）；"凤凰台上凤凰游，凤去台空江自流。吴宫花草埋幽径，晋代衣冠成古丘"（李白《登金陵凤凰台》）；"辇路江枫暗，宫庭野草春。伤心庾开府，老作北朝臣"（司空曙《金陵怀古》）。历史沧海中变幻莫测的哀伤隐隐约约、挥之不去。两相比较，叶广芩在现代生态伦理上的精神选择超越了传统中"人类中心主义"的狭隘，使动物的生命具备自身的独立性和内在价值、伦理意义。只有在超越了人类中心主义的视界之后，人才会克服自身的褊狭和盲视，才能真正感受到大自然所有生命的高贵和尊严，才能给予他们必须的尊重和理解，这是一种全新的伦理观，因为它超越了中国传统文化中只是为了人自身的品格完善而给予动物

---

① 余英时：《中国知识分子论》，河南人民出版社1997年版，第120页。

一定的保护性地位的人文立场。

更为难能可贵的是，叶广芩的动物题材的生态小说大多都写作在她家族小说大获美誉的时期。她的《全家福》《采桑子》在全国引起巨大反响，这并没有令她迷惑，她一头扎进周至县，创作生态主义文学作品。这样的果断和勇敢，没有强烈的历史责任感是不能够实现的。叶广芩一直认为写生态主义小说是她作为一个女人、一个作家、一个县委书记的使命。荒凉坎坷的青春岁月让她深深明白动物需要人类的爱护与关心，就像年少时的自己；女性特有的亲和力与包容心让她理解动物的喜怒哀乐并尊重它们的生活方式；作为一个作家，像鲁迅先生一样，她利用特殊的职业，拿起笔作为自己的宣传武器，号召更多的人去与自然界和谐相处；而作为县委副书记，她觉得呼吁人类保护野生动物不仅仅是她的工作更是她的责任。——这所有的一切都为叶广芩写作生态意识小说铺就了必然之路。她的这一类小说自然温柔，真切感人，不但彻底揭露了现代人对野生动物的残害，而且讴歌了野生动物的高贵与庄严。她把环境保护理念和生态伦理意识渗入到小说文本中，呼吁人们关注地球生态环境。这种创作趋向，在当代文坛上是难能可贵的。

三　叶广芩动物题材小说的生态特点

（一）浓厚的地域性

像陈忠实代表"白鹿原"、贾平凹代表"商州"、莫言代表"高密东北乡"一样，叶广芩的生态主义小说也具有很明显的地域性，她以秦岭山区为腹地，打造了属于自己特有的领域，形成了自己特有周至县动物书写。

首先，作品中的地域之名充满了原始生态的风格。老爷岭、迷魂岭、鬼风沟、大蟒河、殷家坪、老君岭、营盘梁、厚畛子、射熊馆、五柞宫、上林苑、终南镇等都是秦岭山区一个个真实的名字，很多还富有地域特色的风土民情：乡下人赶集喧闹的"俗世"场景；花玲和他娘吃了凉皮后留着红红的油汪汪的嘴，想要保留到让村里的人都看过；二福喝了六碗嫩豆腐和大米一起煮成的稀饭——菜豆腐；山民到集上买两条红纸，回家用碗在上边扣几个黑圈贴在门上意味着鲜亮喜庆；太婆就着一头紫皮蒜吃臊子面；陕西人把爹叫成"大"，把蛇叫成"颤"；每到秋天，渭河的芦苇塘里会歇息着成群成群的雁，直到很冷了才离开；山里的农民在冬天"雪地撵兔"；还有山民如何打发日子；上林苑的昔日与今天的对比等。形形色色的生活场景，也都是秦岭山林所特有的地域文化风情画圈。

其次，叶广芩的动物题材生态小说并非一般的虚构性作品，其中的很多故事都是她亲耳所闻，亲眼所见的事情，因此，很多作品带着真实地理风貌的印记。比如，在《老虎大福》这篇文章中，主人公叫作二福，可是他的前边并没有兄弟姐妹，在山民看来，起名大福是山里人的忌讳而已，他们习惯出于对大自然的敬畏，头生孩子从不称"大"，长子都是从第二开始排，把第一让给山里的大树、大石头、大花豹、大狗熊什么的，都是很雄壮、很结实的东西，人跟在它们的后头论兄弟。这种民俗意味着借助了它们的生命和力量，孩子就比较好养活，能够长命百岁。所以这一地区的孩子，每个人都有属于他们自己的"杨树大哥""豺狗大哥"等。这种把自然与人互联伦理的道德观念，充分暴露着秦岭山区朴素的环保意识和天人合一的精神。最后，动物的退却，并不是人类的胜利，而是大自然的缺失。比如在《老虎大福》最后，"没人知道它叫大福"，表现出深深的伤感。老虎的毁灭，就不仅仅是山林的损失，更是人类传统的缺憾。让人们充分感觉，缺少老虎的山林会给人来带来生态灾难。

作为保护山林一员的作家叶广芩，深深感觉到："动物也有它的喜怒哀乐，它们和我们一样渴求幸福、畏惧死亡，同样具有生存的意义和价值。"(《〈老虎大福〉序》)比如在《熊猫碎货》里，"山里人管熊猫叫花熊，祖祖辈辈都这么叫，山里人认为，叫花熊要比叫熊猫更准确。他们认为，熊猫是猫，猫是盘在床上、偎在火塘边的咪咪，你把它赶都赶不上山的。而花熊是熊，是活跃在山野间的黑白相间的山里的精灵。""它喜欢跟人亲近，喜欢跟黄狗嬉闹，喜欢让四女抓挠它那乱糟糟的脑袋。逢有孩子们来找兔儿,'碎货'必定在孩子们脚底下滚来滚去,不时地抱住这个的腿,不时地叼住那个的脚,高兴时还要学着黄狗的样子扭扭胯,逗得大家一阵哄笑。四女说:这'碎货',哪里是花熊,整个是一条花狗嘛。"① 回顾中国其他生态主义小说,《狼图腾》(姜戎著)带着太多的人伦思想的投射,《最后一头战象》(沈石溪著)充满着人格力量的升华和塑造,《微微风入林》(迟子建著)强调大自然的自然风景,没有动物的踪迹。叶广芩的小说既带有人和动物的警惕,也渗透着人对动物脾性逐步了解、发现的新奇。这种人伦关系的出现是生态环境改善的必然趋向,意味着人类对其他生命形式的体悟和尊重,也是人类保护自己生存环境的重要组成部分。

另外,在长期的环境保护宣传中,山民的思想也发生了很大变化。同样是在《熊猫碎货》中,在大家把夹在石缝中的熊猫救回家却对熊猫的渐趋衰弱的病情无计可施的时候,四女的爹作为村长在家里召开了一场村干部会议。"这场会议带有浓厚的地域性,是山里人独有的。按照惯例,村委会在哪个委员家开会,哪个委员就要负责会议所需要的酒水,实际上也没有什么花费,无非是准备几缸子苞谷烧罢了。说到这里,苞谷烧也属于这里独有的,是农家自制的一种酒。这种酒家家都要酿,储藏起来要喝一个冬天再加一个春天,一直喝到来年的新苞谷下来。委员们在开会的时候会围着一个火塘,然后一个大号陶瓷缸,你一口,我一口,无止境地往下传,一缸子喝光了再舀一缸子,再接着传。在这种情况下,村委会的决议往往都成了瞎扯淡,到最后谁也搞不清楚开会的初衷是什么了。很多情况是村委会以后,村干部们的子女要将他们的干部父亲架回自己的家中。"②

不仅开会的形式特别,而且大家讨论的内容也有了很大变化。"上边传过话来,让豹子坪把'碎货'先照料着,待开了春,山上的雪化些了,县上派人把'碎货'送到熊猫饲养基地去。二老汉特意问

---

① 叶广芩:《黑鱼千岁》,载《熊猫碎货》,太白文艺出版社2003年版,第72页。
② 叶广芩:《熊猫碎货》,太白文艺出版社2003年版,第14页。

了酬劳问题,上边说抢救濒临灭绝的野生动物,人人有责,当然国家也不会亏待了农民。又说,救护这样小的熊猫对当地来说还是第一回,对县上来说也是史无前例,务必要精心,这件事已经在林业部门挂上号了,真有什么差池,不但豹子坪村委会担待不起,就是县里也担待不起"。很显然,在政府的大力宣传中,秦岭山区的山民再也不是原来匍匐于生存选择的狩猎状态,也不是靠乱捕滥杀、无情掠夺的野蛮状态,一切都在政府的引导、参与中,走向自律和开明。可以说,是这片土地和秦岭山地的人文景观、社会生活,为叶广芩的生态主义小说的创作提供了大量的素材,相应的,叶广芩也用自己敏锐的洞察力发现了他们的变化,捕捉了新动态,表达了自己的欣喜之情。

(二)富有现代性的"天人合一"

"天人合一"的思想概念最早是由庄子阐述,后被汉代思想家、阴阳家董仲舒发展为"天人合一"的哲学思想体系,并由此构建了中华传统文化的主体。"在自然界中,天地人三者是相对应的,同形同构。"(季羡林语)《庄子·达生》曰:"天地者,万物之父母也。"《易经》中强调三才之道,将天、地、人并立起来,并将人放在中心地位,这就说明人的地位之重要。天有天之道,天之道在于"始万物";地有地之道,地之道在于"生万物";人不仅有人之道,而且人之道的作用就在于"成万物"。再具体地说:天道曰阴阳,地道曰柔刚,人道曰仁义。天地人三者虽各有其道,但又是相互对应、相互联系的。这不仅是一种"同与应"的关系,而且是一种内在的生成关系和实现原则。天地之道是生成原则,人之道是实现原则,二者缺一不可。

这种依靠伦理观念建构出的"天人合一"观,强调的是大自然与人的和谐相处的重要性。说起动物与人的关系,在《太平广记》中有大量的描写,不过,《太平广记》中对动物,多集中在"灵异""精怪""狐鬼"等传奇性的篇章中,笔法灵诡,情节简单,充满着人类对于动物的警惕、讶异和嘲弄。蒲松龄的《聊斋志异》也是这样的作品,只不过,篇幅增长,人物形象卓异,情节更加饱满离奇罢了。无论是菊仙、狐仙、狼精、虎怪侵入人世间,还是人误入仙界、鬼境，都突出故事的新奇，对于这些动物的认知缺乏真诚和平等。

"'现代性'是一种新的、与以前不同的社会秩序，强调创新、进步的权力和知识效应，要求以启蒙主义理性原则建立起来对社会历史和人自身的反思性认知体系。"① 这种思想文化以推动社会向既定的理想目标前进为最终目的。环境问题也是现代性所要面临和解决的问题。这就意味着，传统的动物与人交往的方式势必受到新思想的挑战，建构更加具有人文精神的理想目标是当代生态主义作家的历史使命。实际上，它已经成为有中国特色的社会主义的有机组成部分。

叶广芩自然生态主义写作的内在精神恰恰吻合了传统的"天人合一"的自然生命观，突破了灵怪小说的不实之处，强调自然是在多样生命的和谐共生中存在的，历史也是在人类文化的多声部合唱中演进的，任何强势的扼杀和专制的裁断，最终都会伤及人类及其文明自身。

首先，叶广芩喜欢在生态小说中融入实践精神。应该看到，所有的生态主义小说都具有反思精神，呼吁人们对于动物物种、自然环境进行关注，改变"自然服务于人类"的思维模式，但是，叶广芩的小说充满着实践精神。这不仅表现在她小说中的事情都是现实生活中的再现，而且还表现在字里行间的"拯救环境就是拯救人类自己"的意识。其次，叶广芩的小说集知识性、趣味性、反思精神于一体，丰富人们的知识，挖掘理论深度，增添阅读兴趣，是当代生态小说中独具特色的一支。

知识性是叶广芩小说富有现代化的首要特征。《山鬼木客》中先引用了《九歌·山鬼》（屈原著）的句子开头；紧接着开始介绍天花山脉的气候、地质特征等地理知识；然后描述了《山鬼图》，再介绍明代学问家王夫之对于"山鬼"的解释；最后回顾历史上关于"山鬼"的种种记载和揣测……一篇小说，饱含着科学知识、历史典故、古典诗歌、绘画艺术，如此丰富的知识，使读者在阅读趣味中，收获知识百种，扩大学习视野，增加反思的深度，有举一反三之功效。

---

① 温奉桥、李萌羽：《现代性视野中的20世纪中国文学》，中国海洋大学出版社2007年版。

另外，叶广芩的生态主义现代性的"天人合一"，不仅指人与自然的和谐相处，在作品中同时还表现出：当人类的脑海中出现想要捕杀动物的欲念，或者人与动物之间将要发生事情时，天气就会表现出不同寻常的征候。比如《狗熊淑娟》中，在李尧踏破铁鞋千辛万苦终于打听到淑娟的消息时，在李尧把淑娟挤在笼边的爪轻轻地捏在手里摩挲着，而淑娟突然冷不丁站起来腾出一只爪子猛向李尧扇过来，在淑娟的左掌变成了一餐桌上的佳肴之前，"西天即将沉落的太阳用它长长的日光将赵家集的房屋刷出最后一片辉煌，将天与地染出奇异怪诞的不正经，把小镇染得完全变了模样而显得陌生"。"有人说这是光煞，说老天爷要闹脾气了，逢光煞总要出点什么事情。"① 日光把小镇染得陌生，预示着有不祥的事情即将发生。《老虎大福》中，二福和爹路遇大福，"二福和爹下到沟底，天就阴了，天空开始飞起了小雪花，渐而变作了小冰粒，敲击得山间草木刷刷作响"，"林子越发暗了，一阵风起，把漫天的雪搅得乱七八糟，雪粒拍在脸上，生疼"。"在一块湿地上，清晰地印着几个巨大的梅花脚印。那脚印辐射出威严与杀机，让人触目惊心。"② 人与虎狭路相逢，虎却没有攻击人，其中的奥妙，成为悬念吸引读者阅读下去。《黑鱼千岁》中，儒去捕鱼的那一天，山洪刚刚暴发，"太婆立在房檐下，看着头顶旋转的黑云而忧心忡忡，山水来得这般快捷，这是她有生以来头一回遇到的，这边还没有下，那边的水已经到了，不合规矩。"③ 这块黑云预示着儒的悲惨命运。

事有变而天呈异相，是中国古代"天人合一"思想的内容，历经数百年，叶广芩的小说中仍然保留了这样的情节。猛一看，似乎是文学手法的重复，仔细阅读，怪异的天气，是作者对生命的异化的铺垫。淑娟面对面容憔悴、衣衫褴褛、满身酸臭味的李尧也陌生了，昔日熟悉的呼唤声与气味也只是让它懒懒地睁了一下眼睛，似乎想起什么也似乎什么也没有想起。这是它对人类绝望的表现。《老虎大福》中老

---

① 叶广芩：《狗熊淑娟》，载《黑鱼千岁》，太白文艺出版社2004年版，第206页。
② 叶广芩：《老虎大福》，载《黑鱼千岁》，太白文艺出版社2004年版，第62页。
③ 叶广芩：《黑鱼千岁》，载《黑鱼千岁》，太白文艺出版社2004年版，第14页。

虎死了，山林缺少了精灵，是作者对人类的悲悯；《黑鱼千岁》里，人鱼对决，共赴死亡的结局，是悲剧，提醒人类的反思。这些，都是在貌似传统的写作中，渗入作者的反思和警醒，也是人类对于理性未来的呼吁。

（三）生态伦理下的人性反思

叶广芩在她的动物题材小说中，以动物为视角反复不断地、不厌其烦地告诉读者要与动物和谐相处。并列举了很多人类残杀动物的后果，以及动物带给人类的好处。例如：

在《老虎大福》中她着重表现了人与自然的"双输"。二福的爹在错认为老虎吃了他的妻子及儿子之后，带领一队人马愤怒地朝大福开了枪，但当看到大福那双清纯的、不解的、满是迷茫的眼睛，听到它凄厉痛苦的吼声之后，人群显得十分的无力，没有胜利者的喜悦，更没有复仇的快感，反而头脑一片空白。毕竟这是秦岭里的最后一只老虎，毕竟比起那些受食欲刺激而去吃熊掌的人类，它只是想吃东西来维持最起码的生存。最后妻子及儿子的出现证明二福爹为了复仇猎杀老虎是错误的，而"黑子"把二福爹最看重的老虎胆吞了的举动证明二福爹输了个彻底。

在《黑鱼千岁》中作者想告诉我们，动物和人类一样也是有感情的，也有喜怒哀乐，也会为了生存而抗争，甚至以不惜生命为代价。那条为同伴复仇的黑鱼就非同小可。它不但知道山洪何时暴发，更知道捕鱼人的心理。它先装死搁浅在浅水，诱惑捕鱼的儒涉河而来。在被石头狠砸着时它亦不作反抗，让儒真的以为它死了，但是一到深水中，它就凭借顽强的意志与儒搏斗，最终为同伴复了仇。

而在《长虫二颤》中，长虫坪的人从不吃蛇，就是以前取胆也从不杀射而是给它敷些草药放生。三老汉说："要是为了治病救命，用多少蛇胆长虫坪的人都不在乎，长虫坪的蛇们也不在乎，那是积德行善的功德，怕的就是无辜杀生……"① 作者借村民的言语呼吁人们爱

---

① 叶广芩：《老虎大福》，太白文艺出版社2004年版，第162页。

护动物，毕竟我们很多时候是需要它们的。

至于动物带给人类的好处就更多了，除了治病，像蛇胆可以祛痰镇惊、清窍平肝之外，动物还可以给人类带来无穷的快乐，像"碎货"病愈之后人来疯，在孩子们脚下滚来滚去不时地抱住这个的腿那个的脚，高兴地时候还要学着黄狗的样子扭扭胯逗大家哄笑；像狗熊"淑娟"在地质队时逢饭必吃，遇被便钻，在帐篷内外为大家调笑解闷，到动物园之后扭动肥大的臀部与粗壮的腰肢引得大家阵阵欢笑，等等。

《猴子村长》里猴群的伦理与人性存在着隐喻性。猴子具有类似于人的伦理，它们有血缘种族，有责任意识和亲密情感。长社父亲在为自己的父亲重新建坟时回忆起父亲去世当天晚上遍山的猴子哀鸣为其送行的情景，不禁叹到猴子"是多么仁义的东西啊！"《猴子村长》中这种充满了人与人、人与动物、动物与动物之间的生态平衡伦理关系，表达了动物的情感能力对人类情感的启蒙和生态道德的塑造。猴子之间存在着母爱，生命之爱，人与猴之间也存在着基于普遍生命之上的尊重。长社父亲是村里唯一不支持捕猴的，他披着从未穿过的猴皮大衣走向猴群去救它们，却被当作猴子打伤，当他意外地出现在捕猴现场，人与猴子的矛盾随即转化，从敌对到善意。这种转化归根到底是一种人与自然生态关系的修正，也是人与自然的情感应和。通过长社父亲这一"生态英雄"的形象[①]，作品传达出了尊重生命、维护生态和谐持久的讯号。"看到了母猴喂完小猴用手遮住眼睛流出的眼泪，他永远地放下了猎枪。""我们不能对母亲开枪"，这是一种朴素的生态意识，也是一种人性的反思，是生态意识中人对生命的敬畏和对道德的尊崇。

在生态问题上，我们更多面临的不是如何约束自身的行为，走出人类中心主义的唯意志论、唯发展论的局限，更重要的在于树立生态意识发展观。这是一个社会性的问题。在社会发展的过程中，人的主

[①] 王诺：《〈不要直击白天鹅〉与生态英雄》，《中国绿色时报》2006年2月9日。

体性价值确立的同时也埋下了人类中心主义的隐患。面对自然生命，去征服还是妥协？人的创造力和动物的原始力彼此间形成了一定的角力，一方面人性与兽性彼此抗衡又互相交融；另一方面人类保护自然的行为受着来自社会主流意识以及客观条件的制约，这些裂痕只有通过人的道德和意志因素去弥合。

（四）母性的光辉成为生态小说中最美的一笔

"凡一切有知有情，无不有母亲。有了母亲，世上便随处种下了爱的种子。于是溪泉欣欣地流着，小鸟欣欣地唱着，杂花欣欣地开着，野草欣欣地青着，走兽欣欣地奔跃着，人类欣欣地生活着。万物的母亲彼此互爱着；万物的子女，彼此互爱着；同情互助之中，这载着众生的大地，便不住的纡徐前行。懿哉！宇宙间的爱力，从兹千变万化的流转运行了……（冰心《悟》）显然，在冰心的笔下，母性具有生命立基的唯一性，超越时空的永恒性，分担苦弱的救世性。

在叶广芩的笔下，母性的温暖和养育是生命成长的"土壤"。在物种遗传中，母性的功能是不能轻易被破坏的，造物者赋予母亲型的角色特定的智能特征和道德特征，使得这些特征和生命的成长获得统一和应和。比如：母亲对于是与非的判断，对于一些琐碎细物的容忍力，对弱小生命的爱怜，具有认真照顾弱小的欲望，等等。"女人是为这个世界创造生命的。"（西蒙娜·德·波伏娃《第二性》）在叶广芩的作品中，母性的光辉不仅成为她作品中抚育动物的动机，而且也是表现生态平衡的重要理论基础。她以敏感、真诚的心灵，最全面、深刻地感应表现了生态文学中母性的种种形态，并且将其化入了她独特的叙述声音中。

比如，在作品中，经常出现给动物命名的情节。一只动物无意中进入人们的视野，人们会像母亲一样给大多数动物主人公起名字，像"老虎大福""熊猫碎货""狗熊淑娟"，这样的情节就像喻示一个新生婴儿的诞生。

另外，在一些特殊的阶段，如动物幼年时节，总有人扮演"母亲"角色哺育幼兽的事情。在《熊猫碎货》中，当大家把熊猫救回村长家想喂它食物给它疗伤却无能为力时，四女的娘在众委员的议论中，"不动声色地抱起了小熊猫，就像当年抱着四女和兔儿那样，她将'碎货'轻轻地搂抱在怀里，是母亲对婴儿的搂抱，亦是生命与爱的传递，'碎货'似乎感觉到了什么，微微地睁了一下眼睛。四女娘接过四女手中的奶瓶，几滴奶滴在小熊猫的嘴边，于是唤醒了小熊猫的回忆或者是复苏了生的本能，小熊猫以极快的速度叼住了奶瓶，慢慢地吸吮起来"。(《熊猫碎货》) 在《狗熊淑娟》中，幼年淑娟在地质队中度过了快乐的童年，大家对它照顾得无微不至，并且在后来的日子，林尧像一位母亲，亦步亦趋，辛辛苦苦，为保护和养育淑娟四处奔波，这种"需要—被需要"的关系，是母性保护弱小群体的再现，正是这种亲密、单纯、执着的关系，才使最终的悲剧富有抗争、控诉和批判的意味。

除了直接有"母亲"形象和动作的介入，叶广芩的作品中，潜在的叙述话语是母亲型的。创作生态小说时的叶广芩，已经到了人生的秋季，从年龄上看，已经不再是青春少女，而是富有学养的知识女性，因此，在她的小说中，我们很容易就发现在叙述语调中的母性情态，就像笔端的迷雾，到处弥漫，但又吹不开，望不透。叶广芩在《老虎大福》中，描写一个智力有问题的儿童，"二福明白，再过几个月娘就会给他们家生出一个三福来。二福没有兄弟，二福常常感到孤单，所以二福就盼着娘早点生，好让他和三福早点见面"。有一点傻的二福在上学的路上碰见了老虎："其实老虎早就看到了二福，在二福坐下来吃洋芋的时候便落在了它的视线中，许是吃饱了，它现在懒得搭理这个小人儿。"① 无论是第一段对于二福心理的描绘，还是后一段对于大福心理的揣测，叶广芩的叙述都包含了爱的因子，母性的光辉。仁慈、温存、宽容和亲和是描绘大山动物的准确的叙述基调，是表现生态意识的诗意的细节，唯有爱，才能完成对人类完美梦想的"桃花源"式的追溯，才能表达良知的崇高，才能完成对生命的礼赞。可以

---

① 叶广芩：《老虎大福》，载《黑鱼千岁》，太白文艺出版社2004年版，第52页。

说，在叶广芩的生态小说中，对动物的疼惜之情处处可见，在众多的悲剧诞生的大自然的故事中，母爱的光辉成为救赎人类罪恶的终极力量，不仅人类社会的存在需要它，人类的哺育需要它，未来的大自然的完善和救赎更需要它。

同样表现出作者的母爱意识的文章还有小说《猴子村长》。小说中的侯家坪是秦岭深处的一个小山村，20世纪60年代发生天灾人祸时，山里饿死了人，村人便大肆捕杀金丝猴为食。在一次围猎金丝猴的行动中，村长侯长社的父亲侯自成和奉山老汉一块儿追捕带着两只小猴逃跑的一只母猴。母猴被逼无路可走。侯长社和侯自成同时举起了枪，正要射击时却看到了奇异的一幕："母猴突然做了一个手势，两人一愣，分散了注意力，就在这犹疑间，只见母猴将背上和怀里的小崽儿一同搂在胸前，喂它们吃奶。两个小东西大概是不饿，吃了几口便不吃了。这时，母猴将它们搁在更高的树杈上，自己上上下下摘了很多树叶子，将奶水一滴滴挤在叶子上，搁在小猴能够够到的地方。做完了这些事，母猴缓缓转过身，面对着猎人，用前爪捂住了眼睛。母猴的意思很明确：现在可以开枪了——母猴背后映衬着落日的余晖，一片凄艳的晚霞和群山的剪影，两只小猴天真无邪地在树梢上嬉闹，全然不知危险近在眼前。"① 正是这伟大的母爱之举感动了猎人，使他们不由自主地放下了猎枪。这样的故事情节，展现出作者对于母亲意念的赞美，对于动物界母性表现的坚忍、爱和牺牲精神的礼赞。而叶广芩的生态主义小说也正是因为洋溢着伟大的母爱，所以感动了万千读者。

四 叶广芩动物题材小说的生态美学意义

在现代文明给人类带来畸形的物质享受的同时，自然界的动物正在逐步地减少，有的甚至濒临灭绝。试想，在没有动物生存的星球上，人类再也不会拥有与动物相处的乐趣。这就造成文学对生态

---

① 叶广芩：《老虎大福》，太白文艺出版社2004年版，第135页。

主义小说的关注。

近年来,叶广芩由家族小说转化到生态主义小说,艺术视点高移,由对人类自身的关注放眼观望天地万物,考察其他生命形式的存在状况。她的创作不但彻底揭露了现代人对野生动物的残害,而且讴歌了野生动物的高贵与庄严。叶广芩把环境保护理念和生态伦理意识渗入到小说文本中,其用意在于唤醒人们关注地球生态环境。作家涉笔"动物世界",倾力于人与自然关系的现代性思考,从新的角度深化了作家一贯坚持表达的人性命题,使创作直逼浑朴大气的艺术境界。叶广芩创作关注点的这一转移,以秦地文化和关中风情为题材资源而结出新的文学果实,对陕西文学来讲,当然是别具建设意义。

首先,对于生态主义小说来讲,它的意义很明确。呼唤大家与动物和谐相处,营造一个天人合一的生存环境。叶广芩生态文学用富有现代性的"生态的平行视角"赋予动物生存与人的平等性,它意味着人类放弃了强力话语的权利,在自然的生物场中进行生命平等意义上的言说,意味着彻底摒弃了工具化的、功利化的叙述方式,关注和表现"动物的尊严",生命的平等观和敬畏感,在她的笔下化作悲壮的力量,警示现实。

其次,叶广芩的作品不再单纯以人的眼光去看自然,感受动物的怜悯,而是赋予动物主体性的感受,摆脱了以往用人的道德和理性去评判动物行为的窠臼,展现出动物丰富的内心世界。比如在《猴子村长中》,母猴给幼崽喂奶后无奈的面对猎人的枪口,而老猎人从此后不再狩猎,那不是追悔,而是对生命的一种顿悟,是对人类行为的一种反思。其实道理很简单:能感受到快乐和痛苦的不仅仅是人类,动物也同样,它们的生命是极有灵性的,有它们自己的生命尊严,而作为人类,我们应该给予理解和尊重,或者表现人类与动物共同面对的精神困厄与生命困厄。

生态文学展现的其实是同一生态场域中不同群类之间的关系。人类与动物之间始终存在着对立统一,从人类中心主义的角度来看,动物具有工具性的价值;而从生命本体的角度来看,动物同样具有和人类相通的族群伦理。叶广芩的生态文学正是以动物伦理的展示，表达出人与自然沟通的渴望以及存在的情感现实障碍。在众生平等的意义上反思人类发展过程中人性的得失，在普遍的道德感基础上反思人类唯意志论，唯发展论带来的诸多异化。

最后，叶广芩的生态文学为我们展现了一种伦理的交织，其更深层意义还在于对人性的反思。动物族群伦理始终与人类的价值观念存在着相互对立和映照的一面。正如叶广芩所说："大自然万物存焉，活泼泼的生命完全无须借助魔法便能对我们叙述至美至真的故事，自然界再小再不起眼的生命也有彼此通情达意的信号，了解了它们，就跟戴上了所罗门王的指环一样，虽不同种，也能跟它们建立互相了解、极其亲密的关系。关键在于我们的心。"[①]

总之，作为人类，我们要学会用动物的眼光来理解自然，解读生存。存在着就是合理的，我们要尊重并且珍惜每一个细微的生命，尊重珍惜老天爷赐给我们的这片山林以及存在着的每一个生灵。这是叶广芩的生态意识，也是每一个现代人应该具有的文明、正确的生态主义价值观念。

---

① 叶广芩：《老虎大福》，太白文艺出版社 2004 年版，第 225 页。

第九章 冷梦小说创作论

冷梦（1955年生），女，原名李淑珍，生于中国陕西西安，中国作家协会会员，国家一级作家，中国农工民主党党员，陕西省作家协会副主席，陕西省艺术研究所专业作家，陕西省文化厅艺术创作中心创作人员，陕西省政协委员，陕西省"三五人才"，享受中青年专家政府津贴。1982年毕业于宝鸡文理学院中文系。1973年开始文学创作，已发表小说、散文、报告文学、电视剧、文学剧本、美学论文论著共计400余万字。其作品荣获首届全国鲁迅文学奖，首届中国人民解放军图书奖，陕西省第五届文学奖，西安首届女作家奖。长篇小说《天国葬礼（上、下）》（群众出版社1999年版）和《特别谍案》（群众出版社2000年版）是其早期小说的代表。《西榴城》被誉为"西部文学的魔幻现实主义"手法的代表作，她的民主知识的创作思想，建构出西部文学小说创作以知识范式引领文化的思潮，有很大的影响力。

第一节 战争题材小说的伦理探索

冷梦说："我写《天国葬礼》，就是人间太不公正，我的主人公周励在他被枪毙几十年后，虽然被平反，覆盖上了党旗，实际上他的是非功过已经是用人间的法律、道德，甚至是用历史眼光也无法评判了的。我想他只有到天国去，在上帝面前才能完成他这样一个人的最后的评判与赎罪。……因为我写《天国葬礼》，实际也是对我以往的许多信念的一次狂飙式的震撼。"①

　　首届"鲁迅文学奖"得主冷梦撰写的反映中华人民共和国最大一起间谍冤案始末的长篇小说《天国葬礼》,1999年1月由群众出版社推出。这部根据真实档案改编的长篇巨著,历史而艺术地再现了在波诡云谲的20世纪三四十年代里,中共秘密特工与国民党中统、军统特务展开的一场殊死大决战。他们且生且死且荣且辱的铁幕人生和凄艳爱情,宛如一部雄浑而悲壮的命运交响曲,悠悠回荡在历史和现实的天空。作品着力塑造了我党特工辜凌森、周励、韩扬等艺术形象,生动地表现了他们为共产党人事业至死不渝的坚定信念,为新中国的诞生虽九死而不悔的传奇的奋斗历程。冷梦并没有用二元思维的方法来写周励的人生,而是从伦理深度探讨"救赎和审判"的界限问题。

　　"当你读明白了周励一生的那一刻,将是你生而知生死而知死死生相知的时候。"(《天国葬礼·自序》)《天国葬礼》一开始,冷梦就以一种白日见鬼般的惊诧与郑重,向人们宣告了她的主人公周励不凡的个性及其人生,并以自己被"命定"的视角来解析这一人物所包含的深奥难解的秘密。的确,当我们读完这部小说时,会理解冷梦的感受——因为,像周励这类人物形象,求诸中国文学史,似乎还未有先例。而这一人物形象的出现,确实为人们理解历史和人性的复杂性推开了一道尘封已久的大门。

　　在这道大门后面,冷梦分明看见了许多令她心悸、令她震惊的事情,她通过周励之口这样写道:人世间的许多事情,并非至善,也非至恶,善恶之间,其实是有一条荆棘小径,遗憾的是从来没有人踏上过它。冷梦勇敢地踏上了这条神秘小径。

　　她看见了一个"一半是天使,一半是恶魔"的双重间谍周励,并在这个人身上发现了人性本身所具有的某种难解之谜。

　　周励原是共产党人,30年代中期被国民党逮捕叛变并加入中统,后又与我党取得联系,为中共提供了大量极有价值的情报,其间曾二

---

① 高山松:《为社会思考的作家——冷梦》,《前进论坛》2009年第3期。

次入党。1949年后以反革命罪被枪决。32年后获平反。

表面看来,这只是一桩简单的冤案及其被平反的普通故事;深入考究,却并不那么简单,周励的故事实际上已经触及了救赎与审判这样一些人类古老而基本的命题。

首先是救赎问题,即一个人一旦犯了罪,能否通过忏悔或是将功补过而获得宽恕?对于一些小的过错,人们是倾向于宽恕的。然而,当一个人所犯之罪涉及一些人本的道德范畴,如背叛、乱伦、杀人等,人们对应否宽恕的态度就变得比较复杂。佛教是可以宽恕的,它认为:放下屠刀,立地成佛。基督教的宽恕只能通过上帝之手在最后的审判中得以实现。那么,中国人对于背叛的态度又是怎样的呢?一般来说,中国人对于过错基本上是持一种"改了就好"的态度,所谓"浪子回头金不换"。孔子也曾说:过则无惮改,知耻近乎勇。但是一旦过错涉及民族大义或者古人所谓的忠孝节义等,宽恕就变得很难了。例如,秦桧夫妇的铁像在岳坟一跪千年,至今还遭千人唾、万人恨!不过,总的看来,由于中国人持性善论的观点,因此一旦犯了过错,人们的忏悔往往局限于过错本身,很少牵涉对人性善恶之类深层问题的思考,不像西方人一有过错就同人性恶联系起来,就认为是"原罪"的表现,因此忏悔起来就异常地深刻。这种忏悔我们可以在托尔斯泰的《复活》、陀斯妥耶夫斯基的《罪与罚》中看得很清楚。在西方基督教文化中,最终的宽恕确实很难在人间得以实现。宽恕是上帝的事,是死后才得以进行的。再来看佛教,尽管佛教的宽恕似乎能够在现世中得以实现,但是佛教宽恕的前提是去除一切欲望,即所谓看破生死、一是非、同善恶,这种生其实同死也差不多。也就是说佛教的宽恕也只能在一种寂灭了生的意志的前提下才可能实现。

根据以上分析,再来看周励,我们可以看到周励的忏悔基本上是中国式的,即他的忏悔并不涉及人性善恶等深层的问题,也不在去除了生的欲望后于所谓的大彻大悟中得到精神的解脱上,他的忏悔方式是企图通过努力建立奇勋来洗刷污迹,也就是说,在周励看来,他的背叛并未破坏他本质的善良和纯洁,背叛之于他本人只是白璧与污点的关系，通过努力是可以洗净污迹，重获新生的。然而，周励这一人物形象的深刻之处在于他在洗刷自己的过程中，即在从事双重间谍的生涯中，身不由己地要让自己的双手多次沾满鲜血，包括共产人和革命志士的鲜血。例如，中共地下武装组织"西北人民自救军"的被破获，工人地下党员的被严刑拷打，杨伯敏、谢佳媚的叛变等，尽管有各种理由可以辩解，但周励本人却难逃干系，难逃良心的谴责。于是在忏悔和洗白自己的过程中，周励就不能不陷入了目的与手段的矛盾中，即为了达到悔过自新的目的，他就不能不再次犯罪。这种矛盾撕扯着周励的灵魂，使他在忏悔的路上离他的目标越来越远。到最后，周励发现，他的罪行在人间其实是无法洗净的。他终于领悟到：一个真正的特工——确切地说是一个双重间谍——"他活着，犹如死去；死去，才犹如活着。活着，他不能属于自己；死去，他才真正属于自己。生死界限，对真正的特工是不存在的。因为连他们的生命本身，也只是为了证实一种能力，一种假设，一种拥有各种情欲却被消灭了各种情欲的存在状态……"（《特别谍案》冷梦著）也就是说，他认识到他那种通过建立奇功来解脱自己的企图是无法实现的，即使三十余年后获得了平反，就周励个人而言，他自己也难以给自己真正平反，救赎只能在死后方能得以实现。因为忏悔一旦不能深入灵魂，而只求助于外在的事功，亦即双重间谍的技术上近于完美的表现，那么这种忏悔是徒劳的，因为这种表现仅仅是一种与灵魂的净化无关的纯粹的技艺。当周励明白了这一点，也就明白了他人生真正的悲剧所在——他的自我救赎仅仅具备了成功的外表，而缺乏成功的内核。

再来看看审判。对于周励的一生，有两次审判，一次依其罪过判其死刑；一次依其功劳判其无罪。后一次审判代表最后的审判，于死者于生者都不再有什么愧疚，良心都得到了平静。但在作者，却又分明不满足于这样的结局。她仍在追问：这，难道就是最后的裁判吗？因为她分明看见，周励依其罪过，确该判处极刑；依其功劳，又确该进入革命公墓，也就是说，功过是非，天使恶魔已经血肉相连、水乳交融地统一于周励的性格和人生之中，任何单一的裁判都难以完全触及周励的复杂性格，更难以触及其灵魂。因为人间的评判标准毕竟过于简单，而用这种简单的标准来评判一个复杂的人时，标准便显得狭隘而苍白。两种截然相反的结论实际上只触及了周励性格的不同方面，而其真实的本性超然于这审判之外，它代表了一种复杂的存在，欲对其加以审判，尚需要另外的标准。

为什么这么说呢？因为周励一生在魔窟十六年，他的确在忠诚地为党工作，但同时他又五毒俱全，声色犬马，左右逢源，他"为自己找到了堕落的理由以后便堕落得极其彻底，而且，从堕落中尝到了堕落独特的快感。"事实上，就理想与个人的关系而言，周励的确从来不能真正做到无条件地牺牲自我以服从理想的需要，而是将理想当作自我成功的一种手段，因此，他的思想和行为就不能不带有强烈的个人英雄主义色彩。与此同时，他的双重间谍的身份，又导致了他性格的权威、乖僻、冷酷、残忍等恶劣品质。对于这种"半是天使半是恶魔"的复杂人格，作者确乎感到了评判标准的缺失。

在冷梦看来，对周励的审判是法律的审判所难以偿清的，甚至连道德的和历史的审判也有难以弥补的缺陷。例如，从道德上看，我们难以对周励下简单的善恶定评，因为他既善且恶，既恶且善，处于善恶之间的复杂状态。对于这种矛盾，在冷梦看来也深感棘手，将原书的名称《秘密警察档案》改为现名《天国葬礼》，表明作者这样一种态度。

对于周励，冷梦自认为是其命中注定的解读者，但是当我们跟随她的笔触走完了周励的神秘的人生旅程时，就会发现，即使对于作者来说，周励这一人物仍然有着许多未解之谜。正由于这一人物身上仍然存在许多阴晴难测、晦明难辨的因素，因此，作者的笔触就不期然地走向了神秘。事实上，作者在本书开头和结尾的带有神秘色彩的描写，绝非故弄玄虚。这种安排表明周励这一人物性格中所具有的非理性因素在作者心灵深处所唤起的真正神秘感，因为无法解释，所以必然似鬼若神。而也正在这略带神秘的氛围中，作者将周励这样一个复杂多样的人物形象，将人性中阳光尚未照到的角落、将非善非恶神秘小径上的怪异风光，第一次深入而赤裸地袒露在了读者面前。

总之，冷梦早期的小说，以战争题材为主，但是她不重视国共两党正面战场上的血腥屠杀，而强调在特务生涯中暴露的人性问题。她的作品重视伦理的思想性，战争的主题并不纠结在胜利或失败的长短上，而关注战争结束后处于灰色地带的人群，如何正确评判，把他们写入中华人民共和国的胜利史册中。除了《天国葬礼》中周励的命运，还有《特别谍案》中6个被冤枉的谍报人员。仅仅因为一个简单的承诺，就大量为延安发送情报。解放后被认为贪功，蒙受冤枉。后来经过调查，洗清冤屈。这样的故事情节，和《天国葬礼》有一点差异，但都是关注战争伦理问题，记录西安解放战争过程中的艰辛和人物命运的波折。这样的写作手法，与其他作家只描写战斗英雄正面遭遇的故事不同，涉及英雄在荣誉及冤屈面前的宽容气节和坚定理想。从哲学方面推动正义力量的延展，思力深刻，内容新颖，情节引人入胜，在解放战争题材小说中独辟蹊径，是难得的谍报小说的代表之作。

第二节 《西榴城》里知识叙事的文学范式

《西榴城》（太白文艺出版社2011年版）是西安女作家冷梦的新作。她用一个美学硕士的知识理念创造了一个新帝国——"西榴城"，该城市的政治罪恶主要是谎言和专制，并且代代相传，只是随着南山冰窟120位游击队员尸体的发现，一场真理与谎言的斗争进入白热化状态。一方面，作品要陈述社会现实的事件进程；另一方面，作品要凭借知识的力量驳斥庸俗的"和光同尘"的生存态度，试图以民主知识之正义精神推动西榴城的政治体制建设。

《西榴城》与其他的小说有很多不一样的地方，但最大的不一样是：文学创作中对各种知识的统筹和使用。文学需要知识的支撑，早已不是新鲜的命题，《红楼梦》中各种知识淤积，被称为是"百科全书"。即便如此，把《西榴城》的知识和《红楼梦》相比较，《西榴城》中的知识仍然散发着现代知识的睿智和英武。尽管它也有关于民俗、音乐、医护保养等方面的知识，比如，黑龙和白龙的传说、西榴城的由来、城隍庙、祭祀等，但《西榴城》最集中、最完整、最精粹的知识是有关民主政治、国家管理方面的。正是这些知识的合理使用，才使小说在塑造情节、追查案件真相、构建人物、判定善与恶的界限等方面，表现出不证自明的合法性和理论高度。

一　民主正义的审判：西榴城是一座不道德的城市

西榴城有两千一百多年的历史，它却是一座被谎言包裹着的城市，一座不道德的城市样板。该城市的政治执行是缺乏民主监督和自律原则的，因此，无数的悲剧和惨案就发生在这里。在谎言中，薛棣含冤死去，薛府上下被满门抄斩；在谎言中，赵男和王女被人追赶着逃入深山，连同他们未出世的儿子，活活冻死在山里；在谎言中，被欺骗的120名游击队员死在冰窟；在谎言中，甫氏一家13口饮毒而死；在谎言中，甫和惠、甫和泽、甫和民兄弟三人相继谢世；在谎言中，陈济时、满春虎为120位烈士立下高高的丰碑，令后世子孙世世代代顶礼膜拜……一句句谎言似一把把锋利的刀子，切割了无数冤魂，造就了无数的人间悲剧。在两千年的发展历程中，人性的麻木和愚昧从来没有觉得谎言有什么令人警惕的，但是，甫氏家族拼上13条性命，要换取一次家族成员成为法官的机会，强烈渴望用真相来质疑专制。因此，才有了满小玉的记者身份和陈虹刚的法官身份。但是，利益的诱惑腐蚀了陈虹刚的脊梁，他在充分弄清楚事件的真相的情况下，贪图官位，享受既得利益，忘记了家族的仇恨，烧掉了唯一的证据，使真相永远失去了大白于天下的机会。人性中丑恶的一面在这座城市里被戏剧性地夸张、夸大，黑暗如此强大彪悍，使人失去了探索真理的驱动力。最后，小玉不得不点燃了西榴城最豪华的一座酒店，把自己白璧无瑕的人格和陈虹刚肮脏不堪的躯体一起毁灭于鸿运大酒店里。高贵和污秽同毁，纯洁和肮脏共亡，但是，白面人（虚伪人格）仍然在西榴城的上空肆虐、奔走、寻觅，寻找另一个制造谎言的机会。

以上是《西榴城》的故事梗概。在这场真理与谎言的较量中，真理的力量是软弱而单薄的。蒙受冤屈的人，不仅挑战世俗之人的麻木、愚昧、胆小，而且还要面临自身心理、价值观的困扰。尽管困难重重，希望却像萤火虫的光脆弱而飘忽地存在，甫家老太冒险和魔鬼做交易，用阖家13条人命，换取家族出现一名法官，试图借权力还真相一个机会，这种博弈是知识高度所提炼出的信念教育，从这个角度看，《西榴城》是一部张扬民主知识能量的创新之作。

沃斯通克拉夫特（Mary Wollstonecraft）在《为女权辩护》里谈道：农耕社会是一个依靠体力建构出来的社会，所以，男人的社会地位要高于女性，但是，未来的社会是一个依靠知识来建设国家的社会，女性一定要抓住这个机会，贡献自己的才能和智慧，以此取得和男性同等的社会地位和生命价值。① 冷梦的小说，就是依赖知识来建构正义力量的尝试，这是用感性来阐释沃斯通克拉夫特观点的一部作品，因此，极具有里程碑意义。

二　民主正义的启蒙：激活西榴城政治体制变革的力量

知识的能量作用于政治体制，就是使国家机器诸要素有机结合起来，发挥最佳性能，并且观察其效果，修补其漏洞，使政治体制完美，最富效率的表达公众的利益。众所周知，政治体制建构下来的各个实践职能部门，对工作任务的推动，不是简单的各个环节的叠加堆积，而是各部门相互作用的效能优化步骤的结果。这种体制的运作需要正确的理念做指导，贯彻、监督、管理国家过程中，各个环节工作管理效能的整合、评价、革新。这种对政治体制管理效果、管理理念、管理实践做评价的标准，就是知识。没有正确的管理理念，国家政治体制的管理效能就不能最佳实现，而平等、民主、公平、效率被认为是评价政治体制运行效果的终极知识。公平、公正、公开是民主政治体制的基本内涵，其实现的程度越高就越能充分发挥社会主义国家政治

---

① ［英］玛丽·沃斯通克拉夫特：《为女权辩护》，华文出版社2010年版，第58—61页。

体制的良好性能，提高生产力，增强民众对政府的信任。中国封建的专制管理机制，已经不再适应现在的国家机器的管理理念，中国现代化建设需要现代化的政治管理体制，也需要平等、民主等科学的知识理念来评价政治体制管理的效果。通过建立民主监督系统，对国家政治理念、任务、目的等方面的内涵进行整理、考核，为国家政治决策提供正确的依据，从而推动国家管理的现代化进程。《西榴城》是一部依赖知识效能来推进西榴城政治体制建设的作品。真相和权力相对抗的主要力量来源，不是启蒙者的强悍，而是对政治文明必将实现的信仰张力。

西榴城是一个典型的管理混乱、专制严重、缺乏公正公平公开的管理原则的国度。陈济时，西榴城的枢密院院长，是悲剧的制造者，却没有得到惩戒，反倒操纵着整个事件的进程；陈虹刚，凭借父亲的权力"直升"法官，不是要捍卫法律的神圣、公正、替民做主，反倒为"120具游击队遗骸事件"做伪证，毁掉证据，玩弄女性，缺乏正义感；钱老，虽然权高位重，却官官相护，把案件作为"顺水人情"交给陈济时（事情的制造者）去处理。在审判甫和泽案件中，陈济时擅自改动司法程序，取消陪审团机构，仅仅组织"五人团"就宣告了甫和泽的死刑；在审判甫和民的案件中，他凌驾于法律之上，在没有任何证据的情况下，流放了他，后来，甫和民在没有任何罪过的情况下，被陈虹刚处死，法律成为官吏权力的"玩具"，平等成为欺骗百姓的谎言。"在显在的讲故事的过程中，蕴藏着严峻的政治批判"①。

《西榴城》中不仅批判法律的不透明，而且还将矛盾直指皇权专制。首先，作品塑造"我奶奶"的形象，把她的政治理念与西方政治理念比较。"我奶奶"已经3000岁了，非常迷信皇权专制，匍匐于强权的威吓，愚昧僵滞盲从，对城隍庙里城隍爷爷顶礼膜拜，对奸臣魏忠贤顶礼膜拜，从来不质疑、不反思，一有跳出来的机会，就拿着红

---

① 李建军：《〈西榴城〉，一部醒世惊俗的文学作品》，《艺术界》2012年第4期。

袖箍到处指指戳戳,对于甫家的冤枉,一味听从权力的指令,出卖甫和民,对弱者落井下石,缺乏正义感,没有民主意识,她是政治权力的帮凶;其次,作品塑造了"白面人"形象,他不辨真伪,一味以皇帝意志为上,滥杀无辜,捏造证据,制造冤案,乱施淫威,忽略真理所具有的力量,蔑视他人权力,还丧心病狂地寻觅自己的"接班人",要将这不道德的做法世代传承;最后,作品揭露了一群官僚愚弄法律,尸位素餐,玩弄女性的丑行。陈济时和满春虎谎报军情,把冻死游击队员的真相遮蔽,抓甫和惠为替罪羊;陈济时的上司钱老,随意改变法律程序,把涉及陈济时案件的卷宗交给陈济时处理;陈虹刚为了证明甫和民是罪人,不惜烧毁证据,伪造证人,并把甫和民送向刑场。在描绘这些历史罪人的同时,作者还精心打造满小玉形象,她是作家潜在的民主观念的代表。她凭借记者的正直,坚持追查事情的真相,联合甫和民、塌鼻儿等奔走呼吁,尽管困难重重,力量微弱,但要求伸张正义。

  正面人物和负面角色的设置,实际上,就是作家民主、平等、正义的知识在起作用。专制而强权的皇帝遗梦,作为文明政治的对照物而出现。一方面是谎言的肆虐暴行;另一方面是弱势群体的抗争、失败,这场决斗表达着正义与非正义、真相与遮蔽、真理与强权的斗争。表面上看是人物在为各自的命运奔波、操劳,实际上,是作者的思想在苦闷中探索、拷问、质疑、求证。于是,《西榴城》表面在写甫家、满家、陈家的恩怨情仇,实际上在写一场政治理念的角逐,陈济时、满春虎、"我奶奶"等是专制的政治体制的执行者和拥趸;满小玉、甫和民、塌鼻儿、祁红玉、李婶、陈伯等,是支持真理昭告天下的一方。作者凭借"祭祀""枢密院""陪审团"等政治概念,建构出一种理想的、坚持公平公正公开的政治机制,并且用潜在的知识线索,把公正公平公开作为对抗专制、推动谎言破灭的武器,且坚定而执着,充满了知识分子精英意识的教化意识。比如,甫和泽在监狱中被囚禁,他强烈渴望被释放一节,作者写道:"他聆耳细听,一股声浪,海啸般地,由远而近,轰鸣声也愈来愈响。啊,听清楚了!这回真的听清楚了，甫和泽仔细分辨撞击着他耳膜的各种声音：桌椅的碰撞声，进进出出的开门关门声，哇哇哇哇蛙鸣般的喧哗声，还有咳嗽声、吐痰声、擤鼻涕的声音和打喷嚏的声音……亲爱的人们啊，我想你们！他感觉自己的眼睛里几乎迸出了泪水。感觉中，他身后的座椅上坐满了人，人声渐渐静了下去。"①

然而，事实是，周围安静如死寂，只有5个人，两个记录、两个看守，还有一个人，陈济时，在审判甫和泽。

巨大的心理落差，打造出作者的叙述声音。专制，在肆虐、民主，遥遥无期。"一次不公正的审判胜过10个犯罪。"② 作家的道义职责、忧患意识以及公民原则在这种貌似控诉的倾吐中彰显得淋漓尽致。

《西榴城》中明显带着对政治机制进行革新的知识力量建构的痕迹。冷梦的政治建构是建立在知识储存、理性思考的基石上的，接受过高等教育的女作家，凭借自己的胆识和智慧，发出了民主才能完全更新西榴城罪恶的呐喊。这种观念，虽然在小说中以隐形的方式存在，却也已经深入扩展到整个故事的流转、情节的设置、人物的塑造中。小说整体结构各要素质与量的变革转化、新的政治理念的介入，必然引起文学理想、文学精神的变化。

三　民主正义：塑造正面人物形象的主要知识元素

从人物形象塑造上来说，《西榴城》充满了知识崇拜的因子。甫和民，是大学的教师，他爱好科学，喜欢无线电，渴望搞发明创造。在与周围的乡亲相处过程中，他态度和蔼，彬彬有礼，对小芹的生存状态甚为担忧。他引导小芹读书，接收无线电信号，把文明生活的种子播种在少女的心中。小芹，是因为爱甫和民而热爱上读书的。在甫和民被逮捕的日子，她凭借读书在等待甫和民的归来，最终死于甫和民的小屋里，陪伴她的是甫和民一箱又一箱的书籍。

满小玉，接受高等教育就是接受知识的沐浴。记者的身份，就是

---

① 冷梦：《西榴城》，太白文艺出版社2011年版，第62页。
② ［英］培根：《人生论》，太白文艺出版社2004年版，第34页。

遵守知识分子道义的职业，是运用知识评判社会，审视权力，追求真理的实践。知识使她坚信真理的正义；知识使她信仰平等政治体制的存在；知识使她拥有一颗正直的心，深入沙漠、拯救甫和民、造访大山、访问王金锁、莅临天窖、寻觅甫和惠、批判谎言、点燃鸿运大酒店，为真理而献身。为了甫家的血海深仇，她忘记自己弱女子的身份和力量，秉持知识分子的正直和道义，坚忍不拔、四方奔走，为了真相与各种势力作斗争，不屈不挠、临危不惧，树立了崇高的人格。

在塌鼻儿的命运中，他最初对于知识的好感就来自毛哥哥屋里的一台无线电收音机，他意识到"西榴城的政府不允许大家学习无线电，一切美好的东西都要远离大众，怕群众里通外国"。正是对于知识的向往，使他不满政府的决定。塌鼻儿喜欢读史书，知道历史的丑恶，他充满灵性，可以预知未来的历史走向，正是在塌鼻儿的一段段讲述，一次次追问下，薛府惨案才昭白于天下，读者也才了解到赵男和王女的冤屈。"冰窟遗骸"惨案的真相才逐渐浮出水面，专权者的丑恶才一点一点展现在读者面前。"事情很蹊跷，一个太监的死和大学士薛棣会有什么关系？""打死的人身上有枪眼，冻死的人身体完好无损，是不一样。可这又能怎样？""奇怪，大奸臣魏忠贤还'冤魂不散'，他还口口声声喊叫着'伸冤'？照你这么说，那些被你害死的人反倒应该为你大唱赞歌，为你昭雪，为你恢复名誉？那些因你而死去的人反倒应该遭受千古骂名？"塌鼻儿的追问，貌似不经意的点拨，却带着我们去找寻隐藏在黑暗背后的真实：小芹因心碎而死，对爱的执着让她附体在满小玉的身上，而满小玉却葬身火海；甫家大儿子被人推到天窖害死，二儿子被枪毙，三儿子割腕自杀未成功，坐牢二十多年，最终又被枪毙。可以说，塌鼻儿是一条把甫、满、陈三家恩恩怨怨纠结、剖白的全能视角的线索。美国经济学家保罗·罗默指出："民主的智能化虽然不能直接产生经济上的利益，但是它的有效性对于国家的文明程度而言是显而易见的。"思想和知识不会直接刺激一个国家经济的增长，但在《西榴城》里，冷梦通过塌鼻儿的思想指出：民主体制是正义的明灯。这个知识的表述，使正义、真理处于弱势的境况下，民众不屈服，理想在闪烁。正义就是依赖对民主知识的接受和使用，使文明的精神转化成为国家政治机制的核心内容，成为人物命运走向的决定因素。

民主政治的知识传播成为人物命运发展的第一要素和最主要正面力量。当一些当权者肆无忌惮地践踏公平公正公开的政治原则时，只有民主政治的知识可以抵挡权力的恶意篡改，坚持真理的存在，并且成为作品人物是非观念的发展动力和评判标准。

四 民主正义的尊严：判断人性善与恶的巨大力量

"西榴城是一个罪恶的、没有道德的城市，"在西榴城中，有谁没有忍受过强权的欺负。它有两千一百多年的历史，不可谓不古老，却一点都看不到文明的曙光。"白面人"的阴魂久久聚居此地，郁结不散。权力成为某些人的私有品。在利益面前，一切原则、道德、做人的本分，统统一文不值。活了两千一百多年的塌鼻儿老奶奶出于对金钱的崇拜，昧着良心做着损人的买卖，瘟死的鸡和用过的茶叶渣被她重新回收销售，当追求利益的最大化蒙蔽了双眼的时候，塌鼻儿老奶奶的是非观里也就只剩下了金钱；为了给冻死在山洞里的蒙难战友的死因做出一个合理的解释，当年的游击队的队长和政委、如今的西榴城总督满春虎和枢密院院长大法官陈济时昧着良心将这所有的罪责一股脑地推到了甫和惠的头上，并且明知是错还一错再错，甫氏家族因此而含冤九泉；陈虹刚，出身甫家，却在关键的时候，焚烧证据，贪图权力，从而死心塌地成为陈济时的一条走狗，葬送了甫家冤案昭雪于天下的唯一机会；最高权力拥有者陈济时和满春虎，不仅在革命战争年代，私自率领队伍撤离，令郑虎部队全部冻死，造就悲剧，又在120位游击队员遗骸被发现时，再次昧着良心，寻找替罪羊，害死了甫和泽、甫和民。廉耻丧尽而不知悔改，作风败坏人性扭曲……每一次正义与邪恶的交锋，也是人性善与恶的展示。知识的力量，就表现在对正义的支持与否上。维护谎言，挥舞着权力的大刀疯狂肆虐西榴城的一派，在知识的光芒中，相形见绌，丑陋不堪，表现出即将走到尽头的光景。而李婶、陈伯、塌鼻儿等人物，虽然并没有接受很高的教育训练，但他们都从朴素的正义立场出发，鄙夷邪恶、唾弃专制、抗议伪善，在邪恶势力对正义进行摧残的关键时刻，能够挺身而出，仗义出手，制止或者缓解了邪恶势力的侵犯，虽然力量薄弱，但终究是人类文明希望的先声。

应该看到，知识是一把双刃剑，它一方面推动社会向更文明的程度发展，同时，它也可能会成为邪恶势力的帮凶。比如，在小说的最后，"白面人"出现了，他为自己的罪恶辩解道："五百年前的魏忠贤，法律和公正的化身！（他冤杀薛棣一家的事情）一切都是以法律和公正的名义进行的。明白了吗？你明白这什么意思？——亘古如斯啊！我的试验成功了，薛案、甫案相隔五百年却如出一辙！你们还能够骂我吗？你们还有什么颜面骂我？凭什么骂我？你们哪点做得比我更好？——你说话呀！说呀说呀！""白面人"的这段话，是利用"现存的一切都是合理的"在证明专制的合法性，试图利用传统经验的力量来说服大家尊重谎言和冤案的存在。但是，恰恰是这样疯狂的声讨，才是冷梦知识女性的睿智所在，她把传统经验和现代文明知识的对峙描摹出来，从反面角色的生存逻辑论证，表现专制的影响更骇人听闻，令世人惊醒。另外，这个问题的悬而未决，也把政治制度走向问题推向纵深。

总之，"除了知识和学问之外，世上没有任何其他力量能在人的精神和心灵中，在人的思想、想象、见解和信仰中建立起统治和权威"①。民主知识是一种提倡公平公开公正原则来建构政治体制的思想精华，它是人类社会走向文明历程的政治思想资源，有巨大的潜力。《西榴城》用民主知识为基础，驳斥西榴城专制制度的合法性，南岭上那座石丰碑极具有象征意义，它如一个巨大的天平横亘在西榴城的上空，衡量着人性的善与恶、公平与正义的重量。揭穿与被揭穿，掩

---

① ［英］培根：《论人类的知识》，陕西人民出版社2002年版，第54页。

饰与被掩饰，所有的一切都像是在进行着无声无息地抗争，但，只有民主，才是拯救政治体制的唯一标准。冷梦用女性的思想能力，把政治的思考，高瞻远瞩地呈现出来，其见识卓越，功力深厚，是极具有发展潜力的陕西女作家，她丰富而广博的知识使《西榴城》闪烁着英气勃发的智慧之光。

第十章　周瑄璞小说创作论

　　都市是高度发达的城市，是城市发展的高级形态。它以现代文明成果取代了传统农业文明，以丰富的物质成果提供给都市人多重文化选择。在新一轮的西部大开发中，西安扮演着极为重要的角色，在已发布的《关中—天水经济区发展规划》中，明确提出，把西安建设成为继北京、上海之后，我国又一个国际化大都市。西安的都市化发展为西安作家创作提供了独特的都市文化视域。西安，作为中国西北地区最大的城市，是举世闻名的世界四大古都之一；是世界历史上建都时间最长、建都朝代最多、影响力最大的都城；是中华民族的摇篮、中华文明的发祥地、中华文化的代表。当今西安为副省级城市，陕西省省会，中国七大区域中心城市之一，亚洲知识技术创新中心，中国大飞机的制造地，中国中西部地区最大最重要的科研、高等教育、国防科技工业和高新技术产业基地。

　　生活在西安，生活在这样一种时代大环境中的女性作家周瑄璞，对于女性的描写也突出了一种想要解脱，世俗的枷锁的新气象。诚实地写出女性身心的变化，写出女性的绽放和凋落，写出女性的痛苦和欢乐。为女性身心成长和衰落提供了样本，写出了那种能够在现有条件下掌握自己命运的女人。周瑄璞在女性倾诉中注意对社会日常生活环境的揭示，从她的作品中我们可以透视古城西安老百姓，尤其是女性群体的生活际遇和精神底色。

第十章 周瑄璞小说创作论

第一节 周瑄璞作品的西安环境

一 周瑄璞及其作品概况

周瑄璞1998年6月经成人自学考试获汉语言文学专业大专学历。1998年参加工作,做过电车乘务员,《西安公交报》编辑,现为太白文艺出版社编辑。1990年开始发表作品。2006年加入中国作家协会,鲁迅文学院第十三届中青年作家高研班学员,她是陕西文学院签约作家、中国作家协会会员。她著有长篇小说《人丁》《夏日残梦》《我的黑夜比白天多》《疑似爱情》,并在《延河》《美文》等文学刊物发表小说、散文数十万字,在《天津文学》《青年文学》《十月》《作家》《芳草》等杂志发表中短篇小说。部分小说被转载和收入年选、进入年度小说排行榜。获第三届"中国女性文学奖"和"陕西文学院文学创作奖",2002年被授予西安市三八红旗手。

周瑄璞笔下的一个又一个人物:曼琴、流芳、胡胜利、环城公园晨练的老太太、坐在停车场"宝座"上收费的老人等,性格各异、命运不同,他们都是西安人,有着西安人最明显的性格特征:正直、单纯、倔强、保守、淡泊又有点懒惰。她书写的是一个又一个西安人的命运、性情、喜忧、爱恨。《房东》中西安东关的景象,永宁村的变迁与变化,当它变成了现在的阳光小区时,所有的建筑都发生了翻天覆地的改变。人们的生活也在不断进步,人际关系变得微妙起来。《西安闲人》《胜利碑记》讲述的是老西安普通市民琐碎庸常的价值观念和生存状态。《宝座》《小雪回来》吐露了城市打工者的追求与伤感。《多湾》是一部描写西安城市发展的历史记录的小说,通过一个家族的迁徙、生存和壮大的过程,表达了西安作为国际化大都市逐步发展的历程。文学的婉约笔触,详细勾勒出古都从过去走向现代的点点滴滴。刻骨铭心,丰富澹涵。

二 典型特征的西安环境

（一）西安城墙

城墙是西安这个古城所特有的一种物质文化，它反映了我国古代劳动人民的智慧和力量，是一笔伟大的文化财富。在周瑄璞的笔下，城墙寄予了人很多难以言语的感情。《曼琴的四月》中曼琴因肚子痛而回家休息时，打开门看到自己的父亲和一个女人在床上，这时的她吓傻了，不知道怎么办，是退出去还是哭叫，父亲慌乱地扯过被子盖住那不堪的一幕，对曼琴说让她先出去，一会儿再回来。曼琴走出家门，来到城墙边。看着斑驳陆离的城墙，内心是慌乱无助的。文中这样描写："四月了，阳光多慷慨，把城墙最旮旯拐角的小草都召唤着，轰轰烈烈地长起来了，城墙里顺城巷的树都刚刚发芽，它们都显得那么没心没肺，傻了吧唧，太阳一照，全都长啊长。这一切在她的眼里，全成了卑贱与罪恶，它们长得越欢她的心就越痛。"此情此景，更加反衬出她的内心的愤怒和无奈。内心对这一切的感觉是厌恶的、罪恶的。本来美好的东西在经过一些事情的发生和沉淀以后变得肮脏污秽起来。进一步可以看出，本来曼琴的心中父亲的形象是高大的、美好的，但经过刚才的一幕，所有的一切都已经倒塌了。美好的事物在此时她的眼里成了讽刺和嘲笑。城墙就像是精神的象征，也是父权的缩影，曼琴看着西安城独有的、能够体现西安这座古城文化的城墙，仿佛看见了历史上无数龌龊的父亲的阴暗。"在这座城市城墙根下有一套属于他宁拾得的房子"，这是《房东》里的一个句子，在城墙根儿下的房子，令主人公活得十分自信、自豪、安全，因为那里的房子拆迁起来格外昂贵。另外，长篇小说《多湾》中西莹一家就住在城墙附近，她放学回家，总会在那里逗留，在她要离婚的时候，内心充满了忧伤，久久地在城墙根儿徘徊感伤倾诉，似乎把城墙作为一个让躁动的情感安顿下来的物质陪伴。《疑似爱情》中，也有城墙的影子，女主人公在城墙的门洞中出出进进，浑然忘记她是古城西安的地标性建筑。但是，城墙的影子已经为作品打下了厚重而古老的基调。比较起作品主人公不停地思考要不要出轨这样的现代问题，城墙，为作品打下几分沉重也是西安城标志性建筑。

（二）西安大杂院

西安的大杂院与北京的四合院比较起来，少了很多皇族贵气，却多了卑贱和杂乱。里面住满了逃荒来的河南人，他们背井离乡，拖家带口，在城市里做最底层的工作。这里聚集着西安城市最卑微的一群人：捡垃圾的、卖包子的、收旧家具的、小偷小摸的，不三不四，各色人物。电视剧《道北人》就是以描写西安大杂院人群的生活为主题的。电影《1942》集中写河南人逃荒，沿铁路走，大量涌入西安的历史事实。但是，周瑄璞生活于20世纪70年代，在她的作品里，大杂院已经发生了重大的变化。

《我的黑夜比白天多》中的女主人公苏新我在大杂院长到二十五岁，成功地考入大学，毕业后成为高校老师，当她有了稳定的住处，回望自己的"故乡"，深深以这里的杂乱、污秽为耻，她在大学校园里体验到不同于大杂院的人际圈子和社交范围，她从心里与大杂院一刀两断了。但大杂院的生活，不管新的、旧的、昨天的、现实的，都深深地印在苏新我的心里。这个大杂院就像一个标志一样，贯穿着文章始终，如文章一开始便写"苏新我每当一个人走在这条繁华的路上，都禁不住偷偷留意街边窄小的过道，她知道这过道伸进去，便是一个别有洞天的大杂院。过道的窄和杂院的大形成鲜明的对比，生活在大杂院的几百口上千口人便每天从这窄道道里进进出出，如果对面过两个人，必须得有一个侧身才能穿行。大杂院里曲里拐弯，从这个窄道进去，转好半天，也许会从另一个窄道出去，再一看已不是这条街了"。"从大杂院出来的人什么样的都有，有灰头土脸一身臭汗的妇女、老汉；也有时尚得不得了，身上香喷喷的女孩子……""院子里坑坑洼洼"，"院子里的人靠出租门面、开出租车、拐的或做各种小得不能再小的买卖为主，有滋润得每个月收入上万的，也有一家人守半间门面一个月靠死一千元"等，这些描写都透露着西安古城底层老百姓的生活状态。苏新我就是在这样的环境中长大的。所以她厌恶这种环境，她觉得自己是完全可以脱离这种环境，她有能力让自己过上物质优裕的生活。

在《多湾》里，作者也写西莹们从河南延津来到西安，都住在大杂院。对于西安底层人的坚忍和善良，西莹们都有贴骨贴肉的感受。不同的是，作者在最后写道西莹们逐渐离开了大杂院，都找到了自己比较体面的工作。后来，大杂院越来越成为藏污纳垢的复杂地域，政府部门下大决心对它进行拆除。并且在附近建立高楼，安顿大杂院的居民。越来越现代化的生活，革除了大杂院的弊端，同时，也疏远了人际关系。稳定的熟人社会被打破，而摩天高楼的住所，才构建出现代都市人与人之间的陌生感。

在当代女作家作品里都有一个"大杂院"，武汉作家池莉也在《来来往往》里康伟业的童年写到了大杂院，《生活秀》里来双扬也住在大杂院；方方小说《水在时间之下》里的水上灯也成长在大杂院。可以说，这些苦命的人，在生命艰难的阶段，都被大杂院接纳，但最后，却摆脱了大杂院的环境，过上现代人体面的生活。但是，在取得社会地位的大翻转后，她们回望大杂院，情感复杂，百味杂陈，对它都抱着嫌弃却眷恋的感情。

于是，在女作家笔下，"大杂院"是一个时代的缩影，它象征着某个阶段中国城市物质的贫乏、空间的贫乏、人群的卑弱，但现代城市在它们躯体上建设并成长，贫穷终于被赶走，幸福而富裕的人生被开拓，最后，大杂院消失了，但是，"大杂院"仍然保存了保姆角色深深铭刻在主人公的记忆里。同时，它也成为城市国际化发展的一个标志性历史记忆。

（三）永宁村等西安小巷

周瑄璞小说中充满了对西安城市密密麻麻的小巷、街区、城中村的记忆。罔极寺、八仙庵、纬什街、建工路、咸宁路、永宁路……林林总总，刻画出西安都市街里小巷的世俗世界。"西起罔极寺，东到娘娘庙，大约一公里地段的路边停车。""不远处的八仙庵里，再西边的罔极寺中，争得头炷香的人，已经虔诚地跪下。"（《宝座》）"左右客酒店位于高新区,高新四路从一个十字路口向南,突然收紧了路面。"(《衰红》)"听说东关商场就要拆除了,那里也将盖起高楼。"(《房东》)这些经典地段的变化,也演绎出西安城市文明逐步现代化的步骤。

《房东》中对西安东关的描写中体现了浓浓的西安风情"永宁村变成阳光小区,四幢带拐弯的七层楼房围成一个不大不小的院子,村民每户除了拿到些补贴外,按原来面积折成单元房,最多的分到了五六套。""夜晚来临,想着白鹿原缓缓过渡的高高灞河边安静黑暗的村子里,西望处,灯火通明的西安城墙盛大璀璨,千年荣誉升腾绽放。"这些描写透露着浓郁的西安风情,这是一种文化的浸润、氛围的影响,使周瑄璞有了一种自觉的精神归属。"离永宁村更远了,离城墙更远了。"

在所有的城市都开始拆了重建的过程中,周瑄璞笔下的西安有一种古朴的都市风格,通过《房东》《圆拐角》《多湾》,作者写出了西安城市在都市化过程中的变迁和发展的过程。古城既保留着优秀的文化传统,又顺应时代的发展,不断地显现国际大都市的风貌。

周瑄璞的小说大多数都发生在城墙脚下,她喜欢把厚重伟岸的城墙作为自己故事展开的背景。从最初写大杂院,到后来的阳光小区,她一丝不苟地描写西安城市的发展。在外形上刻画出城市风貌的日新月异、翻天覆地,为小说的发生奠定了地域特色。

三 西安城里的人物形象

贾平凹的《废都》描写一群文人才子在西安的大街小巷游走奔波,反思人生,最后不过是庄之蝶的一部风流韵事史。隐藏在繁华的都市背景下的是男人们的互相算计、钩心斗角,落井下石,小说揭露了都市生活的冷漠和阴暗。但周瑄璞笔下的西安"城里人",各个满足于物质的改善和精神发展的喜悦,似乎赶上改革开放初期的一片欣欣向荣的景光。这是女作家笔下很重要的题材倾向。

值得特别提出的是:周瑄璞笔下的都市女性人物形象都是血肉丰

满、栩栩如生的,而她笔下的男性则显得苍白、单薄、生硬、扁平。城里的女性性格各异,命运不同,却传达出了各自的寻觅与倾诉、追求和绝望、抗争和沉沦的起伏情感。美好的初恋或婚姻由于男性的背叛而结束,留给主人公的是无奈、无助和心灵的空虚;对于爱情和婚姻的不相信和恐惧,青春四溢的她们或陷入婚外恋或陷入畸形的情感危机之中,有的甚至以性欲的放纵来填补生命的缺失,并终于酿成更大的个人人生悲剧……周瑄璞笔下的女性,她们大多都机敏、内敛、自卑又心思缜密,这与西安这座古城的都市风格有着莫大的关系。

(一) 人物性格

周瑄璞笔下的女性性格可以用三个词来概括:反叛、自尊、柔中带刚。比如《疑似爱情》中的丁朵朵、《多湾》里的西芳、《我的黑夜比白天多》中的苏新我、《隐藏力量》里的女人等。这些女人几乎都在一个模子里刻过的:婚姻不顺,没有理想的爱人,老大不嫁,被别的已婚男人看上,发生关系,但她并没有多爱他,在断与不断的两难中游移不定,抉择不下。

《疑似爱情》中的主人公丁朵朵,相貌丑陋,有一种自卑感,比较敏感保守,不愿与人打交道,她主动要求做了杂志社的出纳。她的工作很单调。在空闲时以看书写作为消遣,她有着"细小的肿眼泡的单眼皮的眼睛","不可救药的鼻翼宽宽的广东人式的鼻子","棱角模糊得过长,每次说完话都要用心地提醒自己才能将两颗门牙包住的嘴巴"。因为她的容貌丑陋,所以给她带来了一系列的后果。29岁还是一个老处女,这就像古代年轻女孩子不是处女是丢人事一样,但她有着自己的自尊,虽然和海帆相爱(她并不认为海帆多爱她),她却不想和他结婚。一直在自责和卑贱的生理需求上向海帆妥协,维护着淡淡的关系。

《多湾》里的西芳在恋爱失败的情况下,努力学习,拿到主持人的资质,后来,成为著名主持人。后来前男友对她挟持,她处心积虑,请他吃饭,但是,在温情脉脉的续前情时,骤然变脸,训斥他,揭发他的阴暗心理，大胆反击。这一情节表达出西安女子柔中带刚的个性。

《在一起》中的女主人公冯爱荣性格泼辣、自私，对自己妹夫娶妻续弦不认同，百般阻挠，认为自己为了妹夫家做了一切，但是却没有得到应有的回报，对妹夫刘雪城和倩倩的爱情为难挑拨；但她又有着温情的一面，最后在结局危难时又挺身而出，把自己全部的积蓄拿去救刘雪城和倩倩。在人际关系中表现出独立、刚强的性格。

西安城市地处八百里秦川的中心，是长期农耕文明熏染下的都市，这里有"姑娘不对外"的习俗，一般女孩子结婚不嫁外地人，这种坚持，也说明女孩子不屈服的性格。在西安城市发展中，有大量外来的女孩子，但周瑄璞喜欢写本地女孩，她们的倔强、自尊，在她们寻觅伴侣事情上充分表现出来。她们没有为金钱所动，也缺乏有力的异性情感的吸引，所以在处理情爱问题上温温吞吞、磨磨叽叽，不想屈尊，也不想刻意追求。这在其他作家笔下，就不太一样。王安忆的《长恨歌》里的王琦瑶，看重金钱，葬送了自己的生命；铁凝笔下的《永远有多远》里的白大省显得憨痴宽厚，她在大大咧咧中成为别人利用的"猎物"；方方笔下的《万箭穿心》里的宝莉过于耿直粗粝，变作被人嫌弃的"弱者"……而西安的姑娘们，没有大风大浪的命运，只有小心翼翼守候自己脆弱的幸福的恐慌和淡定。

（二）女性情感

周瑄璞的小说中充满了情感的道德审判的意味。道德是一种社会意识形态，它是调整人们之间以及个人与社会之间相互关系的行为准则。每个社会为了自身的生存与发展，必然要制定一系列的道德准则以规范人们的行为。道德准则是约定俗成的并由舆论给予监督的，道德准则也是辨别善恶是非的标准。当社会成员的行为符合道德准则时，他就会获得人们称赞，就会有愉悦感，心安理得。相反，违反道德准则的人会遭人谴责或自己感到内疚不安。所以，道德是依靠社会舆论和个体"良心"所支持的行为规范的总和，对社会生活起着约束作用。它具有明显的阶级性、历史性和继承性。在婚姻道德上，夫妻双方具有忠诚伴侣、建构家庭、营造亲密关系的义务。这样的观点在西安也是规范人们行为的准则。但是，城市文化在发展，多元化的婚姻观在碰撞，周瑄璞的小说中，人物的情感就表现为对于两性情感的出轨行为。《疑似爱情》中，丁朵朵痴迷地爱着杂志社的总编，愿意为他付出一切，但她却隐藏自己的情感，压抑着狂热的爱，承受着爱的煎熬，连她自己都感觉到自己变成了"性心理不再成熟的老处女"。在后来，丁朵朵遇到了艺术家海帆，海帆放荡不羁的性爱和强壮的肉体，使丁朵朵获得了生理上的满足。但是她和海帆只是肉体的碰撞与吸引，不可能长久下去，当她感到自己在这种情感中迷失了方向时，她对肉体关系产生了厌恶，毅然地放弃了她和海帆的这种感情，选择了分手。这时的她变得理性起来。她不再做出纳，而是当上了杂志社编采部主任。丁朵朵这个女性形象是丰满的，她理智、上进，有着现代都市女性的自主意识，能及时地从情感旋涡中挣脱出来。但她在感情上又是自卑的，认为没有人能够理解自己的情感……"如果说只有以爱情为基础的婚姻才是道德的，那么也只有继续保持爱情的婚姻才合乎道德……如果感情确实已经消失或者已经被新的热烈的爱情所排挤，那就会使离婚无论对于双方或对于社会都成为幸事。"① 在都市文化开始践踏爱情原则的时候，丁朵朵忠于内心，当海帆准备和丁朵朵交往下去的时候，丁朵朵发现自己对于这个出轨的男人一点都爱不起来了。道德的原则，唤起她的良知，使她勇敢地斩断情丝。

但是，周瑄璞在描写男主人公的时候，总是把品德作为刻画的重点。品德又称道德品质，是道德的个体化，它是指道德在个体身上表现出来的稳定的心理特征。它是现实社会的关系与道德规范在人脑中的反映。品德具有两个基本特征："第一个特征是道德行为的稳定性。道德行为是判断品德的客观依据。偶尔表现出来的某种道德行为不能视其为品德，只有在不同时期，不同场合一贯性地表现出来的某种道德行为才能称为具有了某种品德；第二个特征是道德观念和道德行为的统一性。品德是以道德观念为基础，使道德观念和道德行为有机统

---

① ［德］恩格斯：《家庭、私有制和国家的起源》，天津人民出版社2009年版，第32页。

一的一种心理特征。离开道德行为就无所谓品德,没有道德意识的行为也谈不上品德。事实上,没有形成道德观念也就不可能表现出稳定的道德行为。"① 在《在一起》里,刘雪城的感情是复杂的,在自己的妻子死后,他又遇到一个他爱的女人倩倩并把她带回家结了婚。他爱着这个女人,但是他又放不下这个女人的过去。他对自己的妻子是愧疚的,因为他觉得自己的妻子给自己生了三个孩子,却因车祸而去世,自己又重新爱上了别人,此时的刘雪城的内心感情是愧疚的。倩倩怀孕后他让倩倩打掉孩子,倩倩出走后他既担心倩倩,又想自己的妻子爱莉,两边为难。这个犹疑不定的男人,品德高尚,造成他在亡妻和新妻之间的优柔寡断。从情感上他放不下旧日伴侣,但在道德上他必须要照顾好倩倩,这种挣扎和纠葛,在都市人的情感世界中是普遍存在的。

周瑄璞笔下人物情感有都市复杂人物关系的纠结,也有传统道德的是非明判;有女人的缠绵多情,也有城市女性的坚强、倔强;有男人的肤浅花心,也有道德约束的良知和善良。受各种各样因素的制约,都市男女情感没有那么纯粹,这在当代这个大都市中,是必然存在的。随着时代的发展,经济的进步,诱惑也越来越大,人们的情感变得脆弱多样化起来。

(三) 人物命运

周瑄璞小说中人物命运大同小异,她们没有美满的结局,但都在都市的狭窄环境中默默生存。她们在欲望贲张、色彩缤纷的世俗社会里,面对众多诱惑,不停地做着选择。《我的黑夜比白天多》中的苏新我也就是苏文革的命运多舛,自己生活的家庭就存在暴力现象,自己的原生家庭对她心理造成了极大的阴影,大杂院里生活的哥哥抽大烟,打起人来非常狠,经常打自己的妻子和女儿,自己的父亲也是一个暴力分子。而自己从小到大的愿望便是有一个和睦的家庭,远离暴力,但是自己还是没看清人,嫁了一个无赖流氓,一天只知道花天酒

---

① 陈秉公:《思想政治教育学原理》,高等教育出版社2006年版,第79页。

地。最后还得了性病。苏新我的命运其实是悲惨的,但是她并没有自暴自弃,而是积极地想对策反抗,并坚决选择了离婚,她与她的嫂子大秀相比,她的思想成熟,没有那种从一而终的懦弱思想。《流芳》中的流芳长得丑,在她的丈夫死后,她走向了美容院,想把自己变得美一点,她用自己微薄的力量,修改眼前的不如意,追求和建造自己心目中有质量的生活。

总之,在创作环境中,周瑄璞非常重视西安城市环境的典型性,强调在西安城中外部环境给人物命运缔造的影响因素,笔力矫健,主题时尚,初步奠定了西安城市文化书写的方式方法,描绘出一系列具有时代特色的西安女性,不过,在细节捕捉、故事建构上,仍然因为书写技巧的因素,略显稚嫩,而且在人物心理刻画上,有雷同的现象。这些预示着作家未来进一步发展的空间。

第二节　周瑄璞小说创作中的都市风格

周瑄璞是陕西女作家群中描写都市风景比较成熟的作家。她的小说不仅刻画西安的现代色彩,同时也描写了都市女性坚忍、勤奋的个性,为西安城市的人文精神呈现出了一片姹紫嫣红的富有生机的艺术世界。因此,都市的书写,是周瑄璞最有代表性的写作方法。

"人物生活的环境,在一定程度上是人物性格活动的领域和范围,也是主人公命运的演绎背景"[①]。周瑄璞小说的大多数人都是在西安城里生存的。在这样一个"熟人"的环境中,个人的成长得到了众人的关注,并由此产生对家族这一群体的情感依附和认同,对成长记忆的亲切保留。回归家园是人的自然天性的正常流露,既是情感记忆也是心灵抚慰。对家回归就包含了对亲情的认同、对文化记忆的追忆和对家园的想象。"中国人把自己看作属于他们家庭的,同时又是国家的儿女"[②]。城市的意义不仅仅在于展现一种现象,还在于借助"家"

[①] 童庆炳:《文学理论》,高等教育出版社2006年版,第21页。
[②] [德]黑格尔:《历史哲学》,王造时译,上海三联书店2006年版,第406页。

的历史和文化回到精神的家园。作家从对历史的回顾和重新审视中寻找民族的精神价值，获得人类自身存在的根据。因此，作品中呈现的不仅仅是一段家事，更有呈现出价值判断与情感体悟并行的叙事模式。海德格尔也曾提出，人只有以神性为尺度才能栖居，产生归家的感觉。周瑄璞的小说并没有精神上的荒芜感，却有情感成长的蓬勃感。她没有对爱情保持敬畏感，反而从更大的生存视野上看待男人与女人、丈夫与妻子的关系，意识到所谓爱情的尊严，是精神上的幻影，并自觉从多元的性爱角度拆解传统上夫妻建立核心家庭的价值和意义。

另外，周瑄璞小说中的都市生活，既有物质生活的灯红酒绿，也有知识女性的清醒和抗争。《多湾》描写活动在救灾棚子里的早期河南人的生活状况。后来，西安城市发展，先后建立了环城公园、兴庆宫、电影院、摩天高楼等。有人在歌舞升平中堕落了，西莹却成为电台的主播，新一代的精英。人既是精神的存在又是文化的存在，人在满足了物质生活之后必然会有一个精神的需求，那就是对于自身力量和价值的确定和追寻。周瑄璞特别希望把爱情的检验当成人性阴暗的一个方面来描写。精英文化在大众文化的挤压下被边缘化，爱情上的无家可归感构成了西安都市居民新世纪普遍的命运感叹。周瑄璞的小说创作始终坚持对一种理想爱情的推崇，对自我价值的尊重，体现出对都市纯粹爱情的自觉追寻。

在周瑄璞看来，在适应现代社会或者在卷入商品大潮之时，人应该坚守精神家园，守住人之为人的某种永恒的东西、有意义有价值的东西。人若失去了精神家园就失去了理想和信念，失去了与整体和永恒的联系，就无以安身立命。人所确立的具有恒久价值的目标，关切的世界整体，就是他的精神家园之根基，也是其之所以为人的神圣而不可亵渎的东西。

周瑄璞笔下温暖气息的城市生活似乎在现代工业文明的冲击下使人茫然不知所归，她擅长将人的气息表达出诗意的安适，关注于人的本真的自然性情，将人引向审美化的生存方式，最终使人的身心得以安放。

　　现代西安城市文化的到来，仿佛没有把自然的东西割裂去，而是用新的情感温暖周围的意象，使人仍然拥有某种农耕生存状态下的安宁感、家园感和归属感。

　　《宝座》中的强师傅，是一个百米长停车场的看车师傅，他从小城市的单位里退休，来到西安的八仙庵附近的停车场打零工，借住在研究所顶楼的一间八平方米的小房间，西安的生活并没有给他的情感带来割裂感、疼痛感和漂泊感，相反，他迅速和周边居民建立了良好的熟人关系，十分自然地接受社会各型各色人的温暖、冷漠、关注、忽略，他既不会因为别人的伤害憎恨社会，也不会因为工作过于忙碌，不能使身心自由而心生烦恼。无论是夜深人静时的缓缓思考，还是节假日人群鼎沸时的穷于应付，他都安之若素。在他眼里，暴发户的炫耀、偷情者的蛮横、公务员的职务贪污之便，他都能默默接受，淡淡回味。

　　另外，周瑄璞对于日常城市生活的点点滴滴的记述，总会让人心中充满细琐的温暖和快乐。强师傅在生活的间隙星星点点编织着城市住房梦，叙述着把儿子孙子弄到身边、在西安城市里有一间自己的住房的美丽生活，在灰尘飞扬，雾霾沉重的停车场，他精心地守护着现代生活的诗情画意。

　　"虽然是个看车人……虽然经受风寒酷暑，被人瞧不起……可他不能不热爱眼下的生活。他们夫妻俩有近似于固定的住所，每月收入两千多，他每天守着城里人的重要家产，和这些价值几万几十万元的漂亮铁家伙在一起，被固定车主道一声'强师傅辛苦咧'，他的心也就暖暖的，苦累也都不算什么了。"（《宝座》）在作者的笔下，给八仙庵看车这项工作，在别人看来是下贱而卑微的，在强师傅看来也是西安城里的宝座，人来人往的喧闹，女人洗澡后的香波，深夜清冷的夜色，寒冷中的一堆火焰……无不给人留下美好的印象，而其中最令人神往的莫过于攒钱买一个九十平方米的房间，带孙子来，给他报一个奥数班，在强师傅的眼里，这样的生活充满了快乐和满足，也是自己心中星星欲燃的希望之火。"要是我也能在这里买个房，哪怕最小的一套，哪怕一室一厅，我能坐在自家阳台上晒太阳，能在自家楼上俯瞰楼下喧闹的社会，看到楼下停满的车，那才叫幸福生活呢。"（《宝座》）

在周瑄璞的小说中，都市生活充满了温暖和美好，最主要的原因在于小说塑造的温暖的人际关系。"夏天对老强来说是好过的，路两边夜市摊点都摆出来，买主是仁慈的，那些卖主也挺可爱，吃夜市的人闹到一两点，就像陪他上班一样，王拜陪他说话，瞌睡了，拉长声扯一句秦腔，抡扇子掂板凳回家。""有些挪车的，把车停好后，站下来跟他谝一会儿，递给他一支烟，和他一起把自己的爱车看啊看，再给老强说说自己的车况、性能，就像说着自己的孩子，推心置腹，把自己对车的爱护之情感染给老强一点，好让他关照自己的宝贝。"老强的生活本来没有丰富的物质，也缺乏必要的社会地位，但他在与人交往中随和、坦诚、善良，与周围的人群和谐相处。作者没有叫他遭遇骆驼祥子的"梦想—失败"的命运，也不愿意用庄之蝶的迷茫导致他与世俗的偏离。作者用一个女人的细密心思，一缕缕一点点，把老强周围的温暖聚拢来，她对男主人公的平和、满足，抱着深深的敬意，这是儒家式的生存观。"仁里善邻"与人建立一种和睦温暖的邻里关系，会增加一个人情感世界的安全、满足、幸福感，这是西安城市独有的一种文化形态，是在农耕文明的历史背景下的现代城市人际关系的迁移。

读周瑄璞的小说，会感觉到它是一条流动的河，一幅迤逦行进的都市浮世绘，对于城市生活的沉醉，给人们带来一种城市生活的宁静美，作者正是通过描写都市的活泼喧闹，站在替市民解说的立场，刻意叙述市民生活的过去与当下，情景不断变换，作品就多了拥挤的味道。但是拥挤感并没有加剧作者的焦虑，却唤起城市居住生活的亲密感和紧凑感。

首先，作者塑造了封闭的、拥挤的外部环境，停车场，只能停100辆车，但市民的车的数量比较多，经常拥堵，但强师傅对于拥堵是喜欢的。他在拥堵的环境中所做的工作是疏通，他善良地与人交际，细心地替人盘算,那一张张零碎的钞票,一句句颠来倒去的呼喝声,一幅幅车辆更新的画面,是热闹的,也是常态的,充溢着一种成熟的、人情暖色的基调,这是作者通过喧闹触摸到城市灵魂的描述,是一种精神向度的赞扬。

其次,《宝座》中的老强们都迷醉在花花绿绿的城市世界,在最幸福的境况中,也隐含着作者深深的思考,八仙庵节日中的热闹繁华,昭示着城市人把希望寄托神仙世界的心理。老强们安于现状、缺乏上升欲望的状态,也是其生命力萎缩退化的特征,他们没有改变环境的热情,只知道被动地接受,盲从、守稳,让人在喧闹满足中感到一丝悲凉。周瑄璞写楼房里的人,统一的作息制度,单调的生存方式,有种将人机器化的理性暗示。老强是一个卑微平凡的小人物,但生命的美丽和坚韧在他身上得到了集中体现,他虽然没有自觉的生命意识,但他的善良温顺,是原始生命本能的特征。周瑄璞看到了它的可贵,她不厌其烦地反复描写春、夏、秋、冬。尽管生活中,有种种不尽如人意的地方,但作者仍然同情老强们的苟且、驯服和卑弱。伴随着她对人性的深刻洞察,她的"老强们"无病无灾、无动荡无失业、小心翼翼地走在脆弱的希望之路上,这是它的城市文化,没有北上广的漂泊、冷漠和变幻莫测,偏偏增添出农耕社会才有的安稳、沉静、幸福和温暖来,不仅可以安全居住,而且可以安妥精神和灵魂,营造出家园的氛围来。

《衰红》里女主人公于津津是一个城市里生、城市里长的女孩子,她在温暖的熟人环境中游刃有余地生活、工作、结婚、生子,她丈夫吸毒了,她就离婚;她邂逅了自己初恋,与他保持一种心照不宣的情人关系。该小说通过城市姑娘的个人体验,表达城市与人的亲密无间的家园情感。同时它也是深层次的城市文化的体现,丰富的人生经历也让作家对于城市人际关系有一种特殊的回归情结,对于家庭也有一种体恤之情。这些都构成了周瑄璞小说城市家园意识的主要例证。

第三节 周瑄璞小说中的人物形象

在陕西文坛上,最出名的女性作家叶广芩主要关注北京的过去,接着冷梦重视战争的书写，描写现代西安都市发展、人物形象的作家中，周瑄璞的创作尤其引人关注。她不仅写出了西安的城市文化，更塑造出生活于城市中的西安女性。她们并不招摇，却有一段书卷式的风流；她们有独立精神的"骨气"，却又隐藏着一段寻觅爱人的欲望。在追求爱情、寻觅爱人的情感过程中，她们又凭添了一段汉唐风骨的气韵，因此，很有研究的必要。

一 周瑄璞小说中的女性形象

（一）外表丑陋但有追求的女人

周瑄璞所写的女性，她们大多是都市生活中有着自主意识，能够独立生活的白领，比如说《疑似爱情》中的女主人公丁朵朵，她是一个丑女，也是一个快 30 岁的老处女。她开始就是一个杂志社的出纳，后来成为一个能独当一面的杂志社采编部主任，这与她思想的转变有很大关系。她开始时苦恋着同一个办公室的编辑，她看着自己喜欢的人和同一个办公室的另外一个美女暗送秋波、眉来眼去，但是她却毫无办法、无能为力。后来她遇到艺术家海帆，她的欲望得到满足，但是短暂的欢愉却弥补不了她内心的空虚，渐渐地她厌烦了这种身体上的关系，她开始独立思考，她平静地过了自己 30 岁的生日，进入而立之年，变得成熟稳重起来，明白了生活是一个辞旧迎新的过程。她认识到："我突然想到，消磨这个词，原是很有意思的，人一生下来，便开始消磨自己的时光，能以一种自己喜爱的方式来消磨属于自己的时光，便是一种幸福，成天成夜地打麻将，夜以继日地读书，痴迷般地从事一个事业，没完没了地追逐异性，一次一次地去爱，习惯性地纠缠于苦恼、焦虑，躲在角落里臆想、流泪，一个人听有声的音乐和无声的安静，这是每个人不同的方式。总之，我们得想法把自己这一生漫长而苦难的岁月用一种最为妥帖和体面的方式消磨掉。"（《疑似爱情》）这种意识的转变使她变得高贵美丽起来。她是都市女性中拥有先进意识的代表。《流芳》中的流芳也长得很丑，但她有着自己的目标，并为了自己的理想不断奋斗。丈夫常年卧病在床，她的女儿又误入歧途。但是流芳用自己坚忍和发自内心的善良力量来面对这些挫折和困难，努力工作，细心伺候丈夫，坚持自己的文学创作爱好。她的内心世界美好而坚韧，所以并没有跌入悲剧的深渊。

（二）外表清秀温柔重情重义的人

这类人，她们外表清秀可人、性格柔弱，但却有着远大的追求和理想，她们不断努力，对初恋有着难忘的情怀，但是由于世俗和客观环境的影响，她们对家人朋友尽自己所能去照顾。她们又远离家庭，不愿与那种环境有所牵绊，但还是被家庭环境所影响所羁绊。她们顺应这个大都市的发展，在大都市中，她们都能尽自己所能站稳脚跟，利用自己的本事和能力在大城市中独立生活。《我的黑夜比白天多》中苏新我外表清秀柔弱，但她靠自己的努力成为自己家里以及那个大杂院里唯一一个上大学的人。毕业以后做了一个老师，有着稳定的收入，对自己家里的人也尽自己所能去帮助，对自己吸毒的哥哥和侄女也重情重义。《曼琴的四月》中的曼琴长大以后有了自己的家庭，自己的工作，但她对她的家人还是尽心尽力地照顾，自己的母亲最后都成一副腐朽的样子，曼琴还是没有放弃，她也不允许自己的家人放弃。曼琴把自己当作整个家庭的救赎，她给妈妈看病，将来还要替百战交房钱，还要照顾家人，一切的一切曼琴都将这些揽到自己的肩上，曼琴的情义在这个大城市是多么难得可贵，在曼琴的身上我们看到的是大都市的发展并没有把人们的热情和善良带走，还有那么一些至纯至性有情有义的人在温暖着西安城的天空。

二 周瑄璞笔下的男性形象

（一）贾平凹笔下的男性

贾平凹的一些作品中的男性具有典型的农民意识。贾平凹在《土门》中表现出了城市与农村的对立，城市与农村的关系失去了以往的和谐，变成一种剑拔弩张、鱼死网破的对抗态势。贾平凹曾说刘高兴是新时期以来的农民，而五富、黄八是传统的农民。

《高兴》中的刘高兴是一个地地道道的农民，为了梦想来到城市，他的理想是成为一个西安人。他改名字就是他对自己城市身份的界定。他说过:"我说不来我为什么就对西安有那么多的向往!自从我的肾移植到西安后,我几次见到了西安的城墙和城洞的门窗上碗口大的泡钉,也梦见过有着金顶的钟楼。我就坐在城墙外一棵歪脖子的松树下的白石头上。……刘高兴身体中的一部分已经属于西安,所以他向往西安,在这个地方他为了自己的理想不断地努力奋斗着。"(《高兴》)他作为新时期农民的代表,自信而又坚强地在这个陌生而又熟悉的城市里生活着,凭借着自身不屈的毅力不断地创造着自己的梦想之家。刘高兴的性格是中国传统的农民性格。他善良淳朴,有着远大的理想,能够直面现实的残酷。他有着自己的生存法则,懂得把自己从痛苦中解放出来。他说:"咱能改变的去改变,不能改变的去适应,不能适应的去宽容,不能宽容的就放弃。"(《高兴》)他诚实而又忠厚,有情有义,对自己同村的在城里拾破烂的农民兄弟五富,像亲兄弟一样照顾着、保护着。当五富病死在咸阳时,他从咸阳把尸体背到西安火车站。在这中间,他受了多少委屈、误会、辛劳,甚至被公安局怀疑是杀人犯,他依然无怨无悔。在他的身上有着传统农民的正义感。比如,他虽然爱着小孟,但他却不乘人之危。当小孟的兄长被杀害,而凶手逃逸,公安局说破案经费困难,要家属提供追逃犯的经费,小孟被迫进城卖淫。刘高兴将自己卖破烂的钱一分一分地积攒下来,去帮助小孟。这样的高兴是正人君子。他说过:"咱是拾破烂的,咱不能自己也破烂。"

《浮躁》中的金狗,在他的身上充满着神奇色彩。比如他的出生,"金狗母身孕时,在州河桥上淘米,传说被水鬼拉入水中,村人闻讯赶来,母已死,米筛里有一婴儿,随母尸在桥墩下回水区漂浮,人将婴儿捞起,母尸沉。打捞四十里未见踪影。"金狗这看似传奇的经历,无形之中就被赋予了特殊的使命和责任。所以金狗变得能干坚强、正直热情,他凭借着自己的聪明才智使贪官污吏得到了惩罚,他有着自己的理想,并且付诸于实践。他是农民阶级的典型代表,因此他被赋予了小农思想,使得他无法摆脱命运的安排,这或许就是他悲哀的地方。在他的身上，我们可以看到他背后众多的农民阶层具有的狭隘思想，他们都充满着矛盾却又无可奈何。金狗一方面不得不接受现实；另一方面他又不得不与现实作着斗争。贾平凹通过对《浮躁》中金狗的描写，反映出以金狗为代表的一类人，他们有血有肉，是现实生活中的代表。

（二）周瑄璞笔下善变的男性

1. 周瑄璞喜欢写花心的男性

周瑄璞笔下的男性大多是花心的、善变的，他们对待感情没有那么认真，没有女人那么忠贞，有时候还会应付。当自己的利益与感情发生冲突时，他们会为了自身的利益，毫不犹豫地抛弃对方，他们大多都有着自己的家庭，自己的妻子，但是他们还是不满足现实，他们还想追求更多更艳的东西，用现在比较市侩一点的话语来说就是"家里红旗不倒，外面彩旗飘飘"，或者是"家花不如野花香"。他们在外面寻花问柳，玩弄女人的感情，在他们的眼里，女人是戏子、玩物，自己有钱，就可以让女人为他们表演，他们把女性只当作是充自己面子的一个装饰品。《与爱情无关》中的男人有着自己的家庭，但他还是在外面找女人，但当这个女人为他付出真情时，他却抛弃了这个女人。在他辉煌的时候，他可以与这个女人谈着他所谓的爱情，他用温柔和贴心织起大网，将这个女人牢牢地网在其中。但当他的大楼因为得罪人而盖不起来时，他毅然决然地抛弃这个女人，抛弃他所谓的爱情，因为他和她的爱情是建立在这栋大楼是否盖起来，进一步说就是建立在物质的基础上的，当他开始因为开房而计较钱时，他就已经放弃了他们的爱情，留下的就只是这个女人对他的情和念。《须眉》里的齐斯林也是一个花花公子，他外表俊朗，经济丰厚，有着自己的家庭，外面也有女人。他舍不得自己更年期的妻子，也舍不得他的情人小样儿。时常情感出轨是周瑄璞笔下城市男人的最明显的性格。

2. 周瑄璞批评有暴力倾向的男性

周瑄璞笔下还有这样一类人，他们有着暴力倾向，当自己不顺心时就打自己的伴侣，他们把自己的失利失意归结于女人，把女人当作自己发泄的对象，对女人拳打脚踢。《曼琴的四月》中曼琴的父亲就是有着暴力倾向的男性，他每次都非常狠心地打他的妻子，公然当着他妻子的面与别的女人偷情，用他的话来说，他的妻子年轻的时候对不起他，现在妻子所遭受的一切都是她的报应，也是他对她的报复。作为一个丈夫，他不但不理解包容他的妻子，还用暴力手段欺侮她；《我的黑夜比白天多》中的女主人公苏新我也遇到一个暴力狂，她的丈夫何幸福就是一个流氓混混。她识人不清，结婚后何幸福的种种暴行对她和她的侄女七斤造成了难以估量的后果，她自己身体受到了伤害，侄女也进了少管所。而苏新我的哥哥苏文敏在婚后染上了毒瘾，也经常打自己的妻子大秀。

总之，周瑄璞对施暴的男性都深恶痛绝，有的写这类男人被杀，有的写被判刑，受到应有的惩罚。

3. 周瑄璞同情有些蠢笨的男性

在塑造男性形象上，贾平凹有着独特的见解和感悟，贾平凹笔下的男性主要是在"商州"和"西京"，这些有着鲜活形象的人物，典型性格都有一点蠢笨丑陋，但都有令人骄傲的自信。比如《高兴》里的五富、《秦腔》里的狗尿苔等。周瑄璞笔下也有这样的男人，比如《宝座》里看车子的强师傅，《圆拐角》里在公园演唱的老头。但是，如果把周瑄璞的蠢笨男性和贾平凹的蠢笨男性相比较，就会发现，周瑄璞的蠢笨男人，只有卑微存在于底层的踏实、善良、懦弱和肤浅的见解。他们满足于温暖的家庭，天天忙碌于城市的小角落，他爱护家庭，小小的心智只有敬天畏人伦理道德，没有坏心思构陷好人。作者并不因为他们蠢笨，就恶意嘲弄或当工具使用，成全正面人物命运的需求。她用真诚的笔调、"小世界"的温馨塑造、点点滴滴的生命细节，给他尊重、同情和美好。比如，强师傅细水长流的日子，在他研究院的顶层小屋中慢慢展开，舒展而快乐。这样的角色在贾平凹的作品中是完全不可能的。

4. 周瑄璞笔下都市女性的觉醒与成熟

陕西新锐女作家周瑄璞以写女性小说见长，作品带有鲜明的女性立场。结合她近年来的小说创作,可从其对女性真情实欲的肯定、对女性自我价值的追寻两个层面来把握其女性意识的书写方式。借此也可透视当代都市女性的觉醒与成熟,探寻女性良性发展之路。其作品多塑造城市女性形象,以哲思之笔解剖人物灵魂。在阅读其作品时,我们可以鲜明地感受到横亘其中的女性意识,并由此体悟出都市女性由觉醒到成熟的斑驳足迹。

(1) 狭小而封闭的故事空间

较之于都市繁华、阔大的背景,周瑄璞笔下的故事则多发生于一个狭小封闭的空间,如卧室、电梯,尤其是城市里某条街上某个宾馆的房间内,为女性情欲提供着服务。这是一种写作策略,走入这样的私密空间,更易于展现女性隐秘领域里不为人所知的感受和经验。于是,我们看到《疑似爱情》中丑女丁朵朵在艺术家海帆的启示下常常在独居的卧室,用自己的眼光鉴赏镜子里自己生机勃勃的肉体,享受开放在青春之尾的花朵;或者《故障》中女主人公封闭在电梯内无法出去时内心的波动与焦灼;更多的则是《与爱情无关》《须眉》《关系》等作品中的女主人公与情人流连在各色宾馆内万种风情、寻欢作乐,排遣人生的激情和焦虑。总之,当作品的空间从社会场合转向了对外界密闭、自我开放的场所时,我们更接近女性身体、女性经验、女性感觉本身。作者将"美好的、丑陋的、欢乐的、哀伤的、圆满的、破碎的"都收容在这一个个封闭空间内,书写这样的女性私密世界,其实是在对男性文化的层层剥离中凸现真正的女性自我意识。

(2) 异化却真实的情爱内容

无论是早期的长篇小说,还是近年来渐入臻境的中短篇小说,周瑄璞笔下流淌的多为当代都市女性的爱情故事。有趣的是在这些故事中婚外情俯拾即是,正规婚姻退缩到了无言的角落,甘当陪衬。《疑似爱情》中美丽的政府公务员陈阿莹对小老板刘强过分迷恋以致为情人生下一女;《移情别恋》中姿色尚佳的都市白领朱小塘与几个情人上演从失恋到迅速再恋的情感纠葛;《隐藏的力量》中韶华已逝却风韵犹存的女主人公周旋于几个男人间借此增强自己的自怜和信心；《关系》中私企小老板孙彩云对情人陈九金实施了一系列情感抗争与利益捍卫，等等。我们可以看到这些作品中的女主人公也许身份各异，境遇万千，但都以婚外情爱填补灵魂的空虚。也许在一些人看来这些都是感情出轨的问题女人，但我们读后并不感到其羞耻与卑劣，反而觉得她们真实、直率，人物内心的幽微曲折似乎也触动着我们的心弦，融入我们的体验。作者对这些女人并无道德批判，更多的是理解甚至袒护，作品中时时表露家庭生活、夫妻之间应是"平静，和睦，体面，相安无事"，"大家保持适当的沉默、宽容和无奈，修炼成最佳合伙人"，至于女性另一面情与性的需求是真实存在的，会"时时潜藏于体内，奔来突去，定期发作"。这种对女性真情实欲的肯定，使情爱从沉重的政治、伦理、道德的包裹中剥离出来，让女人为自己拥有自己的生命、炽热的爱情而欢欣鼓舞，毕竟如拜伦所言，爱情是男人生命的一部分，却是女人生命的整个存在。

《疑似爱情》中，通过对丁朵朵、陈阿莹等女性形象的塑造，向我们展示了当代都市女性的情感和生活经历，通过"细致的观察和越轨的笔致"，以女性作家的敏感和感同身受，描写了女性的初吻、交媾、怀孕、流产、生育等阶段的切身经历，展示了女性自身"身体"的苏醒，从中表达出女性的成长，凸显了鲜明的女性意识。"晚上躺在床上，我的手不停地在肚皮上寻找你的踪迹，最先感到的是平躺时手可以摸到小腹部一个疙瘩，硬邦邦的你在我的子宫中翻了一个身。每当我晚上睡觉时，便将手放在肚皮上，隔着两层皮抚摸你。"这是陈阿莹怀孕后的一段细腻而逼真的描写，正是出自女性作家周瑄璞之手，她的感同身受使她有了如此深切地描述。

当然，难能可贵的是，作者还赋予这些女性情爱以哲理思考，如《与爱情无关》中为我们讲述了一段繁华都市的爱情寓言，男主人公Z君由于事业受挫而颓然消沉，与地方戏演员温水阳海水一般深沉的爱情瞬间干涸，作者借温水阳之口感慨"爱情是那样的轻薄"，因为要"受制于一切与爱情无关的东西"，意在揭示物质世界对女性精神生活的步步进逼,也是作者在物质面前思考现代女性如何保持爱情纯真的绝妙的构思。

5. 周瑄璞小说中对女性自我价值的追寻

周瑄璞的女性叙事并未局限于对原欲的展现,而是更深层次地关注了当代女性自身价值的实现。她们或者凭其才智和灵性在激烈的社会竞争中自强不息、奋力拼搏,或者摆脱了爱欲的旋涡,重新寻找人生的方向。这些女性身上更多地展现了独立人格的确立及挑战社会的精神,具体表现如下。

(1) 小人物的隐忍与倔强

周瑄璞的小说中有一类生活在城市最底层的普通女性,在她们凡俗人生的背后是一颗颗宽容、隐忍、不屈不挠、注满温情的心。《曼琴的四月》中的女主人公曼琴是一个相貌平平的女孩,可悲的是她的家庭环境混乱不堪,父母各自风流,同父异母的哥哥自私窝囊,姐姐势利风骚,弟弟不学无术、偷摸成性。在这种环境中长大的曼琴却干净得像一张白纸,她怀抱着自己的理想,与现实执着对抗着,对工作、婚姻有自己的高标准。更难得的是,曼琴用稚弱的双肩毅然承担起家庭的重责,陪伴照顾身患癌症的母亲、伸手救济年老色衰的姐姐、出钱保释在外嫖娼的父亲,积极为弟兄几人争取拆迁改造房。她坚守着自己的精神领地,虽然柔弱,却成为了整个家庭的救赎者。还有中篇小说《流芳》中的女主人公曲流芳,她相貌丑陋,丈夫长年卧床不起,女儿误入歧途。但曲流芳"对生活交付给她的一切表示顺从和尊重,她从不哭不闹不吵",她用一种坚忍和发自内心的善良力量来面对生活。在密友力荐下进入机关办公室,下班后仍兼职司机,以此来应对沉重的经济压力。她细心伺候丈夫,忍受无常的打骂,默默给予温暖。她还坚持文学爱好,为精神增添慰藉。女主人公的内心世界正如她的名字一样,曲水流芳,美好温情。

正是这些生活中的小人物,在都市底层混浊而庸俗的生存空间内仍心存理想、隐忍倔强、不断抗争,成就了她们精神的亮色、生命的价值,小说中其他风姿绰约、条件优越的女性反成了她们脱俗独立品格的陪衬。作者以宠辱不惊的淡定从容，透出对世俗平凡生活的理解，也给中国城市文坛上带来一股清新的风。

（2）韶华已逝者的自省与顿悟

周瑄璞的小说有一个"40岁现象"，即很多女性人物的年龄徘徊在40岁上下。这个年龄的女人心智成熟、风韵犹存却也老态微露。在男性逐渐漠视的境况下，她们挣扎于女性生物本能与个人尊严之间，迷失自己的同时又不断重新定义着生命的价值。作品《疑似爱情》中美丽丰满的青春少妇陈阿莹与丈夫长期分居，不甘空闺寂寞恋上了健壮多情的小老板刘强，沉醉在欲望满足的迷狂中，并为刘强生下女儿。40多岁后，两人感情出现裂隙，身陷尴尬处境，在好友丁朵朵的启示下不断反省自己曾走过的路，最终获得了内心的宁静，与女儿一起自信乐观地生活着。作者借陈阿莹之口发出感慨"不管你曾经历过什么，都要归于平淡，归于安然。"女主人公正是在摆脱欲望与泪水后收获了苍劲与成熟。《关系》中年近40岁的孙彩云在情人背叛后，一次次为维护自我利益而抗争，伤痕累累，感到强烈的羞耻与不甘，结尾虽只停笔于借抛硬币来决定去留，但我们已分明感受到女主人公的精神自省。相反，《流芳》中的钟玲身材高挑皮肤白皙、美丽动人，又有一份让人羡慕的机关工作，年轻时受到众男性的追捧，实是光彩照人。可钟玲总觉得不知足，到了40多岁后，她更感到"有一种东西正在她的生命中坍塌"，如同废墟一样压在她身上，无法承受。将自己堕落于情爱游戏永不满足以致迷失方向的人，只得将密友曲流芳视为摆脱抑郁、苦闷的救命稻草，无尽述说着自己的不幸。

周瑄璞塑造的这些大龄女性形象其实是一种反拨。我们可以看到她在用超越理性节制和道德约束的原欲放纵来否定男权中心的同时，也在思索真正的女性意识不应只局限于身体的苏醒，更多的应是精神的成熟，即独立、沉静，保持着内省的姿态，思悟作为一个人的自身价值，探索人类精神的家园。

总之，周瑄璞以感性细腻见长，借智性和自由之笔，将琐碎的日常生活细节不惊不诧娓娓道来，在她的故事中我们读到了当代都市女性由身体觉醒到精神成熟的变化过程，其间很多揭示世俗本质的哲思睿想，启示我们在物欲横流的当今社会，重视自身尊严的觉醒，保护与弘扬女人独有的天性才是女性良性发展之道。

第十一章　杜文娟小说创作论

21世纪初期,杜文娟在陕西文坛上的行走创作是女作家创作中的一种重要的文学现象。这不仅是陕西文坛对边疆文学的拓展性言说,而且也成为中国文坛西部文学不可缺少的一部分,对于中国书写阿里地域的变化主题来说,也产生了较为深远的影响。杜文娟小说的阿里主题沿袭了毕淑敏、扎西达娃的路子,描写阿里在特定的历史场域中发生的社会变化。因此,对她的文学考察不能割裂中国内地经济文化崛起这一历史文化背景。从西藏生活入手观照杜文娟文学创作的价值,也是中国边疆文学不可忽略的艺术收获。

第一节　杜文娟小说创作的内容

杜文娟,女,大学文化。著有长篇小说《走向珠穆朗玛》,小说集《有梦相约》,长篇纪实文学《阿里阿里》《苹果苹果》《祥瑞草原》等八部作品。2017年出版《红雪莲》。另外她有作品入选《小说选刊》《中华文学选刊》及年选,曾获《解放军文艺》双年度奖,《中国作家》鄂尔多斯文学奖等。有的作品被翻译成英文并参加国际书展,是中国作家协会会员,也是陕西百名青年艺术家之一。

杜文娟先后七次进西藏,在短短的七年时间创作出八部长篇小说和报告文学,是明显的行走写作特征。她把故乡看作创作的灵感、生存的标准、地缘和血缘的纽带,在描写西藏阿里生活的时候,时时回望故乡,以形成故乡和边疆的对照,这种创作方法已经构成了杜文娟创作的"西藏系列"的模板,仅从小说的标题中,就可以看到西藏的地理风貌,《拉萨河水泛金波》《阿里阿里》《走向珠穆朗玛》《红雪莲》等,这些都是西藏真实的地名或标志性符号,也是内地人熟悉的异域风情的名称。当然,并不是写此类名称才是西藏文学,关键是西藏地域在作家心里及她所塑造的人物形象中呈现出独特的精神气质。从小说或者报告人物的形象上看,也是包罗各个阶层和各色人等,有底层的藏族人、放牧者、残疾人,也有支援边疆的医生、教师、政府官员,有怪异的一妻三夫,也有艰难的拼搏在青藏高原公路线上的司机,有游客,也有朝圣者,他们绝大部分都是西藏自治区的漂泊者,尤其是那些援藏的教师、医生、军人,他们"将自己连根拔起,来到这一片新土地来栽植……这个生命的根须全部是裸露的,像裸露着的神经,因此是惊人的敏感。"① 这时的杜文娟从作家变成了行走者,游走成为将自己连根拔起、再在新土地上培植感情的生命个体,理性地剖析着因为"漂移"而带来的文化冲突的痛苦。她的"西藏系列"书写的就是城市文化与西藏文化碰撞带来的精神痛苦。

中国疆域广阔,边疆线也弯曲复杂、崎岖绵长,仅从气候上看,横跨热带、亚热带、温带、寒带多种气候。内陆的边疆线大多蜿蜒在地广人稀、气候恶劣的地域,并且,多数地段都住着少数民族人群。以新疆、西藏境内的边疆线为例,这两个地方的边境线近万公里,是中国内陆边境线最长的两个省份,在这里,居住着藏族、满族、哈萨克族、朝鲜族、鄂伦春族、蒙古族等居民,由于地形特殊,这些民族的文化形态比较落后,生存环境承载度脆弱,很多都保留着游牧的生存状态。

西藏自治区平均海拔4000米以上,是青藏高原的主体部分,有着"世界屋脊"之称。这里地形复杂,大体可分为三个不同的自然区:北部是藏北高原,位于昆仑山、唐古拉山和冈底斯山、念青唐古拉山之间,占全自治区面积的三分之二;在冈底斯山和喜马拉雅山之间,

---

① 严歌苓:《严歌苓的海外小说》,宁夏出版社2010年版,第329页。

即雅鲁藏布江及其支流流经的地方，是藏南谷地；藏东是高山峡谷区，为一系列由东西走向逐渐转为南北走向的高山深谷，系著名的横断山脉的一部分。地貌基本上可分为极高山、高山、中山、低山、丘陵和平原等六种类型，还有冰缘地貌、岩溶地貌、风沙地貌、火山地貌等。蜿蜒于西藏高原南侧的喜马拉雅山，由许多近似东西向的平行山脉组成，其主要部分在中国与印度、尼泊尔的交界线上，全长2400公里，宽约200—300公里，平均海拔在6000米以上。海拔8844.43米的世界第一高峰——珠穆朗玛峰，耸立在喜马拉雅山中段的中尼边界上；在其周围5000多平方公里内，有8000米以上高峰4座，7000米以上高峰38座。气候特点：空气稀薄，气压低，含氧量少；太阳辐射强，日照时间长；气温偏低，日夜温差大；全年分为明显的干季和雨季，气候类型复杂，垂直变化大。西藏高原复杂多样的地形地貌，形成了独特的高原气候。除呈现西北严寒干燥，东南温暖湿润的总趋向外，还有多种多样的区域气候和明显的垂直气候带。在当地有"十里不同天""一天有四季"等谚语，这独特的自然地理环境造就了具有鲜明特色的牧区文化或游牧文化。那古朴的黑白色帐篷、那长毛拖地的牦牛和山羊、那醇香的奶茶与酥油、那高亢的牧歌、豪放的锅庄舞，就成了这一文化的突出表象。

西藏境内的阿里处于"世界屋脊"的巅峰区域，世界上最高大最雄伟的雪山依次横亘在阿里广阔的土地上，是名副其实的"雪域高原"。走进阿里，就像走进了一个洪荒混沌未开的世界，有一种别具一格的荒野之美。藏文史书《贤者喜宴门》中写道："（西藏）上部阿里三围，状如池沼；中部卫藏四如形如沟渠；下部朵康三岗宛似田畴。"① 五世达赖喇嘛，在其所著《西藏王臣记》中，对西藏地理环境做了这样的描述："上部是秃秃的童山与皑皑雪山；中部又是峻岩又是草原；下部又是果树与森林，丛山与林云。"② 荒凉而高峻，造就出杜文娟作品不一样的审美风格。而"你是一个汉人"，并不是特别明

---

① 张云：《青藏文化》，辽宁教育出版社1998年版，第28页。
② 同上书，第28、29页。

显地提出来，但"你身在藏区"却不时地闪现在不同的作品中，好像是作家的无意识，但似乎是作家精心设计的一个地域环境。

作者在描述故事的过程中，尽管是由第三人称叙述，但作者和主人公的叙事视野，都是保持一致的，作者一心一意描述主人公处于陌生而严酷的环境中，穷于应付的心理，对于他们内在情感心灵的刻画，并不丰富。这样写作的好处就是突出了主人公新到西藏造成的生活理念调整，由内地进入藏区，情感落差巨大，生存环境发生"地震"，使文章叙事极有爆发力，但是，其弱点也是十分明显的，即写作技法简单，表现精神交流的分量不足，以至于作品叙述的内驱力紧张不足，有时会引起阅读的单调性。比如在《红雪莲》中，大学生楼卫栋进入西藏大环境中后，作者就单纯地描写他在适应西藏生存环境中经历的生活障碍。关于精神上的迎合、融汇、共鸣、升华、拆解、神话等方面，都没有涉及，这样的描写所展示的丰富性，就略显单薄。

首先，"你是一个汉人"的暗示蕴藏于作品中的知识重构中。应对生存环境的知识都是比较熟的认知与应用，但是，在杜文娟小说中，由于主人公完全置身于陌生的环境，其重建的知识内容，就以生硬的方式"体验"了进来。比如，《红雪莲》中对于红雪莲的药用功能、草原虫害的爆发分布、范围、治理的方法、醉马草的形状、花朵的色彩、毒性发作时动物的状态的描写等。这种陌生的知识的情愫，不仅验证了楼卫东生活习惯的巨大落差，而且说明了他对相关知识的匮乏，进一步暗示西藏环境的恶劣，生存于其中的人的危险境地。对于新的生存环境的知识的建立，既是一个学习的过程，也是作者展示西藏气候和地理风貌的一个过程，在展示中，潜移默化地暗示了在西藏生存的艰苦程度。

其次，"你是一个汉人"的声音表现在两种文化的分野上。杜文娟的小说充满了两种文化碰撞的思考，即游牧文化和城市文化，其展示的方式是：游牧文化的显性呈现以及城市文化的隐性呈现，显性与隐性在故事的叙述中时时碰撞，处处对比，从细节情感、生活感应上，描述两种文化的巨大差异。在饮食上，西藏地域文化是以肉类、青稞为主,食品种类单调,制作粗糙,食品匮乏,有一些比较恐怖的食品,比如牦牛鞋、野马野牦牛的胎盘、有毒性的醉马草等。城市文化,一般饮食种类繁多,制作精良,口味合适,食品很安全。在服饰上,游牧文化穿着简单朴素,在寒冷的气候的淫威下,人的保暖都成为问题,何论美丽的色彩,柔和的线条。他们还在家居中使用皮质保暖,氆氇铺地隔潮,连居住的蒙古包也经常被拆除搬迁。

总之,"行走文学"的主要特征之一是环境的变化。在杜文娟的小说中,环境的变化有"陌生化"的探索的意味,又有环境恶化后的焦虑。作为一个援藏的女作家,她有征服困难、无所畏惧的勇气和智慧,也有悲悯人类遭遇、改善生存环境的回望和反思。她的小说充分表达了作家自己的冒险性格和快乐旅行的遭遇。不同文化的碰撞,在作品中表现很多,却显得有些破碎,但在刻画西藏前后变化以及影响变化的元素上,是有独特的价值和文化意义的。

第二节　杜文娟小说创作中的地域特征

杜文娟的写作是一种"行走式"写作,她既关注陕西安康的风土人情,更重视西藏的地域文化。她在写作中,喜欢写那些平原中看不到的景象。比如特别恶劣的天气、特别的动植物现象、残忍的生存条件。在创作中表现出"好奇""尚异"的特别趣味。

一　反复写自然气候的恶劣

在《红雪莲》中作者借楼卫东的经历展示了西藏地域恶劣的自然气候;在《拉萨河水泛金波》中借夏侯宁的眼神描写了西藏冷酷的高原反应给人的生命带来的威胁;在《阿里阿里》里又反复叙述阿里地区的变幻无常的暴风雪、雪崩、飞沙走石、流动的沙丘……

在《红雪莲》中,作者借寒冷与肌体的反应来描写自然气候条件给人的生存带来的威胁:"在辽阔的无人区,白天骑马,晚上扎帐篷过夜,捡来牦牛粪燃烧取暖,还是冻得瑟瑟发抖。有人在一旁催促:

楼老师赶快走吧,这是冰河,雪山融化的水温度很低,患上风湿是小事,冻成瘫痪截肢事就大了。""下马以后,胯部疼痛,双腿罗圈,好一阵站不直身体;站直了,又像棍子,不易弯曲。间或的,步行一阵,裤管从缀着冰晶的荒草上扫过,走不多远,裤脚摇晃着细细的冰溜子,发出清脆的当啷声,实在走不动,刚被人扶上马,就像麻袋一样瘫倒地上,冰溜子纷纷折断,碎成一截一截晶莹剔透的小冰柱子,在阳光的照射下,散着五颜六色的冷光。"(《红雪莲》)在冰雪中,行走艰难,坐上马背,却不知道自己小便失禁,流出的尿液都冻成冰溜子。

表面上,作者在写楼卫东在西藏遭受的种种自然气候的折磨,隐隐间,作者塑造出的年轻人楼卫东在气候中伤痕累累,瘫软得难以走动,展示了"汉人"在气候不适应下的羸弱,也说明了"自愿到祖国最西部去"的楼卫东,原来也有观念的幼稚和无知。

在大自然的淫威下,谁也无法阻挡地域的宽广和海拔过高造成的死亡。《阿里阿里》里突然的雪崩能够压死人,大雪覆盖了公路,导致司机饿死;大雨滂沱时候,洪水泛滥,会淹死人,"风雪大一些的时候,牛羊啃食不到地上的浅草,就会被冻死或者饿死"[①]。"还有,强烈的太阳光导致人们患病。"王副县长回头说:"这里紫外线太强,会伤皮肤,搞不好还患白内障,出门千万记住戴墨镜与帽子,下次路过拉萨给你带一顶帽子回来,咱这儿的人帽子同衣服一样重要。"为了深入描写西藏的恶劣的气候,作者精心设计了"不到一尺的柳树活了四个年头最后被冻死"的情节。具体事件是这样的:杨保团是支援西藏阿里地域的农林学家,他精心培育了一株柳树,兢兢业业,小心翼翼,柳树活到四岁,一米多高,他要回老家去,就把柳树拜托给从北京来的知识分子楼卫东,详细地讲解柳树养育的注意事项,可是,尽管楼卫东很小心,这种在内地随处可见的树木,仍然娇贵地死去了。

西藏地域连一棵柳树都成活不下去,这个细节把作者对于西藏气候的排异心理表现得淋漓尽致。

---

① 杜文娟:《阿里阿里》,江苏文艺出版社 2012 年版,第 44 页。

二 杜文娟的小说充满了对异域文化的新奇和畏惧

杜文娟在作品中反复描写藏族人不一般的衣着。"一位妇女面部模糊,枣红色氆氇藏袍,腰上系一条帮典,那帮典,由三种横条颜色组成,翠绿,嫣红,靛蓝。现在,已经认识了盘羊鼠兔菩萨像,还知道围裙一样的饰物帮典,是藏族成年妇女喜爱的颜色,珍惜的色泽。上次那位背水妇女也围着一条,就没有这条鲜艳。这条帮典,宛在冰湖中央,在高原冬日的暖阳下,显得光彩夺目,妖娆生辉。"(《红雪莲》)氆氇、风马旗、尼玛石、野马、野狼都是在她的经验中非常新奇的东西。作者通过对"不一样"的符号的描述,表达了她的新奇和兴趣。但是紧接着,作者就描写了西藏文化中的残忍的一面:藏族人艰苦的生活。

第一个事例:病得快死的男孩,没有医疗条件。

"三个人两匹马,走出几百米,男孩咳嗽起来,扎西勒住马缰绳,由着男孩咳嗽。忽然,男孩哇地一声,口吐鲜血,血珠飘飞,吓得两人从马背上溜下来,将男孩平放在砾石地上。"

"过了一会儿,咳嗽停止,喘息声平稳,扎西用袖管擦拭了一阵男孩的嘴唇,血迹消失,平平地抱着男孩回到帐篷,向老人说着什么。楼卫东尾随进去,男孩重新躺到矮床上,眼球凸出得像两粒熟透的龙眼,闪烁几点星光,刺得他不敢细看。"(《红雪莲》)

第二个事例:没有麻醉药的剖腹生产,导致孕妇、婴儿的死亡。

"医生说:'丈夫签字就行了。'"

"三个男人同时说:'我们都是她丈夫。'"

"医生随口说:'大丈夫签字,其他丈夫先准备毛绳和小毯子,生完孩子顺便结扎,一连生了十个孩子,才活了三个,照这样不停歇地怀孕生子,牦牛都吃不消,你们这些丈夫,一点都不心疼妻子。'"

"几个人鱼贯而入,不大一会儿,就听见女人撕心裂肺的哭喊,想必也是没有麻药,自然生产或剖腹产……女人的哭喊弱了下去,婴儿的啼哭一声声高涨,哦,一个新生命诞生了。他却没有喜悦,一点都高兴不起来，想着女人正被五花大绑，痛得死去活来，医生一定也很痛苦，谁愿意目睹苦难的场景，而这苦难又是他无法逃避无可奈何的，丈夫们一定也心疼不已。"

病人要死了却没有药品营救；女人生孩子，没有麻醉剂；一家生了十三个孩子，却只成活了三个；等等细节，都是杜文娟作品中新奇而恐怖的场景，塑造出西藏文化独特的精神气质，在那里没有丰富的物质，没有智慧的积累，只是藏民简单、质朴、落后的生活。

三 文化碰撞中的"恶心感"

在藏族生活中体验到的情感，最明显的是"恶心感"。不是因为青稞的难以下咽，也不是它的死亡和冷漠，而是因为"恶心"折射出的西藏文化的陌生感和落后。这也是作家杜文娟不厌其烦地书写"恶心"的偏执。她的精神洁癖、高层文化优越感和对生命存在的终极关怀构成了"西藏系列"的作品的核心。在《红雪莲》《阿里阿里》《拉萨河水泛金波》《走向珠穆朗玛》等作品中，描写了主人公多次的"恶心"的情感反应。

（一）不同于中原文化的游牧文化婚配习惯

中原农耕文明在接受了西方的婚配制度后都实行一夫一妻制，但是在西藏，很多地区仍然保留着"另类"的婚配制度，比如："扎西笑模笑样地望一眼男人和女人，继续用汉语说：她有两个丈夫，这个是大丈夫，能管事拿主意；小丈夫是他弟弟，也在牧场放羊。"

扎西说："怕弟兄分家，财产流失，一家人生活更团结。"（《红雪莲》）

西藏文化中有一夫多妻也有一妻多夫，他们用自己的价值观来解决婚姻问题。这对于从北京来的知识分子楼卫东来说，实在是精神上的折磨。后来，这一对夫妇在帐篷里睡觉，扎西要求楼卫东和他一起住在帐篷，楼卫东立刻感觉"不舒服"，要求睡到帐篷外面的羊圈。

在小说的另一个细节中，作者写到楼卫东看到了三个丈夫一个女人的家庭结构，女人不断怀孕、生产、死婴，丈夫们根本不懂得照顾女人，那种字里行间的愤怒喷薄欲出。

（二）另类的"幸福"

西藏的文化背景和中原的不一样。在儒家思想里，"不孝有三、无后为大"，幸福就是儿女成行，身居官位。但是西藏地区的游牧文化却不是这样。"逐水草而居，年复一年，游牧到哪里，帐篷就扎到哪里；帐篷在哪里，女人就在哪里，家就在哪里。""帐篷里有了女人，炊烟就碧青直上，炉火就燃烧旺盛，酥油茶就滚热暖心。女人像太阳，男人像月亮，牛羊自然是星星。男人游来荡去，与星星为伴，风餐露宿，操劳数日，回到有女人的帐篷，抖落一身星光寒气，尘土风霜，喝上一碗热气腾腾的酥油茶，搂着女人睡上一觉，如同当了一回神仙菩萨。"（《红雪莲》）生命的幸福就在物质的满足和性的满足上，在这里没有儒家的"立功立德立言"的名利思想，也没有佛家所说的"四大皆空"的睿智，更没有长生不老的道家追求，仅仅是生命本能的吃、性。这就使作品中的支教者愤愤不平。虽然，很多的内地人在西藏看见漫天的星斗、月亮的清辉，深深陶醉在大自然的美妙景色中，但是，对于这种几乎动物性的快乐方式，仍然有些不习惯。

（三）最不能接受的某些生存细节

《红雪莲》中楼卫东第一次听说自己要和藏族一对夫妻同时住在帐篷里，感觉很恶心，就坚持住在帐篷外面，为了不被冻死，只好睡在羊圈。作品这样写："楼卫东摸索着，想找一抱稻草或牧草，垫在身下防潮，也能减轻砾石羊粪硌着身子。伸手抓起一把黄豆大小的羊粪颗粒，快速扔掉。恶心中有些难受，从小到大，从来没有进过羊圈猪圈马厩牛棚。"

另外《红雪莲》中楼卫东因为叫马吃了醉马草导致马死亡，"扎西（藏族人）三下两下揭下马皮，把马肉埋葬，马的内脏在野狗的争抢下，被扯得七零八落"，他在旁边看见，又差一点恶心出来。接下来，他就看见鹰在吃马的胎盘，后来，他自己在逃亡过程中，也捡拾了动物的胎盘煮熟了吃,边吃边感觉到强烈的恶心。作者把一个北京人、受过高等教育的知识分子,扔进一个完全没有开化的、气候恶劣的、文化种类异常的环境中,叫他接受各方面的痛苦极限的挑战。吃动物胎盘、住羊圈里、被羊尿浇醒、看到兄弟和自己的姐妹结婚、少年人的无法医治病痛的死亡……每一次经历都是有别于他的生存经验理念的。这里不需要文明,这里只需要生存,不需要竞争,只有人像动物一样活着。

　　在极短的篇幅里,小说反复出现这样的描写,我们可以理解为是叠章复唱的修辞格,起到反复渲染与加深重点的作用。而实际上,作家在这里要强调的是令他"恶心"的背后的东西。为什么会"恶心"?这应该不是某一个人精神洁癖的问题,而是在整个被"落后化"的过程中,汉族的优越的文化体验碰撞到藏族比较低级的文化类型产生的问题。作品中的故事都是中原人在西藏地理环境和气候砥砺下的痛苦经历,他们没有办法超越生存的环境,只能徒劳无功地在困境中忍受、坚持和恶心。

　　有的时候,对于气候和文化的不适应已经强烈到令人厌倦生死的地步了。"饿极了的楼卫东早已把不食生肉的坚持抛之脑后,肚子问题高于一切,现实是一把锋利的巨斧,将风花雪月、神话传说、理想信念,砍落一地。"楼卫东已经开始吃生的野马的胎盘。小说还写到恶劣气候对人生理上的损害,"睾丸怎么变成了铁疙瘩?捏一捏,不痛不痒,除过坚硬还是坚硬,仿佛河畔的鹅卵石、山巅的岩石,与他本人毫无瓜葛,井水不犯河水。"寒冷的自然气候不仅折磨着他的肉体,而且夺去了他的生育能力,并且永远不可能治愈。甚至,生与死的边界,也不那样清晰可怖。"(楼卫东)土坯房里寻找报纸,却被告知,运送报纸邮件的卡车在一个山口不幸翻车,汽车残骸倒挂在半山腰,司机和搭车人全部失踪,山石嶙峋,还有积雪,估计生还的可能性不大。"天天在生与死的界线上徘徊,坚持不住的时候,他想过放弃:"清醒的时候,会对心说,死了也好,死了膝盖就不痛了,腿肚子就不肿了,睾丸也不坚硬了,膀胱也不憋屈了,便血也会停止,更不会像爬虫,吃着连马匹牛羊都不愿碰的醉马草,过得连牲畜都不如,活着还有什么意义"。

也许,没有经历过城市文化的桃红柳绿,也不会有如此沉重的绝望和反抗,没有感受过精神世界丰富的文化形态,也不会深刻地品味愚昧、落后、肮脏的内涵。"(生活在西藏的人)就没有吃过大米白面青菜水果,每天重复一样的饭食,肉干、酥油茶、糌粑……怪不得学生无法理解桃花、苹果花、海棠花,无法理解春天开花秋天结果的自然规律。连他都想不起苹果的味道、笋干的味道、鲫鱼的味道。想不起从河谷一直翠绿到山巅的江南山水,想不起喜鹊荆棘青蛙的模样,想不起人间还有四月天,春夏秋冬,四季更迭。"

但是,深深的失望和绝望并没有带走他求生的欲望。楼卫东在饿得昏沉沉的时候,得到土丹卓玛的救助,而且发现自己靠吃牦牛血才活过来。"土丹卓玛端起铜盆就走,一直端进土坯房子,放到铁皮炉子上,向铜盆里加上酥油,添上雪团,咕嘟咕嘟煮起来。腥味飘散中,暗红色的糊糊煮成了,他一直盯着,目不转睛地追随女人的一举一动。喂给他吃的原来是牦牛血,给他能量的是活着的牦牛。"一个汉民族、接受过高等教育的知识分子,接受了如此"茹毛饮血"的生存方式的考验,结果,只能无奈地接受、妥协,这隐藏于其中的痛苦是作者写西藏文化的主要技巧。

四 异域文化的风情画

杜文娟笔下的西藏是风景画、风俗画、风情画的完美结合,这属于显性层面,是物化的自然与人化的自然的和谐统一,因信称义是西部特有的生活方式。文化生态背景下的自然的人的存在以及人的情感、思维方式、价值立场、世界观等,是人与自然的产物。自然环境在很大程度上,制约着第一人称的文化心理和行为准则。正所谓"一方水土养一方人",西部自然环境与西部人群特有的生存状态和人文情感造就了这样的物种关系。在广袤的西部,草原民族的性格与浩瀚的黄土高原的农民性格相去甚远,其性格的差异是很明显的,这是自然环境长期作用的结果。

　　因此,在这一层面上来反观杜文娟的作品,审视她对两种文化心理冲突的阐释,其实,就深潜在西藏文化的叙述中。《拉萨河水泛金波》中的女医生来自中原内地,城市文化背景。她对于西藏落后的医疗条件深为痛惜,这和其他工作人员的态度是一致的。自然环境与生活方式的不同对于人的文化心理和先进落后观念的影响,也有很大的不同。"我"尽管是来自于中原,但是骨子里却对西藏地区抱有深深的热恋。因此,才借助自己与同学的关系,发动内地企业向西藏捐赠医疗器械这样的事情。在这里,也形成了女医生内心世界的冲突,一方面是内心对爱的极大的渴望,她希望通过捐助来验证他(企业老总)对她的爱;另一方面是帮助西藏人民提高医疗技术。在西部自然环境对西部人的性格特征、文化心理、风俗习惯起着重要的塑造作用的同时,内地对于西藏文化的发展进程也起着推动作用。

　　在西部,人与自然是对抗又和谐统一的关系,一方面体现为人对强大的自然力的敬畏;另一方面是对于冷酷的自然的征服,产生了西部人对于自己力量、对于英雄品格的崇拜。这就是杜文娟的小说《阿里阿里》《拉萨河水泛金波》《苹果苹果》歌颂的主流旋律。这里有驻藏部队战士们用生命挑战恶劣环境;有支援西部的医疗队伍,他们日复一日,艰苦卓绝地拯救藏民生命;也有内地慈善组织,帮助西藏逐步完善校园、教室、师资队伍等各方面的必备条件,促进西藏文化的逐步发展。西部,自然的苦力与生命的脆弱,更使得人们格外地珍惜生命,使内地的援助,既及时又有力,同时也为文学提供了美的生成的资源和文化环境。

　　杜文娟对于西藏人生的歌颂使自己的作品打上了特有的"垦边"色彩。当代的西藏,不仅炮火的硝烟散去,野蛮落后的现状也逐步得到扭转,上海、北京、浙江、西安的知识青年涌入了西藏,使西藏的开发变得越来越迅速。《阿里阿里》里写贡保在童年被母亲遗弃,多次面临死亡的威胁,有饥饿、有绝境、有破烂窘迫的日子,最后参军,成为懂得藏语和汉语的军人。在攻打西藏反动势力中,借翻译机会,骗来给养给解放军部队,自己在有机会离开西藏时,主动要求留下,成为西藏建设的见证者、参与者,是西藏发展中了不起的英雄。《半个月亮爬上来》讲王君植的爱情。她1930年生,山西大学毕业,解放后留在西藏,不顾自己命运的坎坷,竭力推动西藏文化建设,因为高原严酷的自然条件,她先后失去了丈夫、儿子,可她不抱怨不退缩,坚持领导西藏文化发展之路。最后,著名的作曲家王洛宾给她写情歌,追求她。她婉言谢绝,因为她坚持自己的梦想,不愿意给他带来压力。

《所有阿里人的暗伤》写支援边疆的人员在高原地形怀孕,因为婴儿得不到充足的氧气,一出生就死亡的悲剧。这种"暗伤"造成支援边疆人员一怀孕就必须离开的结局。在来来往往的奔走中,"候鸟"现象表现了边疆生活的严酷,也反映了人民不屈服于气候的斗争精神。

五 新时代藏族文化进程的历史记录

"有人对我说,毕淑敏眼中的阿里是三十年前的阿里;马丽华眼里的阿里是二十年前的阿里;希望你写出当下的阿里,孔繁森之后的阿里。"(《阿里阿里》后记)这样的话明确了杜文娟的创作目的,就是要描写阿里的变化。"阿里是中国西藏自治区的一个地区级行政区划,世界上人口密度最小的地区之一,拥有独特的高原自然风貌。""阿里是喜马拉雅山脉、冈底斯山脉等山脉相聚的地方,被称为'万山之祖'。同时,这里也是雅鲁藏布江、印度河、恒河的发源地,故又称为'百川之源'。地理坐标为东经78°23′40″—86°11′51″,北纬29°40′40″—35°42′55″。地域面积约30.4万平方公里。截至2010年,全地区总人口95803人。地区行政公署驻噶尔县狮泉河镇。"(引自百度百科)从地理环境看,阿里的确是拥有资源却又险象环生的地方。

西藏1951年解放,1960年设阿里专区,专署驻噶尔昆沙,1970年专署迁到噶尔县狮泉河,阿里地区下辖噶尔(驻昆沙)、革吉(驻那坡)、札达(驻托林)、措勤(驻门董)、日土、改则(驻鲁玛仁波)、普兰7县。阿里地区地貌有高山、沟谷、土林、冰蚀、冲积扇、冰碛和火山等类型,历史上曾经把这种特征概括为冰雪围绕的"普兰"、岩石围绕的"古格"、湖泊围绕的"玛宇",总称为"阿里三围"。阿里属二类风区,年平均风速在每秒3.2米以上,大风频率高达8级以上,年大风日数在149天左右。年平均气温0℃,日平均温度变化幅度极大,真正是"晚穿棉袄,午穿纱"。狮泉河镇冬季终年低温严寒,年平均气温不足0℃,狮泉河镇冬季极端最低气温-41℃,夏季极端最高气温21℃,昼夜温差相当大,年温差小。在海拔5000米以上的地方,8月白天气温为10℃以上,而夜间气温则降至0℃以下。显然,阿里地区气候恶劣,海拔高,不适合人类居住,但是,由于地处边疆,必须要保证一些居民居住才能证明该地的疆域归属权。所以,尽管环境恶劣,但是各地的支援者源源不断。很多人认为,既然是政府行为,那么,就没有那么强烈的报道的必要了。似乎和政府保持一致的立场,就降低了文学的自由精神。但是杜文娟不这样想。她先后三次抵达阿里,切身体验到中国政府在新时期对于阿里的建设和支援的决心。所以,在她的很多作品中都有描写阿里发展的细节。2012年,她专门出版了报告文学《阿里阿里》。在这部作品中,她不避为政府歌颂之嫌,全面、真实、生动地展示了阿里地区在政府的政策推动下,一步一步改善民生的举措,描写阿里医疗、教育、科技、人才等方面的发展。不久,她再一次被苹果基金在阿里做的慈善行为所感动,跟随苹果基金队,造访了所有的阿里地区的小学,描写基金会对阿里地区教育事业的贡献,这就是20万字的《苹果苹果》(2014年)。这两部作品采用的叙事视角和马丽华、毕淑敏的不一样,她完全是歌颂的态度。但是,所有的歌颂都奉献给阿里第一战线的人,牧民、游客、支援医生、慈善机构工作人员、保家卫国的边防战士、支边的教师、管理政府机制的副县长、被高原气候折磨的婴儿……作者在一个个鲜活的人物形象下歌颂的是无私的人道主义光辉、统一边疆的血脉深情和扎根阿里的理想精神。于是,这些"边疆人群"又使她的作品有独特的"草根"价值。

首先,作者特别重视阿里地区地理位置、地名、山脉名、河流的记录。狮泉河镇、那曲、野马滩、冰达坂、扎达……这些名字的意义有寒冷、坚硬、死亡的取向。"阿里,是一般人需要仰望和叩拜的地方……午夜的寒光,七月的飞雪,荒漠的辽远,死亡的威胁。你才真正理解,什么叫生命禁区,生的艰难,死的容易。"(《阿里阿里》前言)作者开始就点题。

接着,正面描写了一些有悬念的故事。为什么怀孕是所有阿里人的"暗伤"?为什么传世歌曲的曼妙背后隐伏着一个冰冻的故事?在阿里,死亡随时降临,悬崖上的公路,冻死、摔死,都不足为奇,为什么援藏人员绵绵不断与大自然恶劣的气候作斗争?你知道吗,在阿里牦牛发情一不小心也会毙命的?边防战士的卡车,不仅送来送去的有信件、物资、药品、新的成员,还有藏民的信任、尊敬、仰慕和皈依……这些故事紧扣一个主题:阿里。只有阿里才会发生的或冰冷、或温暖、或神奇、或神秘的事情。

最后,阿里成为具有特殊记忆的地方。"我五岁以前,居住在东北;五岁到十岁,在北京上学……十岁的时候,我爸爸把我带到阿里;后来,我妈妈也从东北到阿里,一家三口算是团聚了"①。"我把电话打过去……说自己在北京鲁迅文学院学习,曾经在阿里待过,希望在他方便的时候拜访他。他听了很高兴。"② 在这种叙事方式里,隐藏着深深的亲昵情感。当大家都到大都市建立家庭团聚的时候,有人甘愿放弃良好的内地条件,来到阿里建家;当很多人都在觉得都市生活使我们隔离、疏远,却有一些人,仅仅去过阿里,就能够很亲密地见面、聊天、护送回家、留下电话、倾诉对阿里的想念……杜文娟用女性的细腻和温柔,一笔一笔勾勒这些离开阿里的"阿里人"的独特情怀,一点一点将自己的赞美、欣赏告诉读者,影响读者。

《苹果苹果》写的是王秋杨(苹果慈善机构创始人、总经理)三

---

① 杜文娟:《阿里阿里》,江苏文艺出版社2012年版,第165页。
② 同上书,第168页。

次深入阿里小学的事情。三次按照时间顺序展开，逐步描写阿里教育领域的发展、进步。"扎西说，鼠兔太可恶，牧民不怕狼，不怕野牦牛，就怕鼠兔，别看鼠兔体格小，娃娃生得又多又快，专咬草茎草根，绿油油的草场几个月能变成沙石滩。牧民最喜欢香鼠，这家伙自带香气，一天能吃好几只鼠兔，是草原的保护神，死掉以后还能当药材。"这是王秋杨第一次进入西藏，听到的恐怖的生存环境。在这种境况下，阿里的学校几乎形同虚设，孩子们都被家长吆喝着去放牛放羊，衣不蔽体，有一些学生来上课，家里招呼一声，立刻回家去了。很多家长，把帐篷搭建在学校周围，一有时间就窥视学生，害怕别的孩子欺负自己的孩子，直接影响老师授课。后来，王秋杨开始源源不断地把资源投放到这里。"参观的过程中，奇怪怎么始终不见学生，结果在操场一角，孩子们已经被集中起来，大部分穿着校服，校服前胸后背印着多个学校的名字，原来是其他学校捐赠来的新旧校服。"这是王秋杨第二次到学校考察时的场景。学生已经在老师的鼓励下，有了集体意识，并且和睦相处，牧民也不再逡巡周围，而是放心地把孩子送到学校。"这是王秋杨第三次来到这里，校长益西久美没有像第一次见到她时的蓬头垢面，他穿了一件灰白色翻领毛衣，领口露着暗色衬衫，外套是一件黑色西服。看见王秋杨下车，远远的就举起哈达迎了过来，就像久别的朋友，没有一点当年的拘谨。老师们跟在校长身后，喜眉活目地望着他们。"（《苹果苹果》）王秋杨的第三次考察得到学校全体师生的隆重欢迎。"同样生活在地球上，人和人的生活状态竟然有这么大的差别，所谓的现代文明离这里太远，离孩子们太远，也许，用一生一世都无法抵达。老师和孩子们为了表达他们的谢意，如此投入的表演节目，这是生活在城市里的人无法想象的。"但是，实际上在苹果基金的帮助下，学生们渐渐脱离了父辈的野蛮、无知的生活方式，开始懂礼貌、学习知识，与外面的世界接轨过上与父母完全不同的现代生活。

第三节　杜文娟创作的艺术特点

一　杜文娟小说中生动传神的细节描写

杜文娟笔下的细节，非常生动而传神，每每扣准了人物的心理，指使了事情发展的结果，使人体会到一种难掩的喜悦或苍凉。

杜文娟对于文学语言，有着强烈的驾驭能力。她能保持语言的纯粹和清丽，又能娴熟地使用藏族文化语言来叙述和描写，使她的小说大大增加了鲜活性表现力和边疆气息。"一个冬夜，雪花刚刚停止了飘零，就接到报案，一支58人的队伍，想出普兰县的山口，潜逃越境，格列带着6名警察迅速追击，40人后援部队也分头赶上，在整个出山口，封控堵截。潜逃人员中，有人对这里的地形地貌非常熟悉，便和他们迂回曲折，打起了游击战。大雪刚过，山头和山谷一样，被大雪覆盖，雪域茫茫，寒冷异常，行动艰难，他们不放过一个山谷，一个垭口，潜逃者和追击者，都疲惫不堪，终于堵截了所有的潜逃者。"（《所有阿里人的暗伤》）语言简洁干净，不拖泥带水，却生动传神，富有张力。作者还常常能够用语不多就把人物的动作及事件描绘得活灵活现，民间语汇、个性的语气与腔调的应用，简洁准确，新鲜生动，极富个性化和乡土味，如一些特殊语汇氆氇、典带等，在小说语言普遍呈现文人化、公众化的当下，杜文娟的小说语言，在当代小说中无疑是一个夺目的亮点。

在描写西藏文化变迁过程中，杜文娟还有一个明显的特点：她特别强调医疗卫生、教育领域的内地支援，主要是物质上的推动和改善，对于藏族文化的宗教精神、生态观念，她都抱着敬畏、尊重的态度，并没有"大汉族主义"的试图用汉民族的价值观改造藏民族的价值观的现象。比如，在《苹果苹果》里，王秋杨一次又一次地进入藏区，考察藏族的教育，仍然尊重藏民族的宗教、生活方式；《拉萨河水泛金波》里，某医务工作者，就是用自己的技术来拯救病人，并没有贬抑、歧视藏民的落后的生活习惯，最后，她动员自己的情人给边疆无偿捐助医疗设施，也是实现改善藏区医疗条件的初衷；《红雪莲》里，北京的知识分子柳渡江逃回了内地，但是他的儿子又以医生的身份支援藏区来到爸爸生活的地方，他的工作也是治病救人，并没有把精神文化的优越，强硬灌注在这块地域。这样的描写，突出作者在物质援助上的正面取向以及保护少数民族精神文化的自然生态的思想。

这样的创作理念还深深地渗透于杜文娟的性别观念中。在她的作品里，不止一次写到一夫多妻或一妻多夫现象在西藏游牧民族生活中的存在，尽管她饱含着悲悯心把事件作了客观的描述，但是她并没有严厉地苛责，甚至连愤怒的情绪都没有，只是淡淡的叙述，完全没有把自己的观念强压给他人的意图。这样克制的描述，不仅是对少数民族文化的尊重，而且是允许其他婚姻形式存在的朴素的人文思想。21世纪已经进入第19个年头，女性主义作为一种话语的资源、思想立场和价值观念被越来越多的人接受，甚至被认为是"真理"，杜文娟在写作中，并没有利用"优越的思想"改造这一地域的性别观，表面看，是认识上的短板，实际上，是在喧闹的时代思潮中保持一种自我清醒的姿态，一种更加多元审美的价值观。

雪线这一高地文化，以地处雪域之巅而获得了它独特的内涵，气候高寒，空气稀薄，环境严酷，生存艰难是其基本特征。在这里，自然环境虽然制约了人们的生活生产，但人的精神却空前的充盈，正是在这个意义上很多人在写雪域高原的时候，都描写这种披上了荣誉而富于神圣的宗教色彩的美丽，人物的性格命运，也受环境的塑造，而变得坚韧、沉默、内敛，仿佛高寒的草地，气象万千的风卷云飞，迎风招展的五色经幡，散落在山野间的玛尼石堆，放着灵光的圣湖，使神灵遍布的高地，更显得神秘而冷静，创造出了超乎想象的出世情节。比如，扎西达娃的《西藏隐秘岁月》和色波等人的小说就是如此。

还有一些作家，在描写这些环境的时候，融进了许多生活的气息，人的性格也比较活跃、开朗。一望无际的荒漠和草原，牦牛与羊群像散落的黑珍珠和白珍珠，黑色帐篷里祥和的生活图景，欢腾的舞蹈、飞舞的经幡和风马等，构成了一道独特的风景线。比如，阿来的《尘埃落定》。

真正意义上的艺术自觉与超越，是介入了现代文明之后反思藏族民族文化的创作，是以一种现代视域摄取世界文化的精髓以丰富民族文学的创作。对于杜文娟来说，西藏文化是与现代文化碰撞后，才产生的阵痛与醒悟。一方面伴随着对现代历史文明的真爱与反思；另一方面又寻觅着传统文化沿袭的可能与衔接。因此，从这一点上来看，杜文娟的创作，实际上，是开发西藏古老文化、发现新文明的一次心灵之旅。

谢冕在《雪域》的序言中认为："现在的西藏文学一定要注入世界性的现代感"，"一方面是藏汉文化的交流和融汇；一方面是中西文化的冲撞和化合。"这种评价只能比较模糊地说明西藏文学创作流变中的一个方面。而无处不在的文化碰撞的痛苦以及对于痛苦的逃离和改造的主题，一直持续不绝，构成了杜文娟小说的内核。

二　西藏风情画的知识叙事风格

《红雪莲》（杜文娟著，2017年出版）是杜文娟的新书，她通过两代援藏人物命运的故事，刻画了西藏地域在援藏人员和西藏人民共同努力下，兴旺发展起来的故事。故事并不是非常跌宕起伏，却因西藏地方知识的展示状态，表达了西藏风情化的历史变化，提供了一个新的审视文本创作的角度。一经出版，立刻引起当代文坛的关注。在《红豆》上全文发表，然后，开始出版单行本，让众多评论家为之兴奋，撰写评论。

西藏的地方知识广泛涉及政治、道德、宗教、文化，因此，《红雪莲》是探讨人类西藏生活的通识教育课本，小说展示的丰富的西藏地域的谚语、神话、民间故事、居所、宗教意识、医学知识等，使知识的言说处于故事叙事的主导地位，通过它，不仅刻画出充满异域风情的画卷，而且借此刻画人物性格、构建故事情节，甚至叙述声音中自始至终充满了知识性的阐释。考察和分析《红雪莲》中知识叙事的价值，将开拓出研究西部文学艺术动向的新视野。

知识，相对于一般经验，是比较深入、精细、准确、系统的信息言说，比如，古典诗歌鉴赏知识，甚至一些医学知识、地理知识、草药知识等。在多元化交流中，人们越来越期待地方性知识的分享。《红雪莲》中，地方知识的讲述是属于西藏生存必备的应对方法，是在这个陌生环境要生存下去的必要条件，是以"病或不病""生或不生"为判定标准的，学会了并且应用了这些知识，才能顺利地、和谐地存活下去。这是《红雪莲》追求知识生成机制的普适性特征。可以说，《红雪莲》中知识叙事的丰赡和饱满，已经引发出西部小说创作中的一场变革，即小说的重点已经从情节的传奇转向对西藏生活知识的全面铺开讲授。一场认识论的革命在《红雪莲》中变化着。

　　这个变革的印证，在《红雪莲》中，从整体上看，可以从小说文本的前后对照中展开。显然，该小说采用了楼卫东和柳巴松两个援藏人亲身经历的线索性讲述模式，实际上，是两个"外乡人"适应、学习西藏地方知识文化的过程。楼卫东是在"文化大革命"背景下主动到西藏支教的北京青年，他毫无准备，只凭借着一腔革命热情奔赴在支教征程上。结果，他接受了一场又一场的考验（丢了巴松、遗失了二胡、便血、干涸的环境、严酷的气候、无法适应的饮食、完全孤独的精神折磨），最后，到达忍受的极致，狼狈地逃离了西藏，葬送了自己的青春梦想，苟且偷生，一直到黯然离世。

　　楼卫东的命运与其说是他个人性格或身体原因所致，不如说是他完全不知道西藏地方生存知识造成的。比如，他没有醉马草的知识，就误令马匹吃了，马中毒而死；又比如，他没有高原种树的知识，结果，虽然悉心照顾，活了四年的"班公柳"也死了。他接受了老白的建议，买了一顶帽子，一下子就感觉到紫外线威胁减少了；他慢慢接受了吃野兽"胞衣"、吃生羊肉、吃风干肉、喝酥油茶等习惯，才熬过无人区羌塘沙漠，活着离开了西藏……这是一个"顺我者昌、逆我者亡"的生存法则的适应和比拼，也是西藏地域独特历史背景下，知识青年命运的一个缩影。

　　接着来看一下柳巴松。他本身是藏民，却被带到内地成长，一直到成年之后，才主动申请到西藏"支医"（他是医生）。他不仅会说藏语，而且凭借医术，在藏民中威信很高，他的青春梦想在西藏雪域高原地区熠熠生辉。

柳巴松的成功，有国家政策的推动的原因，但更加与他有丰富的西藏地域知识割裂不开。他知道缺氧导致的各种病症，不仅自己预防，而且还治病救人；他在渡江时，拥有跨越索桥的知识，能够手抓滑索，顺利渡过；他知道中医、西医、藏医的知识，能够给病人最准确的诊断；他不仅认识醉马草，而且还把它晒干配药治病；他认同藏族的宗教，尊重天葬，获得了良好的人际关系；他习惯西藏的饮食，吃起东西来津津有味；他甚至知道高原妇女"风信子"不准的医治手法，及时为南宫羽熬药诊治……这是一个完全认知了西藏地方知识的青年，适应了西藏的生活，并且，渐渐改变着西藏的风貌。

如果将楼卫东和柳巴松的知识结构进行比较，就不难发现，独特的西藏地方知识对于"援藏"人群的生存重要性，甚至，如果不讲述这些知识，就不能够理解楼卫东的失败和柳巴松的成功，不能够发现"援藏"政策在数十年的坚持下，西藏进步、发展的步履。因此，知识叙事在《红雪莲》主题表达中具有重要位置。

另外，《红雪莲》除了在主题上离不开知识叙事，在塑造人物形象上，也有不可忽视的作用。比如，通过对柳巴松对西藏地区草药、花木、江河山川、地理风貌、高原病情况等知识的描写，塑造出他博学、值得信赖的品格。还有一个人物形象的性格是不容忽视的，那就是南宫羽。她本来是一个"支教的菜鸟"，来到完全陌生的西藏，对这个地方的种种知识都一无所知。她邂逅了柳巴松、李工、欧珠久美等人，凭借着对西藏美丽景色的热爱，她渐渐适应下来，即便多次因缺氧而晕厥也毫不退缩。很快，她的专业知识被发现，被调到国家西藏电力工程上做负责人，用大学中学习到的电力知识，来建设西藏美丽的未来。

南宫羽不停地点头，这是久违的话题，全国各地大江大河地理分布，水能资源蕴藏情况，煤炭石油天然气资源储量，各种矿藏地质结构，都与电力十指连心，唇齿相依。火力发电，水力发电，风力发电，太阳能发电及核电等等，多种发电类型优劣对比，所占比例大小，未来前景如何，是所有大学电力专业的基础课程。自从走出校门，就淡忘了这些知识，此时此刻，身处喜马拉雅山脉峡谷之中，听一位藏族汉子讲中国水力资源状况，感到无比亲切和喜悦。深山水电站还有视野如此开阔的人才，而且是装机容量不大、机组设备并不先进的小型水电站。（《红雪莲》）

南宫羽本来是电子信息自动化专业的大学生，毕业后被分配在某山区水电站工作，但情场失意，辞职去南方追寻爱人的踪迹，结果深陷"小三情感牢狱"而不能超脱，于是，她主动到西藏支教，想摆脱情感上的阴影。一个偶然的机会，她救了一个小型水电站，她的才能被发现，就被调到电力行业工作，成为独当一面的专业人才。在这里，她不仅成为西藏建设征程上的"螺丝钉"，而且用自己的专业知识重新唤起青春的理想。所以，就像这一段，当她听说欧珠对于西藏未来的描绘时，不由心潮澎湃，激情四溢。

专业的电力知识成为建构南宫羽知识人格的重要支柱，也是她走出情感困境的潜在影响因素。

除了地方知识在主题、人物性格塑造都发挥作用外，叙述声音又在不断地补充、完善知识机制，可以说，如果没有叙述声音的不断提示，整个文本是没有办法完成故事情节推动的。但如果叙述声音里没有知识的讲授，也就没有办法完成叙述动作的言说。

比如，从楼卫东进入小学任教开始，通过切身体验叙述声音就先后讲述了以下知识：在西藏上课，没有上课铃声，扎西校长在敲一对牦牛犄角；他说"上课"，才发现所有学生都听不懂汉语；他发现西藏的白天阳光灿烂晚上却雪雨交加；他第一次领略了"锅庄"的热烈场景，知道了藏族人把羊前腿给最尊贵的客人的风俗习惯；他看见柳树在西藏四年才长一尺多高、七片叶子，而且是在专家的看护下才能生长；雄鹰，巨大无比，可以从空中落下袭击成年男人；他无法在课堂上讲授春天，因为孩子们嘲笑他描绘出的春天有海棠花、苹果花……

这是一段奇异的旅行，所到之处，完全不能按照自己的常识生存，西藏人在解决问题上，完全有另外一套生存法则。音乐上，他们用鹰的翅膀上的骨头做"鹰笛"；饮食上，他们用牦牛血、动物的胎盘、生羊肉为食品过活；天寒地冻的湖泊中有殉情的男女尸体；送盐的驮羊盐袋一卸就死亡；毛主席像是圣物，毛主席是菩萨；高原缺氧造成不孕不育；怕财产分割而一妻多夫，还有帐篷、氆氇毯子、典帮、藏刀、醉马草、高原虫疫等，这些光怪陆离的东西，构建出一个全新的世界，需要一套全新的生存知识应对，《红雪莲》就是通过这个"新环境"的适应，呈现了西藏变化巨大的风情图景。

总之，作为杜文娟代表作的《红雪莲》，西藏异域风情画卷是通过知识叙事展现的，知识涉及小说的方方面面，它是小说主题的线索，也是塑造人物的基础，更是叙述动作、叙述声音的目的。该小说能够灵活、自由地把知识镶嵌在故事中，与作者对西藏生活资源的熟练把握密不可分。我们相信，知识叙事的成功是《红雪莲》引人关注的重要元素，这对于西部文学以传奇故事为主的叙事方式，具有巨大的冲击力，同时也是中国当代小说发展方向的新探索。其艺术收获，不容忽视。

第十二章 唐卡小说创作论

第一节 唐卡的小说创作及文学成就

唐卡是20世纪70年代出生的女作家，陕西省作家协会首届签约人。曾学经济，后又修心理学。曾用水吉、法莲、芰秋、西夏等笔名发表诗文。作品有：诗集《沼泽地的吟唱》《在长安》，长篇小说《你是我的宿命》《荒诞也这般幸福》《顶楼的女人》《魔匣，别打开》《你在找谁》《天堂镇》《活佛之死》《私密生活》《莲花度母》等。剧本《为了爱》拍成数字电影。

由于受90年代"美女作家"思潮的影响，唐卡的作品有时被称为"陕西美女作家"的作品，这是因为她所具有的一些特点和"美女作家"不谋而合：第一，她是出生于70年代的年轻作家；第二，作品的封面也有文雅、秀美且充满魅惑神秘气息的美女照，体现出了女性被欣赏的心理暗示；第三，作品中也主要是对情爱的描写。但是她的作品不是纯粹的以下半身为表现主题的，而是具有一定精神内涵的创作。她正常而健康地写作，没有靠出卖身体或是靠性勾引去完成作品，而是宣扬内在的精神世界感悟。只要对作品和作品中的人物形象具体分析，就会感受到她们独立、成熟和精神成长的创作特征。

首先唐卡在选题上不再拘泥于为陕西赢得不少声望的农村题材，而关注都市知识女性生活。屈雅君教授对她的概括是："她（唐卡）为都市白领，有着自己的职业，喜欢写都市'上班族'男男女女的故事。期间，有可以相互倾诉各自隐私的女性之间的情意，有异性之间说不清是好感还是爱的倾心和关注，也有恋人之间、夫妻之间以及情人之间的感情纠葛。她大多是努力在充满商业气息的生存空间中守护着自己浪漫情怀的女人，她热衷于风风火火的工作，但也渴望一个稳定、温馨的家；她享受着夫妻之间那种你中有我、我中有你的生命交融，同时也不放弃在现实异性中找寻'柏拉图式'的精神伴侣；她们对'爱情'的'纯度'有着苛刻的要求，但并不拒绝高物质享受。总之，她们是那种被自身的智慧和能力浸泡得过于自信、感情很多欲望很多痛苦也很多的女人。"①

唐卡的文学创作在陕西有一定的反响，在一定程度上，引起评论界、文学创作社团体的注意。全国著名评论家白烨先生、著名评论家、茅盾文学奖评奖委员李星先生、中国作协副主席陈忠实先生、陕西文联副主席肖云儒先生等都对她的文学创作，特别是长篇小说创作，给予热切的关注和褒奖，对她描写都市女性情感的小说给予了高度的评价，认为她的作品情感丰富，准确地反映了当下都市青年的爱情生活以及生存的压力。在以乡土文学著称的陕西，她的作品不仅清新时尚，又有很深的人文关怀，被认为是陕西省青年女作家群里的代表作家。

首先唐卡在讲述"欲望都市"里男男女女的爱情迷茫时，其实更深层次的是在挖掘人性、人的内心和人性的悲凉，在爱中审视现实、反省人生。以独到的个性话语诠释着、倾诉着都市非主流边缘青年男女的生活压力和生存状态，宣泄着女性渴望自由和不惜与道德相抵触的各种感受。雷涛说过："翻开她的作品，不难看出这一现象：作品中的主人公大多是有文化的小知识分子，作品中相当多地展示她们的苦恼、不幸、欢乐和忘情。作品的氛围大多在城市或城乡交叉地带。"②

李星在《西部女作家的崛起》中对唐卡发表评论道："（唐卡）是在物欲增长的当代社会背景上，对青年女性在爱与性、婚姻与家庭、

---

① 王芳闻、夏坚德：《陕西女作家小说卷序》，太白文艺出版社 2007 年版。
② 同上。

心灵与肉体方面的矛盾与困惑以及所遇到的尴尬,作了生动地描述与解剖,对女性心理的深切体察,使其具有不可抗拒的艺术魅力。"唐卡的长篇小说,"在婚姻爱情的总题目之下,是女人、男人,特别是青春女性的情感孤独、对爱情理想的追求、追求的困惑,以及对男人的失望"。(白烨《情爱现实的省思与追问——唐卡小说印象》)评论家芷泠的文章中写道:"唐卡的小说有着她独特的思想痕迹,她和小说中的人物交流着沉静的欢喜或者悲伤,她把自己未尽的意愿递给她们,让她们自己去挣扎,而她也痛惜着她们。偶尔,她甚至承担她们的机遇与命运,如同写完《顶楼的女人》,她意外地也搬入了二十六层的顶楼。或许是一种暗合,也许是命运之神对她示意的方式。总之,她有灵性与性灵。"① 从这段评述中可以看出,唐卡的小说中有自己思想和心灵的明显痕迹,并且在她的自述中可以看出,她的创作是投入自己的生命、情感和心灵的,是真诚的写作。其次唐卡的思想有些受西方文化的影响,更多的站在爱情的角度,塑造出的多数女主人公只注重爱情、享受爱情,对待每一份感情都很认真、很投入。但是,频繁更换恋爱对象,难免会在不经意间触犯道德底线,这就是作者写作的个性所在。如《你是我的宿命》,韩子嫣就是这样一位女生,追求情感自由,不受世俗限制,和有妇之夫闻少轩爱得死去活来,并且誓将这份爱捍卫到底,揭露女主角的情感之殇。

再次,唐卡的作品多数在揭露现实,写都市青年的生存压力和对爱情的困惑,在慢慢的反思中,形成心灵叩问,从而给普通人一种情感的开解和安慰。如《天堂镇》。这是她的唯一一部以一个知识男性为主人公的作品,"写他面对被彻底欲望化的生存环境的惶恐、迷茫和怀疑"②。覃广秋,这个一心要过更理想、更精神、更纯粹的情感生活的青年,因为怀疑人与人之间现存的爱情形态之庸俗,所以一直苦苦挣扎,反复思索,故意考验对方,结果,最爱他的人林多离去,好伙伴临死都对他抱怨不已。该小说揭露都市中的庸俗生活实际上也是

---

① 唐卡:《你是我的宿命·序》,花城出版社2001年版。
② 王芳闻、夏坚德:《陕西女作家小说卷》,太白文艺出版社2007年版。

最真诚的人生。这种都市青年对人际关系的摇摆不定，反映出那个时代金钱对爱情的冲击和蒙蔽。这个形象不仅在唐卡以往的作品中从未出现，即使在当代长篇小说人物中，也具有独特的生命和意义。

总之，唐卡在描写都市生活的时候，特别重视主人公在商品经济冲击下，情感迷乱、思想动摇的痛苦。主人公希望能够摆脱现状，到"天堂"寻找心灵安宁的渴望。不过，她的写作技巧略显稚嫩，在故事的紧凑性上还需要进一步磨炼、提升。

第二节　唐卡笔下的女性形象

唐卡喜欢写都市中的女性，她的作品大多数都以女性为主人公，如《你在找谁》中郭蓓蕾、林念之，《魔匣，别打开》中的苗翠等。白烨在《爱的缺失与追寻》中评论道："她（唐卡）以写实性的细节，铺排生活化的故事，以都市生活化的爱情故事揭示人性化的内涵，表现了女性的叛逆、自尊、孤独和独立。"[①] 与同一时期写都市生活的周瑄璞相比较，唐卡作品中的女性多是有情调的小知识分子，她们都被自身的智慧和能力浸泡得过于自信，表现出了自恋的特征。

一　女性自恋，却也自尊

自恋是人们普遍具有的一种心理倾向，人或多或少都有点自恋情结。国际通用的《精神疾病诊断和统计手册》（第三版）把这种人格描述为自以为是、自我陶醉的人格。其主要特征是：强烈的自我表现欲和从他人那里获得注意与羡慕的愿望；一贯自我评价过高，自以为才华出众、能力超群，常常不现实地夸大自己的成绩，倾向于极端的自我专注；好产生海阔天空的幻想，内容多是自我陶醉性的，权欲倾向明显，期待他人给自己以特殊的偏爱和关心。而对于文人而言，自恋往往表现得更为明显，唐卡的创作中也突出了这一特色，通过作品

---

① 唐卡：《天堂镇》序，白烨《爱的缺失与追寻》，作家出版社2007年版。

中的主人公可充分体现出来。

唐卡的小说的自恋气质，主要归纳为两种类型：第一种表现为自我欣赏。她是"70后"，很年轻，又是都市白领丽人，有着自己的职业，加上受过高等教育，她们的作品中也是以知识女性形象为主人公。有着年轻的资本、美丽的容颜、知识的浇灌，自然会显出高人一等的优越感。在她的笔下，女性多数是外貌美丽绝伦，具有超凡脱俗的气质，喜欢盛妆出入一些公共场所，如派对、咖啡馆、酒吧、西餐厅、音乐会等都市时尚场所，期待被人视为特殊人物。虽然也表现出内敛、淑女的气质，但潜意识里已经习惯于众人投来羡慕、迷恋、惊讶的眼神，并愿意沉浸其中，享受着被欣赏的快感；第二种是由男性衬托出女性美的自恋。她们喜欢被多位男人追求着，为要不要赴约会而烦恼，满足于被男人们宠着，越多的男人追求，她们就越有优越感，似乎被男人照顾和呵护是理所当然的。

不过，唐卡毕竟是陕西女作家，西安的朴素性格拯救了她。虽然她们游走于男人群当中，但并没有迷失自我，始终保持着对爱情的一对一的专注，这就是她们自恋却也自尊的表现。

如唐卡的《你在找谁》中的女主人公林念之。她是一个典型的都市优秀女生，长相美、气质佳，有不错的职业，过着小资生活，同样也有众多追求者。自身条件的优越使她潜意识里表现出了自恋情结，容易沉湎于自己塑造的幻想世界，她青春的生命需要一份真正的爱情，浓烈的、奔放的、忘我的爱情。但现实总是不如人愿，追求真爱在滚滚商品潮中，简直是一种奢望。结果，她的矫情遭到男朋友的抛弃，一时，骄傲的她无法接受这个残酷的事实，痛苦、失落、质疑爱情。其实，伤心的本质，被她的好朋友郭贝蕾一语道破："你之所以伤心，是因为是他甩了你，你心理不平衡；如果是你甩了他，你就不那么痛苦了。"显然，对于林念之，失去爱情并不重要，重要的是男朋友不要自己了，这对于自尊心很强的林念之来说，自恋情感受挫，所以，备加痛苦。

的确，像她这样优秀的女孩子，已经习惯于被周围的人宠溺，从来没有被别人嫌弃过，怎么可能不失落呢？她的内心里有对爱情强烈的渴望，接着，她邂逅了真正的爱人，他们从相识、相恋、相知，那么幸福而美好。她认为这一生终于找到对的人，期待着和这个男人共同度过余生。她珍惜和他相处的每一寸时光，享受爱情给予的所有快乐。这个时候，她得知他已经有妻子的残酷现实。她为了真爱，放下尊严，苦苦等待，结果，发现他根本不可能跟自己结婚。已经遭受过爱情抛弃的人，已经被爱情折磨过尊严的人，终于感觉到爱情给自己的尊严带来的挑战，决心放弃。

林念之的爱情经历是一个很自恋又自尊的都市女性的典型案例。她在各种资源的比较中，游刃有余地选择自己的恋人，认为自己能够轻而易举地获得幸福，实际上，都市的复杂的人际关系，给她的情感世界带来重重危机。她不得不放弃对纯真爱情的追求。

《冬夜焰火》中女主人公邂逅英俊、博学的男主人公，主动追求，认为凭借自己的才华和美丽，一定能打动他，结果，不过是"一夜情"。可是，她并不觉得遗憾，而是后来"他"从英国寄来礼物道歉，她才释然。这种"被抛弃—独立自尊—男人后悔"的模式，表达了潜意识中作家的小资女性的自恋心理。

不过，这些有着点点自恋女性的人物形象，并没有把主人公带入瘫软的泥淖中。相反，良好的职业和不低的薪水，使她们更加清楚地看到，爱情的扑朔迷离，情感的不可靠，独立生活能力多么宝贵。她们享受着职业带来的社会地位，过着优渥的物质生活，缺少爱情，使她们有些伤感，但并不影响她们品尝其他形式的快乐。另外强调一点，唐卡也在作品中涉及性爱描写，但是她文笔清新，描写含蓄，非常适合青年人的阅读，尤其精神与肉体的水乳交融之美，诠释了《情爱论》中对于爱情的定义。风格利落、语言明快，为她的作品增添了爽快、透彻的色彩。

二　女性的精神叛逆

葛红兵先生在《个体性文学与身体型作家——90年代的小说转

向》中，将林白、棉棉、卫慧等作家称为"身体型作家"，明确使用了"身体写作"的概念①，他说：与传统作家注重"精神"不同，她们注重"身体"，"身体"是她们游戏的秘密武器。她们想要与众不同，想要成名，极力张扬个性，没有选择别人都走的正常路线，而是选择了这样的写作风格，充分体现出了个人的叛逆心理，丝毫不在乎外界的评论，抛弃道德性，隔绝了身体伦理，回到了纯粹的肉身。

而唐卡的创作，虽然也多是沉浸在自己的写作世界里，想写出自己与众不同的东西，但写作的重心不同于海派美女作家，她的叛逆体现在并非将写作只停留在性的表面，而是上升到了一定的精神境界，同时表现出了独立的个性。

《魔匣，别打开》是唐卡的一部长篇小说，描写的是苗翠"都市历险记"。一个生于农村的普通女孩，由于家庭贫穷只能休学回家，但是她的心早已在城市扎根了，她瞧不起自己从小生长的这个村子，更加讨厌自己的家人，尤其是爸爸。爸爸有病，家里到处借钱给他看病，根本没钱供她上学，使她想通过高考进入城市的梦想破灭。她对山村里缺吃少穿的生活也极其讨厌，所以要改变。她不满足于父母亲对自己命运的设想，认为一个农村出身的女孩子，嫁个人好好过日子就可以了。她利用自己的聪明获得了去市长女儿家做保姆的机会。她不顾自己父母的反对，毅然踏上了都市的历险路，她告诫自己：有朝一日她也要做城里人，要过像城里人一样的生活，而且要比普通城里人过得更好。父亲的医药费，弟弟妹妹的学费，家里的生活费，她想到这些，身上的责任之重更促使她一定要抓紧这个来之不易的机会。她认为按照一般的发展很难有前途，因此要展现自己和别人不一样的地方，这种表现与一般人明显不同。她没有把自己目标设置成保姆角色，认为它只是过渡，她还有更大的理想。"如果说每个人有抱负的话，城里人和乡下人抱负相差千万里，他们的起跑线和机会不同，一个在布满荆棘的山沟里，黑暗、潮湿、病痛；一个在物品丰富的高地，

---

① 葛红兵：《个体性文学与身体型作家——90年代的小说转向》，《山花》1997年第2期。

敞亮、富有、多彩，离幸运之神也要近些。如果一个城里人和一个乡下人坐在一起谈理想，那是滑稽而且容易造成伤害的，因为客观上他们存在基础差异。特别是在中国，有些东西并非个人能解决，一切仿佛就像命定的东西，不可更改。农村人想得更多的是跳出农门，这或许就是他们最大的心愿了。而这在城里人看来是多么不可思议，多么可笑又多么不值一提啊！"（《魔匣，别打开》）苗翠知道她的身份让城里人瞧不起，但也正是这种被蔑视，使她更加下定决心，总有一天，她会让这些人刮目相看的。她利用自己的漂亮，又会察言观色，在人面前，做事非常勤快，得到上到市长全家、下到政府官员司机们的一致好评，并很快得到所有人的信任。那种急于改变命运的愿望使她显现出了超常的"智慧"，她在进行一个非常周密的计划——勾引市长。"同样一个社会，他们高贵我贫贱；他们富有我贫穷；他们文雅我粗俗。这世界真的不公平，好像人一出生就决定这一生的命运。"苗翠不愿意屈服于命运，她坚信命运把握在自己手中，坚信有一天她会昂起头走在城市的街上，变成一个都市女孩，那时候，不会再因没钱或是没地位而心里泛虚。终于，皇天不负有心人，她成功了，三年时间没有白等，她采用了不太光彩的行为，和市长发生了关系，市长为了息事宁人给了她巨额补偿。她终于实现了自己的"梦想"。可是，她又觉得自己不能在这个城市待下去，决定到南方去碰碰运气。

  苗翠的命运是许多农村出身的女孩子"扎根"城市生活的案例。她们不像传统的女孩子逆来顺受，而是敢于和卑微的出身做斗争，勇于追求自己的理想生活，甚至采用不合适的手段来达到自己的目的。她们身上的强烈的叛逆和火热的热情，使作者在塑造她们的时候，也采用了比较包容的态度。没有受传统观念的限制，她潜意识表达的是对这个叛逆姑娘的理解，对这样的非主流青年群体的理解。

  总之，凭着唐卡对都市女性生活的细致观察，每个人都能在作品中发现自己的影子，产生共鸣。那种奸诈和善良、富有和贫穷、多情和淫荡、坚定和彷徨、美好和龌龊、道德和背叛……使人们发现都市生活原来是如此令人困惑。她能够如此透明地揭示社会不体面的一面，并用比较开化的态度,来对照本身命运的转机,这是唐卡大胆的刻画,也是女性性意识强化后,独立精神发展的明证。

三 作品中性与爱的界限

唐卡作品中的性描写主要是为了突出精神层面的东西,并不是某些作家们去刻意描写性而吸引读者的眼球,更不是为了满足公众(尤其是男性)的窥私欲,从而促进作品的销售。如唐卡的《你在找谁》中,有这样一段:"他轻轻地放平她的身子,然后有条不紊地脱掉他的浴衣。他极尽柔情,满怀爱怜地看她,又细致地吻她,等她下身完全湿润,才以一种全新的姿势进入。"又如《顶楼的女人》中有这样一段描述:"他扳过我的身子,吻住我的唇。由浅入深,柔情似水。他缓缓地脱掉我的衣服,然后又开始他那要命的吻。直到我到了状态,他才脱下衣服,他的技巧极高,就像职业选手,温柔而有力。"总之描写性爱都是点到为止,不做色情的渲染。

唐卡描写性爱都是女性情感涌动的产物。《你在找谁》,以四个都市女性的情感际遇相交织,上演了一出多彩却又殊途同归的人生活剧。"四位女性各以自己的方式不停地谈情说爱,但结果却是不约而同的失恋再失恋,失望再失望。"① 其中一位——郭贝蕾,她看上去是过得最潇洒的一个,她不相信爱情,索性沉湎于感官享受,不要爱只要性。她认为爱情是很荒谬的东西,谁投入得多,谁就受伤害多。因为明白这一点,所以她只要快乐多彩的生活,而这种多彩就是游离于不同的男人之间。她也想有个固定男友,而不是刻意在不同的陌生男人身上寻找刺激,只是要找到一个爱自己和自己爱的好男人比登天还难,所以只要能满足她身体强烈欲望的男人都可以,当她喜欢上诗人南灵时,南灵却要搞更刺激的,她与他断绝了来往;当她发现自己喜欢上了某中学教师时,又招惹得人家老婆打上门来。从此,受伤而无奈。

这样的现实,只会让人觉得苍白,也表达了作者对都市青年男女

---

① 白烨:《情爱现实的省思与追问——唐卡小说印象》,《艺术界》2012年第4期。

之间爱情的困惑。

另外，在发生性爱的时候，女主人公一直处于情感纠结中，不能全身心投入。"在看似现代化的世界里，喧闹的生活还伴有严酷的戒律和僵死的教条，因循守旧扎根于每个人脑中的传统，它在无形中蚕食并压仰人的激情，使人们被爱与恨的旋涡所吞噬。"[①] 如唐卡的《你是我的宿命》，女主人公韩子嫣一直以来在感情上都是被抛弃者（表哥的抛弃、大学同学方朔的死），使她总是孤独一人，面对爱情的再次降临，她不敢轻易靠近，在矛盾犹疑中，经受不住诱惑接受了这份爱，结果成为被世人唾弃的第三者，她不想破坏别人的家庭，但往往事情的发展趋向不是她一个人所能控制的，她内心纠结、矛盾、痛苦。最后，选择了死亡。

《你是我的宿命》中韩子嫣的情感和肉体的割裂是小说的重点。作家大胆写她的"第一次"的体验，闻少轩（有妇之夫）的诱惑，令她误以为自己离开他离开那种美妙的性体验会活不下去，但是道德的耻辱感（做第三者的耻辱感）又让她羞于接受那样的模式。果断结束了畸形的情感生活，接着家人、朋友都对她进行羞辱，生活一时陷入精神极度崩溃、恍惚的状态。都市的背景、复杂的情感骚动、肉体的挣扎，使她精神迷惑，思想惶惑，这是那个时代女性自我意识觉醒的症候。

唐卡善写爱情，尤其擅长情爱内心纠结的描写，她的《冬夜烟火》，注重煽情，把一个内心丰富、爱欲强烈的未婚女子描绘的淋漓尽致。她见到他，钟情了，给他短信，去他的学校，在楼下等他，然后，相遇，相爱。结果，男的不辞而别，那场恋爱像午夜烟火，闪烁、炫目、乍亮，然后，陡然灭掉，守着一堆情感的烟烬。为什么？她问，难道倾力相爱不美吗？不完整吗？生命的活力不是在于火热的爱情爆发吗？

《私密生活》仍然写灼人的爱情。前半部在描绘爱的成长——姐

---

① 唐卡：《你是我的宿命》，花城出版社 2001 年版，第 21 页。

姐的婚外恋、好友的小情人、自己与新男友的相识相知；后半部在撕扯爱的花衣。先是自己被前男友强暴，强烈要离开前任男友，然后是好朋友情爱的"两败"（丈夫的抛弃，情人的背叛）；最后是姐姐的完美脱身（飞到德国和姐夫团聚），书的结局仍然是创痛：周冰秋的恋人、未婚夫在带她去见公婆的路上，遭遇车祸，撒手人寰，阴阳两隔，一对经过千辛万苦才走到一起的恋人居然仍没有逃脱命运的捉弄，叫人柔肠百转，感喟万千。

作者的爱情诘问是从周冰秋的爱的蠢蠢欲动展开的。虽然有婚约，可不可以与有婚约的男朋友分手？"我只是想痛痛快快谈一场恋爱"，这一点点的诘问打开了一扇充满问题的天窗。"分手了，我纯洁吗？我在经历三个男人才碰到我愿以全身心相爱的男人，我的身体"完整"吗？我与前男友分手再找新男友算不算把自己的欢乐建立在别人的痛苦上？梁维仪的婚外恋合适吗？如果不道德，可用什么来束缚欲望？女人偷情被发现，一定要离婚吗？女人在有男友后，一定要和其他男人保持距离吗？"……这些问题，涉及人类的道德规范、身体欲望、精神理念、意识形态。有的问题幼稚，却于真诚中撕开常规的虚伪；有的问题老辣，于针砭里划开新的视野，周冰秋与其说在恋爱，不如在经历一场场爱情的正义命题的追问。

对于情爱的诘问，准确的说，来自精神、思想、理念上的不成熟，唐卡的《你在找谁》《荒诞也这般幸福》《你是我的宿命》也充满了不成熟的"情爱提问"，可以说，作者最纠缠不清的是爱情对于未婚女性精神世界的纠葛和挣扎。从表面上看，这类诘问还脱不掉稚嫩的鹅黄色，实际上，这是一个女性自我主体意识觉醒，却未得到强有力的伦理思想的支撑的特定状况。毕竟，这个社会，为女性精神独立提供的理论空间和活动空间都太小了。

正因为精神领域的扩展欲，唐卡的女主人公都苦苦追问着自己的情感经历：我的经济独立了，我可不可以建构独立的精神活动空间，可不可以有自己的爱情"私密"？"私密"是走出他人视野审视的欲望要求，是不是这样就具有更完美人格？……唐卡在当今知识女性面临道德束缚，精神郁闷的状况中，借小说主人公不停发问，建构女性主体自由空间的冲动。

西方的女性主义认为：女人是行走在公共空间的商品。意思是男性的强权可以肆意观赏、品评、批判、撕扯她们的生活，走出男性审视，建立女性的独立空间，也是当代女性主义者奔走呐喊的信念之一。唐卡吸取了儒家的一些核心思想，形成了一种独特的感情表达方式。不同的人对儒家思想的接受方式不同，而唐卡也有所选择，她的高尚的个人修养、自尊自爱的做人处世、宽容的心态、对他人无私的爱，等等，都是现代都市思想影响女性情感世界的充分表现。她抛开思想浮躁的写作模式，着笔于社会中的一小部分非主流边缘群体的情感，从思想的深度上补充了陕西女作家的都市生命细节。

总之，20世纪90年代，是中国女性文学迅速发展的时代，唐卡的爱情诘问，缘于中国传统性别观与西方性别观的碰撞，因此，有一种充满自我意识的激荡气势，正是在这一话语背景下，经过时代熔炉不断成长的新女性形象遂成为这一时期的文学的主人公。渗透在小说中的犹疑和反思，加速了女性独立意识的传播和接受，由此带动女性文化的发展，渐渐成为新时期女性精神发展的内驱力，促进中西方性别观念的交融，从而为陕西女作家创作打开一扇窗。

参考文献

一　著作

陈东原：《中国妇女生活史》，商务印书馆1937年版。

陈平原等：《西安：都市想象与文化记忆》，北京大学出版社2009年版。

黄华：《权力、身体与自我：福柯与女性主义文学批评》，北京大学出版社2005年版。

贾敏：《新时期女性作家"超性别意识"小说研究》，黑龙江人民出版社2015年版。

冷梦：《百战将星　肖永银》，解放军文艺出版社1998年版。

冷梦：《天国葬礼》（上、下），群众出版社2001年版。

冷梦：《特别谍案》，群众出版社2003年版。

冷梦：《西榴城》，太白文艺出版社2012年版。

李银河：《女性权利的崛起》，中国社会科学出版社1997年版。

梁巧娜：《性别意识与女性形象》，中央民族大学出版社2004年版。

刘思谦、屈雅君等：《性别研究：理论背景与文学文化阐释》，南开大学出版社2010年版。

孟悦：《浮出历史地表：现代妇女文学研究》，中国人民大学出版社2004年版。

马宽厚：《陕西文学史稿》，中国文学出版社2002年版。

钱虹：《文学与性别研究》，同济大学出版社2008年版。

屈雅君：《新时期文学批评模式研究》，陕西人民教育出版社1997年版。

乔以钢：《中国当代女性文学的文化探析》，北京大学出版社 2006 年版。

贾敏：《新时期女性作家"超性别意识"小说研究》，黑龙江人民出版社 2015 年版。

水田宗子：《女性的自我与表现》，中国文联出版社 2000 年版。

唐卡：《你在找谁》，中国文联出版社 2000 年版。

唐卡：《私密空间》，中国文联出版社 2002 年版。

唐卡：《你是我的宿命》，中国文联出版社 2002 年版。

唐卡：《你在找谁》，中国文联出版社 2003 年版。

唐卡：《天堂镇》，作家出版社 2007 年版。

王晓云：《梅兰梅兰》，中国文联出版社 2010 年版。

王德威：《现代小说十讲》，学林出版社 2011 年版。

王纬：《空前之迹（1851—1930）：中国妇女思想与文学发展史论》，商务印书馆 2004 年版。

吴文莉：《叶落长安》，凤凰出版社 2012 年版。

吴文莉：《叶落大地》，太白文艺出版社 2015 年版。

颜之推：《颜氏家训》，岳麓书社 1999 年版。

杨义：《中国现代小说史》第一卷，人民文学出版社 2012 年版。

叶广芩：《采桑子》，北京十月文艺出版社 1999 年版。

叶广芩：《老虎大福》，太白文艺出版社 2004 年版。

叶广芩：《黑鱼千岁》，中国广播电视出版社 2004 年版。

叶广芩：《老县城》，中国工人出版社 2004 年版。

叶广芩：《逍遥津》，文化艺术出版社 2007 年版。

叶广芩：《青木川》，太白文艺出版社 2007 年版。

叶广芩：《豆汁记》，中国盲文出版社 2009 年版。

叶广芩：《小放牛》，文化艺术出版社 2012 年版。

叶广芩：《苦雨斋》，文化艺术出版社 2017 年版。

查建英：《八十年代访谈录》，生活·读书·新知三联书店 2006 年版。

张虹：《黑匣子风景》，陕西人民教育出版社 1998 年版。

张虹：《魂断青羊岭》，中国文联出版社 1999 年版。

张虹：《天堂鸟》，中国文联出版社 2000 年版。

张虹：《都市洪荒》，中国文联出版社 2008 年版。

张虹：《出口》，人民文学出版社 2016 年版。

周瑄璞：《我的黑夜比白天多》，花城出版社 2002 年版。

周瑄璞：《宝座》，太白文艺出版社 2005 年版。

周瑄璞：《疑似爱情》，太白文艺出版社 2006 年版。

周瑄璞：《曼琴的四月》，新疆美术摄影出版社 2012 年版。

周瑄璞：《多湾》，浙江文艺出版社出版 2015 年版。

［美］伊莱恩·肖瓦尔特：《荒原中的女权主义批评》，王逢振译，漓江出版社 1988 年版。

［美］理查德·利罕：《文学中的城市》，吴子枫译，上海人民出版社 2009 年版。

［美］多诺万：《女权主义的知识分子传统》，赵育春译，江苏人民出版社 2003 年版。

二　期　刊

白烨：《情爱现实的省思与追问——唐卡小说印象》，《小说评论》2011 年第 2 期。

白军芳：《陕西女作家创作题材的特征》，《文艺报》2007 年 5 月 1 日。

白军芳：《西安美女作家的反叛与皈依》，《中国女性文化》2010 年第 2 期。

白军芳：《新时期陕西女作家笔下的都市女性》，《山东女子学院学报》2017 年第 4 期。

程光炜：《一个被重构的"西方"——从"现代西方学术文库"看八十年代的知识范式》，《当代文坛》2007 年第 4 期。

陈飞：《二十世纪中国妇女文学史著述论》，《文学评论》2002 年第 4 期。

段宗社：《论作为文学文化学的"西安学"》，《唐都学刊》2011 年第 6 期。

贺绍俊：《周瑄璞的城市生活形态小说》，《山花》2012 年第 21 期。

寇挥：《一曲绝唱——评周瑄璞长篇小说〈疑似爱情〉》，《小说评论》

2011年第2期。

李星:《陕西的女性主义写作——唐卡、周瑄璞小说印象》,《中国文化报》2003年3月1日。

李星:《关怀和悲悯的世界——周瑄璞和她的〈疑似爱情〉》,《小说评论》2011年第2期。

李建军:《直谏陕西作家》,《文艺争鸣》2000年第6期。

李美皆:《新生代女作家的身体性自恋》,《小说评论》2006年第1期。

李仕华、何兰蓉:《欲望的舞蹈》,《西华师范大学学报》(哲学社会科学版)2005年第5期。

李永东:《异质因素与贵族世家的解体——评叶广芩〈采桑子〉》,《理论与创作》2007年第6期。

陆以宏:《"美女作家":身体的双刃剑——"大众化文学现象"个案研究之二》,《广西教育学院学报》2009年第5期。

刘宁、李继凯:《文化名人与西安城市文化发展初探——以当代三位西安作家为中心》,《人文杂志》2009年第6期。

贺绍俊:《周瑄璞的城市生活形态小说》,《山花》2012年第5期。

侯长生:《文学叙述与都市化进程——以西安为例》,《名作欣赏》2013年第6期。

黄哲、潘莎莎、冷梦:《我的笔下仍是黄河》,《华商报》2005年12月18日。

乔以钢:《20世纪中国女性文学研究的回顾与思考》,《天津社会科学》1998年第2期。

闰华:《女性文学史的书写立场及策略》,硕士学位论文,陕西师范大学,2006年。

任致远:《关于城市文化发展的思考》,《城市发展研究》2012年第5期。

毋燕、陈长吟:《发掘与突破:新时期陕西女性作家创作回顾与思考》,《唐都学刊》2012年第5期。

王芳闻、夏坚强:《神的寄寓——唐卡长篇小说创作》,《小说评论》1999年第1期。

王绯:《空白之页——女性与文学史》,《河南师范学院学报》1995年第4期。

王引萍:《中国文学中叛逆女性形象的演进》,《中南大学学报》2003年第4期。

魏小燕:《中国女性主义文学批评实践研究》,硕士学位论文,华东师范大学,2000年。

王馄:《男权中心主义的颠覆与解构》,《天津理工大学学报》2006年第4期。

王亚丽:《"老西安""古典"传统与"招魂"写作——论贾平凹的西安城市书写》,《文学评论》2016年第1期。

吴小英:《女性主义的知识范式》,《国外社会科学》2005年第3期。

肖云儒:《女性主义的心灵写作——周瑄璞的小说风格》,《小说评论》2009年第2期。

周燕芬:《周瑄璞中短篇小说观察》,《小说评论》1998年第4期。

周燕芬:《历史的诗性传达人性的深度叙述——叶广芩长篇小说〈青木川〉讨论》,《小说评论》2007年第3期。

朱桂林、周晖:《自恋与自我增强的关系》,《文献综述》2008年第34期。

张韧:《现代都市意识与城市文学》,《开拓》1988年第1期。

赵德利:《陕西文学的民间文化特征》,《宝鸡文理学院学报》(社会科学版)2007年第4期。

周瑄璞:《房东》,《北京文学中篇》2011年第2期。

周瑄璞:《衰红》,《时代文学》2012年第2期。

周瑄璞:《隐藏的欧也妮》,《延河》2014年第1期。